Maike Munck

Drei Sterne über Sinai

Eine authentische Erzählung über
die Erfüllung eines Lebenstraums

Bibliografische Information der Deutschen Nationalbibliothek:
Die Deutsche Nationalbibliothek verzeichnet diese Publikation in der
Deutschen Nationalbibliografie; detaillierte bibliografische Daten sind im
Internet über http://dnb.dnb.de abrufbar.

© Dezember 2000 Maike Munck
Unterstützung bei der textlichen Überarbeitung: Diana Pietzsch
Umschlagfoto: Dr. Adel Taher
Herstellung und Verlag: BoD – Books on Demand, Norderstedt
ISBN 978-3-7347-3443-4

Für Adel

PROLOG

Wie es einmal anfing

„Kind, komm doch mal her und guck' mit in den Prospekt. Wo wollen wir denn die Anschlußwoche zum Tauchen nach der Nilkreuzfahrt verbringen? Da werden zwei Orte angeboten: der eine ist an der Küste vom ägyptischen Festland und der andere hier ist, wie heißt das? ‚Scham el Schaik' oder so ähnlich, im Sinai."
Meines Vaters Finger schob sich auf der Landkarte entlang, während er mit der anderen Hand die Brille näher rückte, sichtlich bemüht, die ägyptischen Ortsnamen nach bestem Wissen und Gewissen auszusprechen. Das Kind war sogleich entzückt:
„Sinai, Sinai – das hört sich schon so exotisch an. Da will ich hin!"

Heute würde ich sagen, so fing alles einmal an.

Eigentlich fühlte ich mich damals schon lange aus dem Alter heraus, um mit meinen Eltern nochmals einen Urlaub zusammen zu verbringen. Doch Ägypten schien mir so interessant, geprägt durch diese unglaubliche Kultur. Auch freute ich mich auf das gemeinsame Tauchen mit den Eltern und außerdem mußte ich nichts zahlen. Der Urlaub wurde mir spendiert. Da sagt man doch nicht Nein.

Ein paar Wochen später ging es los, und wer schon einmal eine Nilkreuzfahrt gemacht hat, wird mir sicherlich zustimmen: abwechslungsreicher kann man Ägypten wohl kaum bereisen.
Das Leben in diesem Land wird ermöglicht durch den Nil, und vom Schiff aus hat man einen wunderbaren Einblick in dieses Leben: man besucht nicht nur die großen Städte wie Kairo, Luxor und Assuan, sondern erhält auch

Eindrücke von dem Alltag in den Dörfern, auf dem Land. Dort glaubt man sich in einer anderen Welt, in einer anderen Zeit; sie scheint einem uralt. Mich faszinierte dieses ursprüngliche, einfache Leben. Denn Völker können bescheiden leben ohne den für uns gewohnten Standard und anscheinend trotzdem zufrieden und glücklich sein. Diese Menschen weckten mein Interesse. Ich hatte immerzu das Verlangen, mit ihnen zu sprechen und alles über ihr Dasein, ihre Vergangenheit und die Traditionen zu erfahren.

Ja, wer schon eine Nilkreuzfahrt gemacht hat, der weiß wohl auch, daß zwar die kulturellen Erwartungen absolut erfüllt werden, aber irgendwann die nächste Ankündigung eines Landganges zum Zwecke eines weiteren Tempelbesuchs nicht mehr mit einem Lächeln hingenommen werden kann. Ich hätte nie geahnt, daß Ägypten so viele Tempel hat.
Nach einer Woche Staubtreten waren wir reif für die verdiente Entspannung. Ich sehne mich nach Wasser, Strand und Tauchen ...

Eine Propeller-Maschine der Air Sinai brachte uns von Kairo in den Badeort Sharm el Sheikh auf der Halbinsel Sinai.
Sinai wird im Westen durch den berühmten Suez-Kanal vom ägyptischen Festland getrennt. Im Nordosten grenzt die Halbinsel an Israel. An der West- und Ostküste wird sie vom Roten Meer umsäumt, im Norden vom Mittelmeer. Sharm el Sheikh liegt an der Südspitze der Halbinsel, und es erwies sich als kleiner Ort mit vier Hotels und einem Campingplatz. Dazwischen war überall Sand; keine Straßen, keine Beleuchtung, keine Geschäfte, irgendwie nichts ... Wüste eben.
In meiner bildlichen Vorstellung war Wüste Sanddünen. Die Halbinsel Sinai jedoch ist eine Gebirgswüste, und uns offenbarte sich von der Küste aus ein Blick auf ein Bergpanorama, das einem unwirklich erschien, wie ein Bild in der Ferne, ein Gemälde, unglaublich und ... gewaltig. Man mochte hingehen, es anfassen oder es umlaufen, um festzustellen, ob es von hinten nicht doch vielleicht weiße Leinwand ist.

Unser Zeitvertreib galt ausschließlich dem Tauchen in dieser Woche. Entgegen der so scheinbar kargen und öden Wüste beherbergte das Rote Meer einen Lebensreichtum an Fischen und Korallen in einer Farbenpracht, wie man es gerne auf den schönsten Bildern in Büchern bestaunt.
Morgens früh ging es hinaus mit Jeeps oder Booten an Riffe, die wir betauchten. Mit den vierradbetriebenen Fahrzeugen fuhren wir an der Küste entlang durch unwegsames Gelände, und es hatte einen Hauch von Abenteuer.
Vom Tauchboot aus konnte man stellenweise bis auf den Grund des Meeres sehen und auf dem Nachhauseweg im Sonnenuntergang begleiteten uns oft die Delphine.
Das Rote Meer offenbarte sich als ein riesiges Aquarium.
Doch mein Blick haftete meist an diesem Bild, das uns die Wüste bot: es waren die Berge, die eine ganz besondere Ausstrahlung hatten. Unentwegt mochte ich sie anschauen und unzählige Fotos davon machen, wenn sie in die typischen Farben des Sinai getaucht waren: am Morgen, wenn die Sonne ihre Strahlen darauf legte, leuchteten die Gipfel in glühendem Rot auf. Später am Tag bis zur Dämmerung zeigten sich die Bergkämme in diffusen Grauschattierungen. Wie Scherenschnitte lagen dann die Gipfelstreifen aufeinander und unterschieden sich nur durch feinste Farbnuancen.
Die Natur des Sinai wirkte von Anfang an in ganz besonderem Maß auf meine Persönlichkeit. Sie nahm mich in ihren Bann. Ich wollte wieder dorthin. Ich *mußte* wieder dorthin, denn eine Woche gab nicht annähernd genug Gelegenheit, diese Umgebung auszukosten.
Schon damals, während meines ersten Aufenthaltes in Sharm el Sheikh verspürte ich den Wunsch, in dieser Natur einmal zu leben.

Der Fluch des Pharao

Ägypter haben tolle Augen. Irgendwie dunkel und geheimnisvoll. Und beneidenswerte lange schwarze Wimpern. Immer schon stand ich auf dunkle Typen (sinnigerweise jedoch hatte ich stets nur blonde Freunde), und es lohnte sich, manch einem schönen ägyptischen Männergesicht Beachtung zu schenken. Dem sittsamen Töchterchen neben den Eltern auf der gemeinsamen Reise sollte es nicht passieren, daß sie etwas zu tief in ein Augenpaar dieser Sorte hineinschaut. Doch es passierte; ich hatte mich sozusagen in ihn ‚verguckt'!
Sein Name war Khaled, und er führte uns zum Tauchen in dieser Woche.
Es waren ja nicht nur die Augen; ich fand ihn einfach klasse. Und beim Tauchen erst: der machte ja die verrücktesten Sachen unter Wasser. Das muß man sich erst mal trauen. Er streichelte und lockte die Riesenmuränen aus ihren Höhlen und wagte es tatsächlich, dem hochgiftigen Steinfisch mit der bloßen Hand das Maul aufzudrücken.
Sicher, heutzutage denkt man anders über die Verhaltensregeln beim Tauchen im Roten Meer, denn es heißt, daß keine Fische und Korallen berührt werden sollen. Damals aber, vor vielen Jahren, fand ich das alles sehr spannend und aufregend.
Wenn ich spürte, daß Khaled die Gruppe unter Wasser beobachtete, versuchte ich immer ganz besonders *gut* zu tauchen und nicht etwa wie eine Bleiente durch das Wasser zu dümpeln. Wie es eben so ist, wenn man imponieren und gefallen möchte.
Doch meine Bemühungen, ihn auf mich aufmerksam zu machen, waren erfolglos.
Ich schob die Schuld auf meine Eltern. Warum reiste ich auch mit ihnen?
Khaled mußte natürlich annehmen, daß das Kind noch unter den wachsamen Augen seiner Erzieher steht. Da läßt er doch lieber die Finger davon. Könnte ja sonst noch unangenehme Gespräche mit den Familienangehörigen zur Folge haben. Das Interesse wurde nicht erwidert und meine Träume nahmen mehr und mehr die Form von Schäumen an.

Es war der letzte Abend. Wir saßen im Sanafir: die einzige Bar in Sharm el Sheikh. Doch ein märchenhaft romantischer Ort, in dem man eigentlich nicht ‚saß', sondern vielmehr irgendwie ‚lag': ausgestreckt und barfüßig auf Kissen und Matten in den Nachthimmel schauend. Meine Mutter war davon überzeugt, daß es auf diesen Matratzen nur so von Ungeziefer wimmelt, doch mich kümmerte das wenig. Die Bar befand sich im Innenhof eines Hotels, welches ganz im orientalischen Stil gehalten wurde: Kuppeldächer, viele Treppen, die dorthin führten, labyrinthartige Gänge, offene Zelte mit bunten Fransen vorne dran und richtigen Beduinen, die am offenen Feuer ihr Brot buken und aromatischen Tee kochten oder auf Wunsch die blubbernden Wasserpfeifen, die Shishas, verteilten.

Ich lag auf einem dieser Kissen, betrachtete die Sterne und ließ es mir einfach gutgehen.

Da erschien Khaled! Und meine Eltern waren nicht da. So ein Zufall. Sie wollten sich nicht länger auf den ungezieferbefallenen Matten herumflätzen. Ich hingegen flätze um so lieber und eben erst recht. Letzte Chance. Jetzt oder nie. Komm sofort hierher!

Khaled sah sich nach bekannten Gesichtern um und erblickte mich. Er kam. Er kam tatsächlich auf mich zu, plazierte sich nebenan. In mir tat sich unerwarteterweise die Hoffnung auf einen traumhaften Abend auf.

Sicherlich fühlte er sich ermutigt, mit mir eine Weile zu verbringen, da er mich alleine, ohne Vater und Mutter, fand.

So erfuhr ich vieles über Khaled. Auf englisch, was im übrigen die Verständigungssprache zwischen den Touristen und den Einheimischen ist, erzählten wir uns und alberten herum; wir lernten uns kennen. Bis in die späte Nacht hinein saßen wir zusammen. Ich wollte nicht wahrhaben, daß jener Abend das letzte Beisammensein mit ihm bedeutete und ab dem nächsten Tag kein Wiedersehen mehr möglich sein sollte.

Ich wünschte, diese Nacht würde nie vergehen, und als wir die Bar verlassen mußten, weil sie zumachte, da nahm mich Khaled bei der Hand und führte mich irgendwo durch dunkle Wege, vorbei an ein paar rumliegenden Kamelen, die ich nur schemenhaft, aber ziemlich beeindruckt, wahrnahm, in die warme sternklare Nacht.

Wir verbrachten eine wunderbare Zeit miteinander, in der wir uns sehr nah kamen, indem wir unsere Meinungen über dies und jenes austauschten. In Gesprächen um ‚Gott und die Welt', die sich am besten unter dem Sternenhimmel führen lassen, überließen wir unsere Gedanken der grenzenlosen Phantasie unter dem unendlichen Universum ...

Doch es war spät und in solchen Situationen verrinnen die Minuten bekanntlich viel zu schnell. Es dämmerte bereits der Morgen. Mein Vater würde bald an meine Zimmertür klopfen, um mich zu wecken. Unser Flugzeug in die Heimat startete früh vom naheliegenden Flugplatz. Wenn es nicht zu unangenehmen Fragen und Vorwürfen kommen sollte, dann mußte ich schnellstens zurück ins Hotel.

Der Abschied fiel schwer. Khaleds letzte Worte werde ich nie vergessen: „Come back soon!".

★

„Hi hi hi, dich hat der Fluch des Pharao getroffen!".

Meine Arbeitskolleginnen amüsierten sich köstlich über meinen mich quälenden Herzschmerz. Zurück in Deutschland packte mich das Fernweh nach der ergreifenden Natur des Sinai. Durch die traumhaften Stunden, die ich mit Khaled am letzten Abend verbrachte, wurde diese Sehnsucht natürlich noch vergrößert.

‚Come back soon' ... immer wieder hörte ich diese Worte in meinen Gedanken ... ‚come back soon!' Ja, das hatte ich vor.

Unbedingt wollte ich den Kontakt zu meinem Pharao aufrechterhalten und so schrieb ich ihm Briefe und träumte den wenigen Stunden nach, die wir zusammen hatten.

Doch zunächst nahm mich der gewohnte Alltag in Deutschland wieder voll ein. Mein Job in der Werbeagentur machte mir sehr viel Spaß. Wir waren ein kleines Team, das in einer wünschenswert familiären Atmosphäre zusammenarbeitete. Und im Kreise dieser Familie erzählten wir uns natürlich alles, was das Herz beschäftigte. Mein Herz beschäftigte sich mit der Vorstellung, in den Sinai zurückzukehren. Ich hörte nicht auf, davon zu reden.

An einem heißen Sommertag verbrachte ich mit einer Kollegin die Mittagspause beim Sonnenbad. Auf einer grünen Wiese liegend gaben wir uns den bräunenden Strahlen hin. Ich erzählte ihr von meinem großen Plan: „Irgendwann, glaub' es mir, wenn der richtige Zeitpunkt gekommen ist, dann packe ich die Koffer und gehe in den Sinai zurück. Doch dann wird es kein Urlaub sein, dann werde ich dort bleiben".

Mit dieser Bekundung wurde es zum festen Vorsatz.

Fortan bezeichnete ich dieses Vorhaben als meinen ‚Lebenstraum' und auch die Tatsache, daß Khaled auf meine Briefe niemals antwortete, änderte nichts daran.

Rückkehr

Ich durchlief mein Leben in derart normalen Bahnen, wie es wohl jeder durchläuft, der sich dem allgemeinen Gesellschaftsbild anpaßt und bemüht ist, nicht aus der Rolle zu fallen. Da arbeitete ich, weil es ja so sein muß ... möchte man das nötige Kleingeld besitzen. Da betätigte ich mich regelmäßig sportlich, weil das ja auch so sein muß ... möchte man dem erträumten Schönheitsideal näher kommen. Da bildete ich mich nebenher, weil das ja empfohlenerweise auch so sein muß ... möchte man nicht auf der Stelle treten. Da machte ich mir Gedanken über die Zukunft, weil das ja auf jeden Fall so sein muß ... möchte man später nicht ohne Sicherheiten dastehen. Da hatte ich meinen Freundeskreis, weil der ja auch sein muß ... möchte man ‚dazugehören', sich ablenken und samstags auf Parties mal richtig abhotten.
So verging die Zeit, wie sie eben so vergeht: man arbeitet, gibt sich seinen freizeitlichen Hobbyaktivitäten hin, trifft Freunde und macht sich Gedanken um die Zukunft und was das Leben einem wohl noch so bringen möge. Damals kam es für mich nicht in Frage, meinen gewohnten Alltag und vornehmlich meinen heißgeliebten Job in der Werbeagentur aufzugeben, um ins Ausland zu gehen und mich einem fragwürdigen Dasein in Ägypten auszuliefern.
Nein, der Zeitpunkt, um die Koffer zu packen, war weit entfernt. Dennoch träumte ich meinen Traum weiter, einmal im Sinai zu leben. Irgendwo im hintersten Winkel meines Kopfes war eine Schublade für dieses Vorhaben reserviert mit der Vorstellung, einmal ein Flugticket zu besitzen nach Sharm el Sheikh *ohne* Rückflug.

Viele Monate gingen vorüber, und ich fieberte dem nächsten Urlaub entgegen. Kein anderes Ziel als Sharm el Sheikh hätte mich locken können.
Im darauffolgenden Sommer war es dann endlich soweit.

★

Obwohl nur ein Jahr seit dem letzten Besuch vergangen war, schien der kleine Ort völlig verändert. Die Hotels an der Küste schossen nur so aus dem Boden und es war plötzlich mehr da als nur Sand: asphaltierte Straßen, an denen sich viele Geschäfte reihten, ließen es zu einem richtigen Ort werden. Es war eine enorme Tourismusentwicklung im Süd-Sinai abzusehen. Aber es tröstete mich die Gewißheit, daß eines gleich geblieben war und auch nur schwerlich durch Menschenhand verändert werden könnte: die gewaltigen, beeindruckenden Berge der Wüste.

Erste Ausflüge zu bekannten Sehenswürdigkeiten im Landesinneren auf der Halbinsel gaben mir dann endlich die Möglichkeit, die Berge auch ‚von hinten' zu sehen. Es war kein Gemälde. Diese imposanten Naturbauten waren echt und noch mehr: sie wirkten in besonderer Art ein auf die Menschen, die sich zwischen ihnen bewegten.

Der Besuch in dem berühmten Katharinenkloster erinnerte mich an historische Gegebenheiten des Sinai: so findet man dort beispielsweise einen Ableger des ehemals ‚brennenden Dornbusches', durch den Gott zu Moses gesprochen hatte. Hinter dem Kloster erhebt sich schroff der ‚heilige' Berg, 2285 m hoch, auf dem Moses nach der Überlieferung die Gesetzestafeln mit den zehn Geboten erhielt.

Ich denke, es gibt keinen anderen Platz auf der Welt, der diesen geschichtlichen Ereignissen gerechter werden könnte, als die Wüste Sinai. Das Gebirgsmassiv und die Landschaft dieser Halbinsel erinnern an Ursprünglichkeit und Entstehung. Die Natur läßt Energie und Kraft in ihrer reinsten Form spüren.

Die Bewohner der Wüste, die Beduinen, unterstrichen diese Atmosphäre durch ihre einfache und genügsame Lebensweise. In schneeweißen Gewändern ritten sie lautlos auf Kamelen durch die Täler der Wüste, die Wadis. Sie vermittelten das Gefühl von Frieden; nichts schien sie aus der Ruhe zu bringen. Wieder ergriff mich das Bedürfnis, mit diesen Menschen zu sprechen, alles über sie zu erfahren. Wie leben sie? Und werden sie schon beeinflußt durch den Tourismus und die damit einrückende westliche Zivilisation? Wie

ernähren sie sich? Woher bekommen sie Wasser? Wie behandeln sie ihre Krankheiten? Wo gebären sie ihre Kinder? Es gab weder Krankenhäuser noch Ärzte in nächster Umgebung.
Ich wußte damals noch nicht, daß ich einmal das Glück haben würde, einen Beduinen als guten Freund bezeichnen zu dürfen. Durch ihn sollte ich alles erfahren.

Die Rückkehr an die Küste nach Sharm el Sheikh bedeutete für mich gleichsam das Verlassen einer Umgebung, die wie magisch auf mich wirkte. Noch heute ist der Aufenthalt in der Wüste etwas Besonderes für mich. Ich kenne keine andere Umgebung, die mir so viel Frieden und Entspannung vermittelt. Es ist ein Ort, an dem man die Stille *hört*. Bei absoluter Ruhe kann man sogar dem Rauschen des eigenen Blutes in den Adern lauschen, und ich würde das nicht behaupten, wenn ich es nicht selbst erlebt hätte.

Die farbige Vielfalt und der Reichtum an Tieren unter Wasser war wahrhaftig ein irrsinniger Gegensatz zu der scheinbar eintönigen und kargen Wüste. Beides grenzte direkt aneinander, so wie mancherorts am Nil nur ein Schritt vom toten sandigen Wüstenboden zum grünen saftigen Feld trennt. Diese Natur faszinierte mich, und es wurde mir erneut klar, als ich Ägypten das zweite Mal verließ: ich würde dort einmal leben.

Khaled sah ich in diesem Urlaub nicht wieder. Vergeblich suchte ich ihn abends im Sanafir, und auch im Tauchcenter war er nicht mehr beschäftigt. Ich dachte oft an ihn, meinen ganz persönlichen Pharao, dessen Fluch mich tatsächlich für gewisse Zeit in Mitleidenschaft gezogen hatte. Doch schloß ich schnell andere Kontakte und fand gute Freunde.
Die Gemeinschaft der in Sharm el Sheikh lebenden Menschen war damals noch verhältnismäßig übersichtlich und offen für ‚Neue'. Da ich ohnehin an dem Leben ‚hinter den Kulissen' interessiert war, versuchte ich während der kurzen Urlaubszeit, die mir zur Verfügung stand, in Gesprächen

herauszufinden, wie die Menschen dort leben. Es gab viele Zugereiste, darunter auch einige Europäer, die nach Sharm el Sheikh kamen und blieben, um sich eine Zukunft aufzubauen. Was gehörte dazu, wenn man diesen Schritt ging? Welche Voraussetzungen mußte man mitbringen und welche Sprachen mußte man beherrschen – Arabisch??? Oder reichte ein passables Englisch? Welche Erfahrungen hatten sie gemacht? Rieten sie mir zu dem Schritt, das ‚zukunftssicher' erscheinende Deutschland zu verlassen, um in Ägypten zu leben? Lohnte es sich? Oder bereuten sie, daß sie sich im Sinai niederließen, konnten aber nicht mehr zurück, weil es für einen Wiedereinstieg in ihr bisheriges Leben zu spät war?

Ich hatte sehr viele Fragen. Eines jedoch stellte ich damals bereits fest: nur ich selbst würde die Umsetzung meines Lebenstraums einmal entscheiden und verantworten müssen. Ob ich davon profitieren oder letztendlich verlieren würde, diese Frage würde mir niemand vorher beantworten können.

Auch in den Gesprächen mit meinen neuen Freunden in Sharm el Sheikh konnte ich keine Antwort darauf finden.

Verlobung

Ich wollte es wirklich nicht. Ich meine, ich wollte ihn ihr nicht ausspannen. Sicherlich war es einfach nur Pech, daß sie ausgerechnet in *dieser* Woche auf Geschäftsreise mußte. Wäre sie da gewesen, hätte Stefan gewiß Kathrin statt meiner zum Essen eingeladen. So aber war sie nicht da, und ich wollte ihm doch keine Absage erteilen. Immerhin war er sehr nett. Zwar wieder mal blond, aber danach soll man ja nicht urteilen.
Es wurde mehr daraus. Kathrins Schicksal war bis zu ihrer Rückkehr besiegelt, und meine neue Herzensflamme hieß Stefan. Stefan Schnobel.
Stefan Schnobel verkörperte diesen ‚Bilderbuch-Schwiegersohn'. Damit meine ich jene Art Mann, von dem die Mütter sagen: ‚Kind, der ist eine gute Partie! Nimm den, da machst du nichts verkehrt.'
Da war etwas Wahres dran, das mußte ich zugeben. Stefan war ein Mann mit Voraussetzungen, wie man sie so oft nicht findet: lieb, verständnisvoll, charmant, humorvoll, sportlich (er lernte sogar das Tauchen ‚nur für mich'). Er sah gut aus und hatte auch einen gleichfalls guten Geschmack. Er besaß eine eigene Firma und wohnte im eigenen Haus mit Terrasse und Garten. Selbst meine Eltern gaben ausnahmsweise mal eine gute Bewertung ab und seine Eltern mochten mich auch und im richtigen Alter waren wir sowieso und es wurde ohnehin langsam mal Zeit: wir verlobten mit ehelichen Absichten!
Mal ehrlich, man hört immer wieder mal von Partnerschaften, bei denen das unheimlich schnell geht, und bei uns war das eben auch so. Ratz-fatz.
Vom Kennenlernen bis zu unserer Verlobung vergingen gerade mal sechs Monate. Doch das machte uns nichts aus. Stefan und ich waren glücklich und überzeugt davon, füreinander bestimmt zu sein. Etwaige Bedenken anderer Leute waren in den Wind gesprochen.

Es gab viele Geschenke. Da wir die Verlobungsfeier auf meinen Geburtstag gelegt hatten, erhielten wir wirklich eine gewaltige Menge an Präsenten (dafür allein hatte sich das schon gelohnt). Und alle waren sehr fröhlich: Die

größte Freude verspürten wohl die Omis, wie das oft der Fall ist bei familiären Neuverbindungen oder frischen Enkelkindern.
Die Mütter stolzierten eher neugierigen Blickes durch die Runde und beäugten prüfend die neue Verwandtschaft, die da einmal Einzug halten würde. Väter waren da gelassener: sie brachen das Eis am liebsten im Stehen bei einem Glas Bier an der Theke.

Stefan und ich lebten unbeschwert und sorgenfrei in unserer Beziehung. Ich liebte ihn auch wirklich, und wir entschieden, daß ich meine Frankfurter Wohnung aufgebe und zu ihm nach Wiesbaden ziehe. Im Rahmen der Familienplanung erklärte ich mich nach wiederum wenigen Monaten ebenfalls bereit, meinen Zukünftigen in seinem Unternehmen zu unterstützen: ‚Stefan Schnobel, Elektrohandel'.
Er war ausgesprochen froh über meinen Entschluß, bei ihm zu arbeiten, denn für eine kleine Firma im Familienbetrieb ist jede vertrauenswürdige Kraft eine große Bereicherung.
Ich gab meine Tätigkeit in der Werbebranche auf. Schon etwas ungern, aber es war ja ‚für uns beide'. Die Dinge waren eben von da an anders zu betrachten: ich arbeitete doch ‚für uns' und nicht mehr für irgendeinen Chef. Bald sollte ich selbst Chefin sein, Frau Stefan Schnobel. Da fragt man doch nicht, ob Werbung mehr Spaß gemacht hat oder nicht ... also bitte!

Während unserer gemeinsamen Zeit kam Stefan natürlich nicht an meinen Erzählungen über den Sinai vorbei. Nörgelig bestand ich darauf, ihm diesen herrlichen Ort zeigen zu dürfen. Irgendwann hatte er das große Einsehen: ‚dann fahren wir halt da hin'!
In Vorbereitung auf den gemeinsamen Aufenthalt am Roten Meer absolvierte Stefan einen Tauchkurs. Er riskierte doch nicht, daß ich die meiste Zeit unter Wasser verbringen würde, während er auf mich warten müsse und auch sonst keinen Zeitvertreib hätte.
Das Element ‚Wasser' war bisher eigentlich nicht so Stefans Fall gewesen.

Doch nach einigen Versuchen im Schwimmbad am Ort und diversen Übungen in der Badewanne gewöhnten sich die Elemente aneinander. So hielt auch mein Liebster irgendwann die Tauchqualifikation in der Hand, und er stellte nur noch eine einzige Bedingung, bevor er im Roten Meer unter Wasser gehen würde: Er wolle keinen einzigen Fisch sehen, sonst würde er den Tauchgang *sofort* abbrechen!
‚Natürlich Schatz, ist o.k., Schatz.'

Stefan sah seinen ersten Fisch: ausgerechnet einen riesigen grimmig dreinschauenden Zackenbarsch von knapp einen Meter Länge und ... konnte ihn kaum nah genug betrachten! Der Barsch blickte irritiert auf den immer näher kommenden Taucher und haute ab, Stefan hinterher!
Am dritten Tag stand Schatz Stefan nach Beendigung des Tauchganges, glaubt man's denn, fluchend gestikulierend auf der Bootsleiter und fragte vorwurfsvoll den Tauchführer, warum da wieder kein Hai zu sehen gewesen wäre?
So schnell also wurden die Fische für ihn zur Gewohnheit.
Ich schmunzelte über diese Feststellung, und umgeben von meiner heißgeliebten überwältigenden Natur des Sinai fand ich die Welt sehr in Ordnung und war rundherum zufrieden.

Es war somit das dritte Mal, daß ich nach Sharm el Sheikh reiste. Ich fühlte mich nicht mehr fremd an diesem Ort. An der Seite meines Verlobten verbrachte ich erneut eine wunderbare Zeit in meinem ‚Paradies', wie ich es gerne nannte.
Selbstverständlich würde ich mich mit der Tatsache abfinden, daß mein Lebenstraum eben nicht mehr verwirklicht werden konnte. Es war doch wohl klar, daß ich eine Liebe wie mit Stefan und eine vielversprechende, sichere Zukunft, wie sie mir bevorstand, nicht aufgab: Familie, Kinder, ein eigenes Unternehmen und ein eigenes Haus, das konnte ich unmöglich gegen ein waghalsiges Abenteuer eintauschen.
Es ist doch wohl ein waghalsiges Abenteuer, einfach in ein fremdes Land wie

Ägypten auszuwandern. Alles dafür aufzugeben, ohne zu wissen, was einen dort erwartet. Und was ich alles aufs Spiel gesetzt hätte dabei! Hätte ich beispielsweise im Falle einer Rückkehr wieder eine adäquate Anstellung erhalten in Deutschland, bedenkt man vor allem die hohe Arbeitslosenzahl? Was hätte meine Familie eigentlich dazu gesagt? Ich hörte die Worte meiner Eltern: ‚Bist du verrückt – wie kommst du denn auf sowas? Alberner Quatsch.'
Und wie hätten meine Freunde reagiert? Sicherlich hätte ich riskiert, einige von ihnen zu verlieren, wenn ich ins Ausland gegangen wäre.
Außerdem hätte ich mein Vorhaben gar nicht finanzieren können. Was wäre gewesen, wenn ich in Ägypten auf der Straße gestanden hätte ohne Geld in der Tasche?
Ich bemühte mich, meinen Lebenstraum zu verdrängen: ‚Es ist nur eine verrückte Idee; viel zu kompliziert und riskant. Vergiß es. Schlag es dir aus dem Kopf.'
Für den Rest des Urlaubs konzentrierte ich mich auf meinen Herzallerliebsten und auf die Vorstellung unserer gemeinsamen traumhaften Zukunft.

Ein neuer Lebensabschnitt

Ich lebte mein Leben an der Seite von Stefan.
Sharm el Sheikh nahm einen geringeren Stellenwert in meinen Gedanken ein, doch konnte ich es nicht vergessen, und die Schublade in meinem Kopf blieb reserviert für meine Liebe zum Sinai.
Wir besuchten in den folgenden Jahren auf unseren gemeinsamen Reisen auch andere Länder. Ist doch klar. Man kann doch nicht immer an den gleichen Fleck fahren. Es gibt doch massenhaft schöne Plätze auf der Welt!
‚Nee, nee, ja, ist schon klar, Schatz.'

Ich bin heute ganz froh, daß ich noch *nicht* schwanger war, als ich irgendwann feststellte, daß unsere Beziehung eigentlich sehr langweilig wurde. Sie war eingeschlafen. Die Luft raus. Konnte das sein? So schnell?
Wir waren doch noch nicht mal verheiratet und wollten unser ganzes Leben zusammen verbringen. Wo war das Interesse am Anderen geblieben? Die gemeinsamen Freuden und Späße? Sex hatten wir auch nur noch so dann und wann, eher mal nicht. Und hatten wir uns denn gar nichts mehr zu erzählen? Wieso redeten wir nicht mehr zusammen? Warum übernahm der Fernseher die abendliche Unterhaltung?
Ich wollte Besserung schaffen, aber es ist schwer, wenn der Partner dir antwortet: ‚Es gibt eben nichts zu erzählen, wenn man den Tag gemeinsam im gleichen Büro unter gleichen Leuten und gleichen Situationen verbringt. Da weiß man doch, was der Andere erlebt hat. Was soll ich denn da abends noch fragen und was willst du mir denn noch erzählen? Weiß ich doch schon alles. Mit dir ausgehen? Alleine? Ist doch langweilig. Macht keinen Spaß – wir haben doch eh' nichts zu reden. Da geh ich doch lieber mit meinen Freunden weg.'
Ich stieß auf Granit. Meine Bemühungen, unsere Beziehung zu retten, schlugen annähernd ein Jahr lang fehl.
Unsere Lage spitzte sich zu. Es fehlte immer mehr an Bereitschaft über die

Probleme wieder und wieder zu diskutieren. Die ohnehin schon sehr angespannten Geduldsfäden schienen bald zu reißen ...
Als Stefan mir eines Tages sagte, daß ich gefälligst nach Frankfurt zurückgehen solle, wenn es mir so, wie es ist, nicht passen würde, da war für mich das Ende zwischen uns unwiderruflich.

★

Es ist ein großes Problem, in Frankfurt von heute auf morgen eine Wohnung zu finden, doch wollte ich schnellstmöglich aus den partnerschaftlichen Räumen ausziehen.
So sollte eben nur eine kleine Zwei-Zimmer-Wohnung meine neue Zuflucht werden. Hauptsache zurück nach Frankfurt. Brauch ich Garten und Terrasse? Ph! Eine kleine gemütliche Bude tut's doch auch.
Ich arbeitete und renovierte in meiner neuen Bleibe ohne Pause. Zum einen, um mich abzulenken, zum anderen, um mir eine Vorfreude auf das neue gemütliche Heim zu geben. Es sollte richtig schön werden und ich steckte sehr viel Geld in die Wohnung. Mit einem passablen Ergebnis: sie wurde tatsächlich sehr hübsch und ansehnlich – niedlich.

Meine allgemeine Stimmung aber konnten auch die neuen vier Wände nicht bessern.
Ich fühlte mich deprimiert. Grübelte fürchterlich in mich hinein. Sollte es das gewesen sein? War ich nicht fähig, einem – meinem – Mann zur Seite zu stehen? Und jetzt? Jetzt finde ich womöglich nie mehr einen Stefan wie diesen. Hatte ich mich zuwenig bemüht und eine Riesenchance einfach weggeschmissen? Es war eine Zeit, in der ich mich fragte, welche Schicksalsschläge mir das Leben wohl noch bereiten möge. Auf welche Wege es mich als nächstes führen und für was sie gut sein würden. War das eine Prüfung des Lebens? Hatte es mich auf Ausdauer und Treue hin getestet und ich hatte kläglichst versagt? Wie wird meine Zukunft aussehen? Werde ich allein bleiben oder

erhalte ich eine andere Chance? Und würde diese Beziehung vielleicht genauso enden? Will ich überhaupt noch einmal so etwas anfangen?
Mich quälten Selbstvorwürfe und Zweifel darüber, ob ich richtig handelte.
Es dauerte – aber nach geraumer Zeit orientierte ich mich neu: Kopf hoch, denn es geht immer weiter, und man muß der Zukunft ins Auge schauen. Vor allem nach seelischen Durststrecken ist es wichtig, wieder den Blick nach oben zu finden und positiv zu denken über das, was kommen mag.
Ich hakte das Thema ‚Heiraten und Kinder' vorerst ab und startete bewußt einen neuen Lebensabschnitt.

„Welcome back home!"

Die Trennung von Stefan bedeutete gleichermaßen, arbeitslos zu sein.
Es war undenkbar, weiter bei ihm beschäftigt zu bleiben.
Die neue Wohnung mit der Einrichtung kostete allerhand und um mich erstmal wieder finanziell auf sicherem Boden zu finden, suchte ich schnellstmöglich nach einer Neuanstellung. Über zwei Jahre war ich ‚draußen' aus der Werbebranche. Elektrohandel. Ich wünschte mir diese Position aus meinem werbeagentur-reinen Lebenslauf weg. Doch ich hatte Glück. Meine Beschäftigung in der Reklamewelt hatte mir gute Kontakte eingebracht in all den Jahren und durch eine Weiterempfehlung landete ich wieder in einem Frankfurter Werbeunternehmen.
Der Job war in vieler Hinsicht anders als ich das von meiner ehemaligen kleinen Agentur her kannte. Dieses neue Unternehmen war größer und die Aufgabenverteilung wesentlich spezifischer. Ich war auf mich allein gestellt und für meinen Bereich selbst verantwortlich. Die ‚Familie', wie ich sie gewohnt war, fand ich hier nicht. Jeder war im Streß und viel zu angespannt, um sich den Problemen anderer zu widmen. Mit der Zeit allerdings arbeitete ich mich in meine Aufgabe trotz des ungewohnten Arbeitsklimas recht gut ein.
Wie gern hätte ich abends nach Feierabend beim Aufschließen meiner schnuckeligen Wohnung Freude über mein neues Zuhause und die Geborgenheit darin verspürt.
Doch noch immer ging mir die Lebensfreude ab, die ich von mir gewohnt war. Das Geschehene beschäftigte mich noch sehr lang. Viele Fragezeichen in meinem Kopf wollten nicht weichen und blieben ohne Antwort. Zerstreuung und Abwechslung wünschte ich mir. *Raus* mußte ich!
In einer solchen Verfassung neigt man bekanntlich zum Urlaub machen. Und so plante ich, viele Jahre nach meinem letzten Besuch, nach Sharm el Sheikh zurückzukehren.
Ich freute mich darauf, alles wiederzusehen: meine Freunde, die Unterwasserwelt

und natürlich die Berge. Ich dachte auch an Khaled. Würde ich ihm endlich wieder begegnen? Gerne hätte ich erfahren, wie es ihm in den letzten Jahren ergangen war.

Sobald es mir gestattet war, das heißt nach der sechsmonatigen Probezeit, sollte die Reise losgehen.

★

Nach meiner Landung spät abends auf dem neu ausgebauten und jetzt ‚internationalen' Flughafen von Sharm el Sheikh war ich schockiert von dem Anblick, der sich mir bot: Was war dort passiert? Ein Lichtermeer lag vor mir! Ausgebaute vierspurige Straßen, deren gelbe Beleuchtungen sich wie Schlangen durch die nächtliche Dunkelheit zogen. Die Lichter der Hotelanlagen ließen erahnen, in welchem Umfang gebaut wurde. Ich dachte unwillkürlich zurück an meinen ersten Besuch mit meinen Eltern: vier Hotels und ein Campingplatz. Wie lange war es her? Sechs Jahre. Sechs lange Jahre. Davon war ich in den letzten drei nicht dort und hatte aus diesem Grund diese immense Entwicklung nicht mitbekommen.

So sehr Ägypten vom Tourismus als zweitwichtigste Einnahmequelle des Landes auch abhängig sein mochte, das was dort im Süd-Sinai passierte, erschien mir wie eine unüberlegte Zerstörung einer einzigartigen Natur. Diese Erkenntnis tat mir im Herzen weh.

Mein erster Blick am nächsten Morgen galt den majestätischen Bergen der Wüste. Unverändert standen sie da. Um sie herum wird sich Vieles wandeln, dachte ich, doch an diesem Gebirge selbst kann man – Gott sei Dank – nur schwerlich Hand anlegen.

Der Anblick war ein Genuß. Endlich zurück. Ich atmete tief ein und wollte auf diesem Wege etwas von der Energie, die von diesen Bergen ausging, in mir aufnehmen. Sie schienen wie eine geheimnisvolle Kraftquelle. Wäre ich nur mobiler gewesen und hätte beispielsweise ein Auto zur Verfügung gehabt, ich wäre hingefahren, um sie anzufassen. Zum Laufen waren sie trotz der Nähe zu weit weg.

Es war einfach toll, die ganzen Freunde wiederzusehen. Fast alle waren noch da. Und sie hatten mich nicht vergessen. „Welcome back home!" riefen sie mir in stürmischer Umarmung zu. ‚Home' – das war nett. Ich wunderte mich über das ‚home'. Wieso nannten sie es mein Zuhause? Es war nicht mein Zuhause, aber die Vorstellung war sehr schön, und ich mochte die Begrüßung. Und ‚fremd' fühlte ich mich ja in Sharm el Sheikh schon lange nicht mehr. In Gesprächen fand ich heraus, daß die Bebauung des Süd-Sinai tatsächlich ein Ausmaß angenommen hatte, über das niemand erfreut war. Eine solch große Touristenschwemme, wie sie zu erwarten sei, würde unweigerlich Schäden anrichten. Die Besitzer der Tauchcenter waren sehr besorgt um den Erhalt der Riffe mit ihren empfindlichen Korallen. Ganz zu schweigen von der Zerstörung der Küste. Natürlich geformte Küstenstriche fielen den Baumaschinen zum Opfer und erhielten die Form eines Sandstrandes, wie er im Reiseprospekt schon lange vorher abgebildet und versprochen worden war. Den Sand lieferten die Wadis in der Wüste. Überall fuhren Lkws und transportierten den Bauschutt ins Hinterland oder holten feinen Sand von dort, um die Strände aufzuschütten. Die Nachricht darüber, daß in absehbarer Zeit ein Golfplatz in unmittelbarer Nähe gebaut werden soll, ließ mich nur noch verständnislos den Kopf schütteln. Ein Golfplatz in der Wüste: welch ein Irrsinn! Wasser war hier so wertvoll. Wie konnten sie es für die Bewässerung der Grünflächen von einem Golfplatz verschwenden?

Trotz vieler Verständnislosigkeiten bereute ich meine Rückkehr nicht. Ich war von der Natur noch genauso gefangen wie zuvor. Das Tauchen war immer noch phantastisch, und abends saßen, nein ‚lagen' wir im Sanafir, das sich überhaupt nicht verändert hatte. Alles war wie damals bei meinem ersten Besuch in dieser Bar. Beim Anblick der Matten und Kissen dachte ich unweigerlich an meine Mutter und ihre Aufregung um die Ungeziefer darin.

Wir sprachen über die alten Zeiten und endlich, nach vielen Jahren, begegnete ich jemandem, der mir Auskunft über Khaleds Verbleiben geben konnte. Man berichtete mir, daß Khaled einst als Anhänger einer sehr religiösen Gruppe in die Wüste gegangen sei. Er entsagte zu diesem Zweck seinem bisherigen Lebensstil total, kleidete sich anders und ließ sich einen langen Bart wachsen. Er verschwand für mehrere Jahre und niemand erfuhr, wo er in dieser Zeit gewesen war. Doch er kam zurück, um sich in Sharm el Sheikh erneut niederzulassen. Nach nicht allzu langer Zeit verunglückte er in der Wüste bei einem Autounfall tödlich.

Obwohl es viele Jahre her war, daß wir nur ein paar Stunden miteinander verbringen durften ... diese Nachricht traf mich wie ein Schlag. Khaled war tot.
In mir kreisten die Erinnerungen an unseren einzigen gemeinsamen Abend, der sich bis in die frühen Morgenstunden hinzog.
Ich wollte ihm doch noch so viel sagen. Warum hatte ich nie mehr die Gelegenheit gehabt, mit ihm zu sprechen? Diese Tatsache machte mich schier verrückt. Wieso war uns ein weiteres Treffen versagt geblieben? Jetzt war es nicht mehr möglich. Nie mehr.
Jener Ägypter, der mir von Khaleds Tod berichtete, nannte sich sein ehemals bester Freund und hatte von mir durch Erzählungen gehört. Er erinnerte sich daran, daß Khaled vor langer Zeit von einem deutschen Mädchen aus Frankfurt gesprochen hatte und sie sehr vermisste. Er hatte sich damals in sie verliebt ...

Meine Gedanken wanderten in die Vergangenheit. Ich dachte zurück an die Zeit mit Khaled. An alles, was wir gemeinsam erlebt hatten, unter und über Wasser. Ich werde es niemals in meinem Leben vergessen.
Später dann zog ich mich zurück. Die Nachricht wollte in mir verarbeitet werden. Ich spazierte durch die sternklare Nacht, wie wir es einst zusammen taten, Hand in Hand, ließ mich irgendwo nieder und schaute in den Nachthimmel. Da fühlte ich mich Khaled plötzlich sehr nah. Ich wollte zu ihm

sprechen und tat es auch: „Wo bist du jetzt? Weißt du, daß ich zurückgekehrt bin nach Sharm el Sheikh? Siehst du mich vielleicht jetzt hier sitzen? Kannst du möglicherweise sogar meine Gedanken lesen oder verstehen, was ich dir sage? Falls ja, dann sollst du wissen, daß ich dich nie vergessen werde, hörst du?"

Ich verabschiedete mich in dieser Nacht von Khaled auf meine eigene Art. Danach empfand ich keine Trauer mehr. So wollte es das Schicksal mit ihm. Der Tod ist ein Teil des Lebens. Wir sollten uns nicht davor fürchten. Der Schmerz bleibt allein zurück bei den Verbliebenen.
Ich weiß nicht, was Khaled dazu brachte, sein Dasein ganz und gar zu ändern und in die Wüste zu ziehen. Ich werde nie erfahren, welches Ereignis ihn dazu veranlaßte. Aber in dieser Nacht, bei dem Blick in die Sterne, empfand ich *für ihn* eine unsagbare Ruhe.

Die kommenden Tage holten meine Urlaubsstimmung zurück, und ich fand die nötige Erholung nach dem turbulenten Alltagsstreß in der neuen Firma. Mein Bekanntenkreis in Sharm el Sheikh dehnte sich zunehmend aus.
Ein Großteil arbeitete in den Tauchcentern als Tauchführer und -lehrer oder im organisatorischen Bereich. Ein paar andere waren im Hotelfach beschäftigt, was den Vorteil hatte, daß man sich nicht um Unterbringung und Verpflegung kümmern mußte. Das Hotel stellte Zimmer und Mahlzeiten bereit.
In dem von mir besuchten Tauchcenter war eine junge deutsche Frau als Tauchlehrerin beschäftigt, und ich war sehr froh, als ich auch in ihr eine neue Bekannte fand. Es sollte eine enge und für mich sehr bedeutende Freundschaft daraus werden.
Sie hieß Dori und lebte schon einige Jahre in Sharm el Sheikh.
Dori lud mich ein in ihren kleinen Bungalow, den sie mit einem Kollegen zusammen bewohnte, da die hohen Mieten alleine nicht zu bezahlen waren. Ihr Bungalow lag auf einem herrlichen Platz: einer hohen Felsenklippe, die

gleichermaßen als riesige Terrasse Nutzen fand. Durch eine komplett verglaste Wohnzimmerwand schaute man über diese Klippe hinaus auf das offene Meer bis hin zu dem südlichsten Landzipfel des Sinai, dem berühmten Ras Mohammed. Das Ras Mohammed befindet sich in dem gleichnamigen Nationalpark und wird als einer der schönsten Tauchplätze der Welt bewertet.

Dori und ich verbrachten viele gemeinsame Stunden auf der Klippe, angelehnt an einen Palmenstamm und einem Drink in der Hand, während die Sonne unterging und die Landschaft in atemberaubende Farben legte. Natürlich fehlte auch der Blick auf die gigantischen Berge von dieser Klippe nicht.
Ich beneidete Dori um ihr Leben. Alles schien so schön und einfach zu sein. Sie machte ihr Hobby, das Tauchen, zum Beruf und lebte in einem wunderschön gelegenen Häuschen. Dori registrierte meine Faszination und mein Interesse an ihrem Leben sehr wohl, und ich war außer mir vor Freude, als sie mir anbot, bei ihr die restliche Urlaubszeit zu verbringen. Ich durfte bei Dori wohnen. Der Mitbewohner war verreist und somit genug Platz vorhanden. Ich zögerte keinen Moment, diese Einladung anzunehmen. Sie gab mir die Möglichkeit, ein bißchen tiefer in den Alltag der in Sharm el Sheikh lebenden Menschen hineinzuschnuppern.
Sofort am darauffolgenden Tag klärte ich alle Einzelheiten mit dem Hotel und brachte mein Gepäck in meine neue Unterkunft zu Dori auf der Klippe.

Es war für mich eine völlig neue Erfahrung, in einem Privathaushalt in Ägypten, oder beschreiben wir es doch treffender, in der Wüste, zu leben.
Ich mußte feststellen, daß Dinge in einer solchen Umgebung ‚anders' sind als bisher gewohnt: da war beispielsweise die Wasserversorgung, welche sehr eingeschränkt oder auch mal gar nicht funktionierte. Vorsorglich wurden hierfür Behälter mit Wasser abgefüllt und in Notfällen mußte das dann eben reichen. Auch die Stromversorgung war sehr unzuverlässig. Kerzen und möglichst eine Taschenlampe sollten in greifbarer Nähe sein im Falle von plötzlicher Dunkelheit.

„Waschmaschine? Luxus! Handwäsche ist angesagt", klärte Dori mich auf. „Telefon? Gibt's nicht. Ist zu teuer. Da mußt du schon zur Telefonzentrale laufen. Die ist ungefähr einen Kilometer weit weg. Aber paß unterwegs auf, wenn du nach Sonnenuntergang gehst: die Straßen haben keine Beleuchtung, dafür aber gefährliche Stolperlöcher."

Trotz dieser Umstellungen gefiel es mir bei Dori.
Diese ungewohnten Umstände konnte ich leicht hinnehmen, indem ich meine Umgebung mit ihren natürlichen Gegebenheiten zu akzeptieren wußte: es ist eben Wüste.
Auch erschienen diese Umstände nicht als lästig oder störend. Das ist sicherlich die Folge der Anpassung an das allgemein viel ruhigere und gemütlichere Leben in Ägypten. Die Hektik und den Streß, wie wir ihn in Deutschland kennen, findet man dort nicht. Man nimmt sich Zeit und läßt sich nicht drängen. Nur die Ruhe. Alles kann warten.
Ehrlich gesagt, behagte mir das alles sehr und die Vorstellung, selbst einmal auf diese Art zu leben, verwirklichte sich immer mehr in mir.

Als ich eines Vormittags mit einem ägyptischen Freund auf der Strandpromenade entlang schlenderte, hielt plötzlich ein junger Mann auf seinem Fahrrad neben uns und begrüßte meinen Freund herzlichst in arabischem Wortschwall. Danach stellte unser gemeinsamer Bekannter ihn mir vor. Sein Name war Emad.
Emad streckte mir seine Hand hin und grinste mich breit mit zwei tadellosen schneeweißen Zahnreihen in kakaobraunem Gesicht an. Ich war unmittelbar irritiert und glotzte, glaube ich, ziemlich perplex auf sein freudestrahlendes Antlitz, reichte ihm ebenfalls meine Hand und stammelte meinen Namen. Da waren sie wieder: die braunen Augen mit den unsagbar langen Wimpern. Doch das war nicht das Ausschlaggebende: dieser Kerl versprühte eine Lebensfreude, wie ich es noch nie bei jemandem zuvor erlebt hatte.

Ich war beeindruckt, doch anscheinend nicht nur ich. Emads Blick haftete an dem meinem, wie meiner an dem seinen. Ich weiß nicht, wie lange wir uns händeschüttelnd anschauten und zugrinsten.

Mein Begleiter bemerkte unsere intensive Begrüßung und reagierte daraufhin in einer für mich völlig unerwarteten Art und Weise: er unterband den Blickkontakt, indem er sich vor mich stellte, den Arm hob, so daß seine Handfläche in Brusthöhe auf mich zeigte und mir mit ernsten Worten sagte: „Diesem Mann ist es nicht gestattet, sich in eine Frau wie dich zu verlieben!" Ich ignorierte diese Aussage zunächst; wußte sie nicht zu bewerten. Erst viel später sollte ich mich an diese Worte erinnern. Im Moment war ich mit meinen Gedanken ganz woanders ...

Erste Konfrontation mit dem Islam

Emad war ein hinreißender, gutaussehender, humorvoller und sehr aufmerksamer junger Ägypter. Er und ich, wir spürten beide, daß schon bei unserer ersten Begegnung ein Funke übergesprungen war. So blieb es nicht aus, daß wir das Gespräch miteinander suchten und fanden. Wir erzählten von diesem und jenem und gemeinsamen Bekannten und welche Plätze ich in Sharm el Sheikh eigentlich noch nicht kannte. Er bot sich sogleich als mein ‚Reiseführer' an und lächelte, als er sagte: „Sei ab jetzt meine kleine Schwester hier in meinem Land und lasse mich auf dich aufpassen.". Ich wagte kaum zu widersprechen und war freudig erregt über den plötzlichen Zuwachs in meiner Familie. Zum ersten Mal in meinem Leben war ich gerne die kleine Schwester, denn Schwester zu sein von meinem leiblichen älteren Bruder empfand ich nie als etwas Besonderes. Diese Geschwisterliebe aber jetzt nahm ich doch gerne an und hoffte insgeheim, den Schutz meines neuen großen Bruders recht oft benötigen zu müssen.

Emad und ich verbrachten herrliche Tage miteinander. Meist waren wir auf Fahrrädern unterwegs oder suchten uns einsame, romantische Plätze unter Sternen. Er erzählte mir von sich: Emads Heimat war ein Dorf in der Nähe von Alexandria. Seine Mutter und eine Vielzahl von Geschwistern lebten dort. Die Möglichkeit aber, als Ingenieur in einer der in Sharm el Sheikh ansässigen Unternehmen zu arbeiten, brachte ein gutes Gehalt mit sich, und so hatte er sein Heimatdorf zugunsten eines profitablen Einkommens verlassen.
Wir waren glücklich und dankbar, daß wir uns kennengelernt hatten. Ich war beeindruckt von Emad und seinen Erzählungen. Durch ihn erhielt ich Einblick in ein anderes Leben und eine fremde Kultur. So berichtete er mir auch von seinem Glauben und seinem Gott Allah. Wenn er von diesem sprach, dann mit einer für mich bisher unbekannten Ehrfurcht. Er war sehr gläubig und auf seine Religionszugehörigkeit merklich stolz. Ich wurde neugierig und er gestattete mir auf meine Bitte hin, ihm bei einem seiner fünf täglichen

Gebete zuzuschauen. Bevor er damit begann, nahm er die rituelle Waschung vor: Gesicht, Ohren, Haare, Unterarme, Hände und Füße wurden mit klarem Wasser gereinigt.

Während des Betens schien er vollkommen auf sich und sein Tun fixiert; völlig losgelöst von seinem Umfeld. Die vorgeschriebenen Bewegungen des Gebets wie Bücken und Hinknien führte er nahezu mechanisch, wie im Trancezustand aus.

Ich war ergriffen von dem, was ich durch Emad und seine Kultur lernte. Überhaupt wirkte er auf mich sehr ergreifend und dieses ‚Neue' und ‚Andere' an ihm faszinierte mich.

Emad unterschied sich in vielerlei Hinsicht von Männern, die ich bisher kennenlernte. Das machte sich vorwiegend in seinem Verhalten mir gegenüber bemerkbar. Obwohl wir von Anfang an starke Gefühle füreinander empfanden und innerhalb weniger Tage unzertrennlich bleiben wollten, sogar von einer gemeinsamen Zukunft in Sharm el Sheikh träumten, tauschten wir keine Zärtlichkeiten miteinander aus. Es war wahrlich schon schwierig für ihn, mich zu berühren oder meine Hand zu halten, geschweige denn, mich zu küssen. Kam es dennoch dazu, wusch er sich bei nächster Gelegenheit den Mund ab. Selbst mit dem salzigen Wasser des Roten Meeres, wenn kein anderes zur Verfügung stand.

Niemals hätte er eine größere Annäherung gewagt. Er unterlag sehr großen Versuchungen, wenn wir zusammen waren, aber eine gewaltige Disziplin beherrschte ihn und ließ nicht zu, daß er sich vergaß und seinen Gefühlen nachgab. Zeitweise litt er sehr darunter. So sehr, daß er vor mir manchmal davonrannte ...

In vielen Situationen konnte ich für sein Verhalten keine Erklärung finden. Wieso lief er weg von mir, wenn es gerade so schön war? Warum in aller Welt wusch er seinen Mund ab, nachdem wir uns geküßt hatten? Das gab mir am meisten zu denken. Lag es an mir? Doch ich vermutete, daß der Grund nicht bei mir zu suchen war.

In Gesprächen legte Emad mir die Gesetze seiner Religion dar, und mit der Zeit lernte ich die Hintergründe für sein Verhalten kennen: er rutschte in einen Konflikt, der ihn vor Entscheidungen stellte. Seine Religion untersagte ihm, vor einer Heirat körperlichen Kontakt mit Frauen aufzunehmen. Dazu gehörte ebenso das Halten einer Hand wie auch das Küssen. Tat er es dennoch, überkamen ihn starke Schuldgefühle. Darüber hinaus ist es Moslems und Musliminnen verboten, sich öffentlich mit jemandem als Liebespaar zu zeigen, wenn sie nicht verheiratet sind.

Ich versuchte zu verstehen. Zum ersten Mal befaßte ich mich näher mit den Geboten des Islam und war bemüht, zu begreifen und zu akzeptieren. Ich wollte lernen; alles wissen über diese Religion und die Kultur. Auf diese Weise würde ich mit den Menschen, ihrer Lebensweise, ihrem Glauben und natürlich mit Emad besser umgehen können.

Er bat mich, für immer zu ihm zurückzukehren. Noch in meinem Urlaub stellte er mich seinen Freunden vor und versprach mir, auch seiner Familie bei dem nächsten Besuch von mir zu berichten. Emad wollte mich heiraten. Dann erst hätte er in Frieden und Eintracht mit seinem Glauben leben können. Außerdem war es ja für ein gemeinsames Leben in Ägypten unumgänglich.

Er bat sogar seinen Chef, mir eine Arbeitsstelle anzubieten. Die Unternehmensleitung stimmte zu. Wenn wir heiraten würden, wäre das kein Problem. Im Zuge einer Anstellung würde uns auch ein kleines Appartement zur Verfügung gestellt. Dieses zusammen zu bewohnen, setzte wiederum den Trauschein voraus. Wenn dies erfüllt sei, dann wäre ich als Mitarbeiterin herzlichst willkommen. Eine geeignete Position ließe sich schon finden.

Ich konnte kaum glauben, was geschah. Welche Aussichten und Möglichkeiten sich plötzlich auftaten: ein toller Mann, eine Wohnung, ein Job … es öffneten sich mir auf einmal Türen, die ich nur noch durchschreiten mußte, um meinen Lebenstraum doch noch wahrzumachen.

Bereits während meines Rückfluges befaßte ich mich mit der Vorstellung, zu Emad ins Paradies hinter den Bergen zurückzukehren. Doch es schien mir auch alles so verrückt. Diese Situation kam so unerwartet. Eigentlich war ich völlig verwirrt. War jetzt wirklich der Moment gekommen, Deutschland zu verlassen? Sicherlich kannten Emad und ich uns noch nicht lange genug, um von einer gemeinsamen Zukunft sprechen zu dürfen. Aber ich hatte ihn so gerne und spürte, daß es mehr war als nur das. Ich hatte ihn mit allen ‚Für und Wider' ins Herz geschlossen. Jeder Gedanke galt ihm. Ich wollte nicht auf ihn verzichten, und ich wollte diese Chance, die wir hatten, nutzen und sie für mich persönlich als Anlaß nehmen, mir doch noch den großen Wunsch zu erfüllen, nach entsprechender Vorbereitung endlich, endlich die Koffer zu packen. So, wie ich es schon lange erträumte.

Wie lange würde es dauern, bis alles geregelt war? Was ist überhaupt dafür zu tun? Ich wollte als allererstes eine Liste machen. Und dann die Eltern. Sie würden meinen Entschluß und vor allem die Beweggründe niemals verstehen können. Hinzu kam, daß erst ein halbes Jahr zuvor mein Bruder mit Frau und Kindern nach Südafrika ausgewandert war. Nun sollte auch ich noch gehen.

In meinem Kopf ging es drunter und drüber. Doch meine Gedanken um die Vorbereitungsmaßnahmen wurden ständig durchkreuzt von den Erinnerungen an Emad. Ich hatte mich zweifelsohne in ihn verliebt, und mein Vorsatz, ihn und seinen Glauben verstehen zu lernen, seine Einstellungen, seine Denkweise und seine Handlungen, betrachtete ich als eine Art ‚Herausforderung', die mich wißbegierig machte. Es gab für mich eigentlich nur eine Möglichkeit, den Islam mit all seinen Regeln und Geboten kennenzulernen: so entstand mein Entschluß, das heilige Buch des Islam, den Koran, zu lesen, bevor ich zurückkehren und mit Emad in seinem Land leben würde.

„Habe immer ein Lächeln auf den Lippen ..."

Verliebte Frauen besitzen meist Freundschaftssymbole verschiedenster Art, die den derzeitigen Herzallerliebsten bei Abwesenheit in gewisser Weise zu ersetzen wissen: Fotos, Kettenanhänger, Ringe, den liebsten Pulli des Traummannes oder auch Plüschtiere sind gern gesehene Exemplare.

Mein Erinnerungsstück an Emad bestand aus einem beschriebenen, aber für mich gänzlich unleserlichen Stück Papier. Die arabischen Schriftzeichen wirkten in meiner Phantasie auf mich wie ein Haufen beschwipster Würmchen, die versuchen, Aufstellung in Reih und Glied zu nehmen.

Dennoch war ich sehr stolz auf dieses Papier, auf dem Emad mir eine Weisheit niederschrieb und mit auf den Weg gab: ‚Habe immer ein Lächeln auf dem Lippen, dann wird auch das Leben dir zurücklächeln.'

Emad verkörperte diese These. Ich erwähnte ja schon, daß er mir als ein Mensch begegnete, der vor Lebensfreude sprühte. Und er verbreitete gleichermaßen das Gefühl von Zufriedenheit, Ruhe und Ausgeglichenheit. Er schien immer positiv denkend.

Wenn ich weit weg von ihm in dem grauen verregneten Deutschland auf diese Schriftzeichen schaute, dann sah ich sein Gesicht vor mir, und ich spürte den Optimismus, den er und diese Botschaft selbst auf die weite Entfernung hin, auf mich übertrugen. Ich verlor den Glauben an ihn nicht. Mein Entschluß stand fest: ich würde zu ihm zurückkehren.

Emads Weisheit erwies sich als ein guter Leitfaden während der Zeit, in der ich mich an die Vorstellung meines neuen zukünftigen Lebens zu gewöhnen versuchte.

Die zu treffenden Vorbereitungen für einen unbefristeten Auslandsaufenthalt sind sehr umfangreich und mühsam, wenn man dieses Vorhaben nicht gar zu blauäugig durchführen möchte. Ich wollte aber nicht blauäugig handeln. Wovon rede ich eigentlich? Vorbereitungen hin und Vorbereitungen her: blauäugig war mein Vorhaben, Deutschland zu verlassen, um nach Ägypten zu

gehen, sowieso. Immerhin hatte ich in Deutschland einen guten Job. Doch wußte ich nicht, was ich in Ägypten beruflich einmal tun würde. Was könnte mehr blauäugig sein, als eine Heimat, die eine sichere Arbeitsstelle bietet und eine Familie, die Geborgenheit und Unterstützung gibt, für einen Ägypter, den ‚frau' gerade mal drei Wochen kennt, blindlings zu verlassen?
Ich verspürte große Unsicherheit gegenüber meinem Vorhaben, wollte es aber dennoch wahr machen.
Nachdem ich viele Tage, es waren sicherlich sogar Wochen, Mut sammelte, berichtete ich meinen Eltern von den Plänen. Die Reaktion fiel aus wie erwartet: „Bitte? Wie kannst du nur das Risiko eingehen, einen sicheren Arbeitsplatz für so eine Schnapsidee aufzugeben, vor allem bei der ständig steigenden Arbeitslosenzahl? Und dann die Vorstellung, daß das Kind unter islamischen Verhältnissen lebt. Frauen haben doch dort eine ganz andere Stellung! Was gedenkst du denn dort zu arbeiten? Und wenn es nicht klappt – was dann? Zurückkommen und möglicherweise auf der Straße stehen? Die Wohnung mitsamt Einrichtung aufgeben? Hattest du nicht gerade erst Unsummen in diese Wohnung gesteckt? Und wie willst du dich denn versichern? Du mußt dich doch krankenversichern aus eigener Tasche. Kannst du dir das leisten? Von einem ägyptischen Gehalt wirst du diese Kosten niemals decken können. Dann wäre da noch die Altersversorgung. Was wird aus deiner Rentenversicherung? Das ist doch nur ein Spleen; überlege dir das noch mal gut. Auf so Ideen hätten *wir* mal früher kommen sollen ..."

Ja, ja ... ich hatte großes Einsehen. Eltern können ja immer so verdammt recht haben. Auch wenn man es nicht wahrhaben möchte. Früher oder später trifft einen die Feststellung, daß man besser gleich auf sie gehört hätte.
Die Verwirklichung meiner Pläne würde nicht einfach werden, und es sollte sicherlich noch eine Weile vergehen, bis ich für alles eine akzeptable Lösung gefunden hatte. Die Unsicherheit dieser Situation erinnerte mich an etwas, das mir schon viele Jahre zuvor bewußt geworden war: nur ich selbst würde die Umsetzung meines Lebenstraumes einmal entscheiden und

verantworten müssen. Ob ich davon profitieren oder letztendlich verlieren würde, diese Frage würde mir niemand vorher beantworten können.

Mein Wille war groß und ich wollte mir die Zeit nehmen, alles Erforderliche in die Wege zu leiten und noch ein paar Monate zu arbeiten. So würde ich zusätzlich ein paar Geldscheine auf die hohe Kante legen können, denn finanzielle Reserven brauchte ich ja auch.
Trotz aller Zweifel und Sorgen wollte ich mir eine Rückkehr nach Sharm el Sheikh auf Dauer ermöglichen. Ich durchlebte eine Phase, in der ich systematisch nötige Maßnahmen anstrebte und umsetzte. Das bedeutete Recherchieren und Einholen vieler Auskünfte von Ämtern, Versicherungen, Banken usw. Formulare waren zu beantragen und Termine für Informationsgespräche zu treffen.
Nebenbei versuchte ich, etwas über das islamische Eherecht zu erfahren. Wie waren die Unterschiede zum deutschen Eherecht? Welche Vor- oder Nachteile brachte es für mich? Auch hierüber wollte ich Bescheid wissen.
Mein größtes Problem allerdings stellte die neu eingerichtete und möblierte Wohnung dar. Was tun damit? Die Vorstellung, alles zu verkaufen und auf diesem Weg sehr viel Geld zu verlieren, da ich den Neuwert nicht mal annähernd wieder hätte erzielen können, war für mich inakzeptabel. Doch auch hierfür würde sich sicherlich eine Lösung finden lassen, vorerst hatte ich glücklicherweise noch ein bißchen Zeit, mir über dieses Problem den Kopf zu zerbrechen.

Jegliche Gefühle der Unsicherheit, die während dieser Vorbereitungsperiode in mir aufkamen, wurden stark beeinflußt durch den Glauben an Emad. Nach wie vor schaffte er es, mir den nötigen Mut und Optimismus für die Durchführung meines Planes zu vermitteln: schaue positiv in die Zukunft, dann wird alles gelingen; habe das Lächeln auf den Lippen …
Unsere gemeinsamen Träume konzentrierten sich auf die Fortsetzung einer Zeit, wie wir sie erlebt hatten, jedoch in absoluter Vollkommenheit, das heißt

ohne Einschränkungen durch die Vorschriften seiner Religion.
Eine deutsche Übersetzung des Korans ermöglichte mir einen Einblick in diese Gebote. In 114 Suren, den Kapiteln des heiligen islamischen Buches, suchte ich zunächst nach ganz bestimmten Regeln, die ich darin verankert glaubte. Einige dieser Regeln erklärten mir Verhaltensweisen, welche ich unter anderem auch an Emad bemerkte.
Bis heute habe ich mich mit dem Islam und dem Koran weiter beschäftigt und gelernt, vieles aus anderen Perspektiven und unter anderen Voraussetzungen zu sehen. Für westliche Zivilisationen mögen manche Vorschriften und Thesen des Korans nur schwer verständlich sein. Betrachtet man sie jedoch angepaßt an die Völker, die nach dem Koran leben und an ihn glauben, läßt sich so manches erklären und nachvollziehen. Diese Völker finden wichtige Lebensregeln für Ihre Existenz im Koran verankert. Somit stellt er für sie ein hilfreicher Wegführer dar.

Tatsächlich nahm die Erfüllung meines Traumes nun endlich ernstere Formen an. Der telefonische Kontakt zu Emad war regelmäßig, und wir schickten uns grenzenlose Liebesbotschaften. Trotz der Distanz waren wir tief miteinander verbunden. Ich hatte nie Zweifel, daß etwas unsere gemeinsamen Pläne zerstören könnte.
Bis zu jenem Sonntag morgen. Nach dem Aufwachen rief ich Emad an, um ihm erneut meine Sehnsucht und meine Liebe zu beteuern.
Natürlich wußte ich, daß er die Tage zuvor bei seiner Familie im Heimatdorf verbracht hatte. Das war für mich kein Grund zur Beunruhigung, hatte er seinen Angehörigen doch bereits Wochen vorher von mir und unseren Heiratsabsichten berichtet. An diesem Sonntag morgen allerdings sollte ich erfahren, daß seine Mutter und sein ältester Bruder eine Europäerin für ihn als zukünftige Frau nicht akzeptierten. Im Familienverband wurde beschlossen, daß Emads Braut *ausgesucht* werde. Keinesfalls dürfe es eine ‚Andersgläubige' und Europäerin sein.
Ich reagierte völlig fassungslos. Mir fehlten die Worte. Sprachlos nahm ich das

‚Urteil' hin. Es war mir wahrhaftig nicht möglich, am Telefon auf diese Nachricht entsprechend zu reagieren. Abgeschoben und gedemütigt fühlte ich mich. War ich denn weniger wert? Ich wurde ‚ersetzt' durch eine Frau, die mich durch Religion und Herkunft übervorteilte. Wie war so etwas möglich? Eine derartige Situation hätte ich mir in meinem bisherigen Leben niemals vorstellen können, entsprechend unvorbereitet traf sie mich jetzt mit aller Kraft. Das, was da passierte, geschah über meinen Kopf hinweg, konnte ich nicht beeinflussen. Ich hatte nicht mal die Möglichkeit ‚mitzureden'. Es wurde über mich entschieden ohne die geringste Chance, an dieser Entscheidung mitzuwirken.

Einfach abgesondert. Fertig.

‚Diesem Mann ist es nicht gestattet, sich in eine Frau wie dich zu verlieben'... jetzt wußte ich diese Worte zu deuten und zu werten.

Aus heutiger Sicht möchte ich erklären, daß ich damals unwissend und unvorbereitet war. Es ist ein ganz üblicher Brauch in islamischen Ländern, daß einem jungen Mann im heiratsfähigen Alter eine Frau bestimmt wird, wenn er selbst nicht in der Lage ist, eine standesgemäße Partnerin für sich zu finden oder wenn durch andere Umstände, wie in meinem Fall, die Familie sich gezwungen sieht, diese Maßnahme zu ergreifen. Sofern sich der Junggeselle der Familienentscheidung nicht widersetzt, hofft man im allgemeinen auf das Einverständnis des zu Vermählenden, wenn die Ausgewählte im Kreise beider Angehörigen vorgestellt wird. Bei diesem Treffen hat der Mann die Möglichkeit, seine zukünftige Frau in der Verschleierung anzuschauen und mit ihr zu sprechen.

Bittere Einsicht

Eine Phase der Niedergeschlagenheit und Enttäuschung nahm mich ein. Was geschehen war, konnte ich nur schwer begreifen und hinnehmen. Wie war es möglich, daß man über mich bestimmte? Daß Emads und mein Schicksal durch anderer Menschen Hände gesteuert wurde? Ratlos fragte ich mich, was ich tun könne. Ich fühlte mich machtlos dieser Situation gegenübergestellt. Durch meine Depression und die Unwissenheit, wie auf das Geschehene zu reagieren war, fand ich nicht die Stärke, dagegen anzukämpfen.

Ich versuchte, Emads Zustimmung zu dem Familienbeschluß zu verstehen. Er befand sich in der schwierigen Lage, zwischen seinen Angehörigen und mir zu entscheiden. Der familiäre Zusammenhalt in Ägypten ist wesentlich stärker und vor allem *wichtiger* als bei uns in Deutschland, das war mir klar. Eine zukünftige Beziehung mit mir hätte wahrscheinlich den Verstoß aus seinem Clan zur Folge gehabt.

Zunächst vermied ich jeglichen weiteren Kontakt mit Emad, denn ich hatte nicht vor, ihn erneut in einen Konflikt zu bringen. Das hätte unser Glück nicht zurückgebracht, sondern noch mehr Schmerz und Ärger mit sich geführt. So nahm ich denn mein Schicksal hin und versuchte meine Trauer zu verdrängen. Im täglichen Einerlei suchte ich Ablenkung und konzentrierte mich auf meine beruflichen Aufgaben.

Mein Vorhaben, nach Ägypten zu gehen, schien mir in dieser Zeit völlig unangebracht und unter diesen Umständen verging mir jede Ambition, nachhaltig an dessen Umsetzung zu arbeiten. Abermals ließ ich die Verwirklichung meines Lebenstraumes fallen, und diese Tatsache vergrößerte meinen Frust noch viel mehr.

Dennoch vernachlässigte ich die Kontakte zu meinen Freunden in Sharm el Sheikh nicht. Dori und ich telefonierten regelmäßig und tauschten Briefe aus. Durch sie erhielt ich Einblick in die Geschehnisse in meinem ersehnten Paradies Sinai. Vorwiegend interessierte mich das Wohlergehen all meiner

Bekannten. Und natürlich lauschte ich Neuigkeiten über Emad. Ich war neugierig, ob und wann es wohl soweit sein würde. Nach sechs Monaten erhielt ich dann tatsächlich die Mitteilung, daß Emad seine Verlobung und die bevorstehende Hochzeit angekündigt hat. Na denn, das war's dann wohl.
Auf diese Nachricht war ich glücklicherweise ja schon irgendwie vorbereitet und nun, da es soweit war, wünschte ich Emad in meinen Gedanken einfach nur noch ‚Alles Gute'. Gelegentlich fragte ich mich, ob er mich vergessen würde zugunsten seines Eheglücks? Dann wieder spürte ich das Verlangen, daß er gefälligst *ewig* an mich denken solle, nachdem er mir soviel Kummer bereitet hatte. Dieser Wunsch war natürlich ziemlich gemein. Vielleicht heiratete er eine für ihn ausgesuchte Frau des lieben Familienfriedens Willen und liebte eigentlich noch mich. Dann wäre er zu bedauern, oder nicht?

Während meiner Freizeit verkroch ich mich in meiner Wohnung und fühlte mich in dieser langen Periode der Niedergeschlagenheit erstmals in ihr wirklich wie ‚zu Hause'. In meinen vier Wänden fand ich plötzlich die Geborgenheit, wie ich sie mir lange ersehnt hatte. Und das war schön. Zurückgezogen machte ich es mir gemütlich, und es war ein Genuß, für mich allein zu sein, abgeschirmt und beschützt von allem, was ich nicht sehen und mit dem ich nicht konfrontiert sein wollte.
Während vieler Monate kam ich nicht auf die Idee, nach Sharm el Sheikh zurückzukehren. Einen überraschenden Besuch bei Emad wollte ich, wie erwähnt, vermeiden. ‚Schlafende Hunde soll man nicht wecken' oder wie heißt dieser sinnige Spruch?
Die Zeit verging in Eintönigkeit, bis Dori mich erneut auf einen Urlaub bei sich einlud. Sie gab mir den ersten Anlaß, über eine Rückkehr nachzudenken. Eine spontane Zustimmung war mir nicht möglich. Ich grübelte einige Wochen und fragte mich irgendwann, warum ich wegen Emad nicht mehr nach Sharm el Sheikh reisen solle. Es war überhaupt nicht einzusehen. Ich konnte unmöglich wegen eines Wiedersehens mit ihm in Zukunft auf meinen geliebten Sinai verzichten und wollte es auch gar nicht. Ein Wiedersehen

würde es sicherlich geben. Der Ort war so klein, daß man sich zwangsläufig über den Weg lief. Warum auch nicht? Ein Wiedersehen würde uns Klarheit geben über die Situation. Dann erst würden wir vielleicht auch Ruhe finden. Zumindest glaubte ich das für mich zu erwarten.
Ich buchte!

*

Dori stand mit ausgebreiteten Armen am Flughafen und holte mich ab. Es war lieb von ihr, mich so zu empfangen.
Gemeinsam setzten wir uns in ein Taxi und steuerten ihren Bungalow auf der Klippe an. Während der Fahrt bei geöffneten Fenstern strömte ein warmer Wind an unseren Gesichtern vorbei, und mit geschlossenen Augen roch ich den typischen Duft der Wüste und des salzigen Meeres.
Dori schwieg, ließ mich genießen und in meinen Gedanken schweifen. Sie kannte meine Geschichte mit Emad. Sie kannte eigentlich viele Geschichten wie die meine und wußte sich in mich hineinzuversetzen. Das Schicksal, wie mich es ereilt hatte, hatten schon so einige Frauen durchlebt, die ihr bekannt waren. Dori versuchte mich in dieser Angelegenheit nie zu etwas zu überreden, hörte sich aber geduldig die Probleme an, die mir auf der Seele lagen.
Am Abend auf der Klippe beschäftigten wir uns abermals mit dem Thema Emad. Ganz darüber hinweg war ich anscheinend doch noch nicht. Wieder in der Nähe von ihm zu sein, nur ein paar Kilometer weg von seinem Aufenthaltsort, brachte alle Erinnerungen zurück. Den Ausgang, den unsere Beziehung genommen hatte, hielt Dori trotz des Verlustschmerzes für den besten: „Glaube mir, es wäre mit euch beiden nicht gutgegangen. Zuviel Druck und Belastung hätte auf eurer Partnerschaft gelegen."
Sie hatte sicherlich recht. Eigentlich war auch mir irgendwann klar geworden, daß es zwar ein Ende mit Schrecken, im anderen Falle aber wahrscheinlich ein Schrecken ohne Ende geworden wäre.
Doris Meinung stärkte mein Vorhaben, Emad am nächsten Tag in die Augen zu schauen, um festzustellen, was noch übrig war an Gefühlen zwischen uns.

Gleich am folgenden Vormittag suchte ich Emad auf seiner Arbeitsstelle auf. Auf meinem Weg traf ich einige seiner Freunde und Kollegen, die mich von meinem vorherigen Besuch kannten und den Verlauf zwischen Emad und mir verfolgen konnten. Zwar begrüßten sie mich herzlich, dennoch merklich mißtrauisch. Ich konnte an ihren Gesichtern ablesen, was sie dachten: ‚was will die denn hier? Muß sie jetzt hier aufkreuzen und Emads Glück mit der neuen Frau gefährden?'

Mich überkamen Gefühle der Schlechtigkeit. Ich dachte daran, auf dem Absatz kehrt zu machen und diesen Ort schnellstens zu verlassen. Vielleicht war es von Anfang an ein Fehler, jemals in Emads Leben aufzukreuzen. Ich fühlte mich irgendwie schuldig.

Das von mir so gerne gehörte ‚welcome back home' sagte keiner von ihnen. Vielmehr gaben sie mir zu verstehen, daß ich dort nichts zu suchen hatte.

Emad stand, in ein paar Papiere vertieft, auf dem Gang vor seinem Büro.
Bei seinem Anblick verkrampfte sich mein Magen.
„Hallo Emad!" Er schaute mich an und lachte dieses hinreißende Lachen, wie ich es von ihm kannte und bei dem ich mich einst in ihn so verknallt hatte.
„Hallo, wie geht es dir?"
Im Ansatz streckte ich ihm meine Hand entgegen, doch das Gefühl, daß er sie nicht nehmen würde, hielt mich davon zurück. Ich spürte deutlich die Distanz, die er wahrte. Ging er nicht sogar einen Schritt zurück?
„Gut Emad, und dir?"
„Es geht mir hervorragend ... (grins!) ... wann bist du angekommen?"
„Gestern."
Schweigen. Nach dieser kurzen Konversation folgte ein beiderseitiges Schweigen; betroffene Blicke und verlegenes Hüsteln. Emad nahm das Gespräch wieder auf: „Ich habe etwas Dringendes zu erledigen und muß jetzt leider wieder in mein Büro. Also, mach's gut."
„Ja, du auch."
So ging er davon, ohne sich noch mal umzudrehen ...

Die noch folgenden Tage dieses Urlaubs konnte ich nicht in dem Maß genießen, wie das üblicherweise der Fall war, wenn ich mich in Sharm el Sheikh aufhielt.
Immerzu grübelte ich über das Geschehene, und immerzu führten mich meine Wege an Orte, an denen Emad sich für gewöhnlich aufhielt. Und immerzu sagte ich mir, daß ich diese Orte meiden sollte.
Es war ein für allemal vorbei. Das hatte jenes lang befürchtete Wiedersehen bewiesen. Eine bittere Einsicht. Noch viele Jahre konnte ich nicht begreifen, daß mir eine Zukunft mit Emad aufgrund unserer verschiedenen Religionen und Herkünfte untersagt blieb.
Es kam zu keinem weiteren Treffen zwischen uns. Wenn wir uns aus der Ferne sahen, blieb es bei einem kurzen Winken.

Der düstere Nebel, der auf meiner Stimmung lag während der restlichen Urlaubstage, konnte weder durch das Tauchen an den schönen Riffen noch durch nettes Beisammensein mit Freunden vertrieben werden.
Die Tatsache, daß ein anderes Glaubensbekenntnis und eine fremde Abstammung Gründe dafür sind, daß zwei Menschen sich nicht vereinen dürfen, ließ mich grübeln, und ich fragte mich, ob meine Unwissenheit und Ahnungslosigkeit etwas bewirkte, das unerwartete Folgen mit sich brachte. Ich drang in eine Welt ein, in Emads Welt, in der ich möglicherweise gar nichts zu suchen hatte. Dadurch gefährdete ich die Harmonie seiner Familie und wurde Grund für eine Zwangsvermählung, ohne, daß ich die geringste Ahnung davon besaß.
Die offenen Grenzen, die uns ein Land bietet, sollten uns noch lange nicht gestatten, gleichermaßen die Grenzen in die persönlichen Bereiche zu überschreiten, ohne uns über mögliche Konsequenzen klar zu sein. Zum ersten Mal schaute ich mich bewußt in meiner Umgebung in Sharm el Sheikh um: da waren die Touristinnen, die sich so freizügig in dieser islamischen Welt bewegten, als wären sie in einem europäischen Land; mit Kleidern, so kurz, das man mühelos die Farbe der Unterwäsche zu deuten wußte. Am Strand sonn-

ten sie sich hemmungslos ‚oben ohne'. Nur ein paar Meter weg auf der Strandpromenade flanierten die ägyptischen Frauen in langen Gewändern und Verschleierung mit ihresgleichen und den Kindern. Manche Muslimin wollte auf den Strand- und Badespaß mit ihrer Familie nicht verzichten: zwischen Barbusigen gesellten sie sich komplett bekleidet unter die Touristen. Was für ein erschütterndes Bild. Es war beschämend.

Ich hatte noch nie die Konsequenzen überdacht, welche diese gegensätzliche Situation für die Einheimischen mit sich bringen mußte. Ich war überzeugt davon, daß der Tourismus das Gleichgewicht der dort lebenden Menschen gefährdet. Und ich fragte mich plötzlich, wie es überhaupt möglich sein kann, daß ein in Sharm el Sheikh lebender Ägypter mit dem ständigen Anblick der halbnackten Touristinnen zurechtkam. Neben den verschleierten Frauen des Islam erschien es mir wie eine Provokation, welche die Touristinnen darstellten.

Und wie dachten die Ägypterinnen darüber? Meine Güte, was mochten wir in ihren Augen sein? Ob sie uns verachteten? Wie kamen sie bloß damit zurecht, daß sich ihren Männern ständig der Blick auf knapp bekleidete braungebrannte Weiber bot? Gehörten wir Touristen überhaupt dorthin? Machten wir nicht viel kaputt? Abgesehen von dem Raubbau an der Natur, der für den Tourismus betrieben wurde, beeinträchtigte das Einrücken der freizügigen Urlauber sicherlich in hohem Maße die Eintracht und Harmonie der dort lebenden Menschen.

Ich schämte mich für unüberlegte Verhaltensweisen, die nicht nur europäische Touristen an den Tag legten. Ich ermahnte auch mich selbst zu mehr Rücksicht auf die Sitten und Gebräuche der Region.

Durch meine Überlegungen erhielt ich plötzlich eine vollkommen andere Ansicht und Denkweise über das Benehmen in einem islamischen Land. So lernte ich die Menschen in Ägypten auf eine besondere Art zu ‚respektieren'! Ich mochte mich auch nicht mehr so aufreizend zeigen, wie ich das vorher getan hatte. Und außerdem kann ‚frau' durchaus sexy gekleidet sein, ohne gleich provokativ dabei zu erscheinen.

All jene Feststellungen, wie ich sie in diesen Tagen machte, veranlaßten mich, auf die Bewohner in Ägypten anders zuzugehen. Besonders die Frauen, die verschleierten Musliminnen, sah ich fortan mit anderen Augen und lernte, ihnen gegenüber Zurückhaltung zu üben. In mir entstand der Wunsch, in einem Gespräch mit einer Muslimin zu erfahren, wie sie lebt und was sie bewegt. Ich hoffte, bald Gelegenheit dazu zu haben.

Zurückhaltung wird einem übrigens sehr gedankt. Die Einheimischen des Sinai spüren sofort, ob ihnen Achtung oder Gleichgültigkeit entgegengebracht wird und entsprechend reagieren auch sie freundlich oder reserviert.

So kam es, daß ich mich auch mit den Problemen der Einheimischen befaßte. Und ich tat es gerne; zeigte mich interessiert und einsichtig. Immer schon mochte ich mich in fremde Kulturen reindenken; sie verstehen lernen.

Wenn ich mich manchmal zurückzog und über dies oder jenes nachdachte, suchte ich mir stets einen Platz, der mir die Aussicht auf die atemberaubende Bergkulisse bot.

In die Richtung der Berge zu schauen, währenddessen ernste Gedanken zu verarbeiten sind, war, wie zu ihnen zu sprechen, zu ihnen zu denken, ihnen etwas zu übermitteln. Zwar antworteten sie nie, doch hatte ich stets das Gefühl, daß meine Gedanken an ihnen auch nicht einfach abprallten. Und oft verließ ich meinen Platz, an dem ich verweilte und hatte diese oder jene Antwort in mir gefunden.

Auch ein stummer Zuhörer wie ein Berg kann Antworten geben, indem er den Erzähler sie selbst finden läßt.

Sinai, mein Land, welch ein Frieden kannst du vermitteln. Bei dir fühle ich mich ausgeglichen und ruhig. Möchte nicht auf dich verzichten.

Deine Natur ist atemberaubend, deine Geschichte einzigartig.

Ihr Berge gebt das Gefühl von Geborgenheit und Kraft; zwischen euch will ich verweilen.

Wüste, ich möchte in dir sein, deine Geheimnisse und deine Bewohner kennen. Laß mich Teil werden von dir. Nimm mich weg von weltlichen Problemen und gib mir etwas von der Ruhe, die du ausstrahlst.

Mein Gott, wie hing ich an dieser Natur.

Suleiman und das Schweigen

In unserem Tauchcenter kreuzte dann und wann ein Ägypter auf in seiner weißen Galabeja, dem langen arabischen Gewand, und einem Tuch, der Emama, auf dem Kopf. Sein Gesicht war jung und dunkel gebrannt von der Sonne. Die kleinen braunen Augen hoben sich farblich kaum ab. Er war schmal, doch kräftig gebaut, soweit sich das durch die weite Galabeja erkennen ließ und seine gerade Haltung zeigte Würde und Stolz. Er war irgendwie anders. Allein durch sein Auftreten fiel er mir auf.
Meine Neugier wurde durch Dori befriedigt.
Ich fragte sie: „Wer ist dieser Ägypter dort?".
„Das ist Suleiman. Er ist Beduine. Komm, ich stell dich vor."
Suleiman und Dori kannten sich gut. Sie erklärte mir, daß der Beduine oft aus der Wüste nach Sharm el Sheikh käme, um interessierte Besucher auf einen Ausflug in sein Dorf oder zu einer Oase mitzunehmen. Er sei sehr vertrauenswürdig und jedem bekannt.
Ich wurde *sehr* hellhörig: Beduine ... in die Wüste ... Oase ...? Das machte mich neugierig.

Nachdem Dori uns kurz miteinander bekannt gemacht hatte, wandte sie sich unverzüglich wieder der Betreuung ihrer Taucher zu. Da stand ich nun mit Suleiman und zweifelte einen Moment lang, ob dieser Mann, der in der Wüste groß wurde, englisch sprach.
Ich wurde eines Besseren belehrt. Suleiman begrüßte mich mit einem äußerst verständlichen „Hello, how are you?".
Wir sprachen ein paar Sätze miteinander. Das übliche Zeug, wenn man sich kennenlernt in einem Urlaubsort: woher kommst du, wie lange bleibst du und so weiter.
Es machte Spaß, mit ihm zu reden; erhoffte ich mir doch wieder Gelegenheit, in eine andere Kultur hineinzuschnuppern. Zwar sah ich hier und da schon vorher Beduinen, doch nie hatte ich Gelegenheit, mit einem zu

sprechen. Suleimans Englisch war im Wortschatz sehr begrenzt, doch ausreichend für eine einfache Unterhaltung.
Ich beobachtete bereits bei seiner Ankunft, daß er von dem Tauchcenter-Personal sehr herzlich begrüßt wurde; anscheinend war er beliebt und willkommen.
Ich war sehr interessiert daran, mit ihm eine Fahrt in die Wüste zu unternehmen und hoffte auf sein Angebot. Für ihn würde das bestimmt ein Ausflug werden, wie schon mit vielen anderen Urlaubern zuvor. Es brachte ihm sicherlich einfach verdientes Geld. Für mich bot sich jedoch die Möglichkeit, am Leben in der Wüste selbst mitzuwirken, Teil von ihr zu sein, wie ich es mir wünschte.
Meine Freude über Suleimans Einladung, mit ihm zu kommen, war entsprechend groß und so verabredeten wir uns für den nächsten Morgen um neun Uhr am Tauchcenter zur Abfahrt in die Wüste.

In einem ‚Pick up' fuhren wir zunächst Proviant einkaufen. Ich konnte es kaum erwarten, bis wir die ersten Berge hinter uns lassen würden, doch brachte ich gerne die Geduld für das Shopping auf. Und eigentlich war auch das schon ganz spannend: ich lernte beispielsweise, daß man nie einen Wüstentrip unternimmt ohne mindestens vier Liter Wasser mitzunehmen. Pro Person, wohlgemerkt.
Lebensmittel und sonstiges verstaute Suleiman sorgfältig auf unserer Ladefläche unter schützenden Decken. Mir fiel auf, daß gleichfalls ein Kochtopf und anderes Geschirr vorhanden war. Unter den Sitzen im Fahrerraum entdeckte ich neben anderen Utensilien eine Axt und diverse Messer. Griffbereit sozusagen. Ein mulmiges Gefühl überkam mich. Mmh, ich beruhigte mich: der Mann lebt in der Wüste, da braucht man das!

Endlich ging der Ausflug los. Suleiman schob eine Musik-Cassette in den Recorder und arabische Musik der Art, welche für deutsche Ohren gewöhnungsbedürftig ist, schepperte durch die Autolautsprecher.

Sicherheitsgurte gab es in unserem Gefährt nicht. Die bei uns in Deutschland vorgeschriebenen Gurte fand man im allgemeinen nur selten in ägyptischen Autos, auch in den Taxis waren sie meist nicht vorhanden.

Mit geöffneten Fenstern, so daß die Hitze der Wüste durch einen angenehmen Wind gezähmt wurde, fuhren wir dahin und ließen die ersten Berge hinter uns. Ich fragte Suleiman, was unser Ziel sein würde, und er bereitete mich auf einen Besuch in einer Oase vor. In meiner Vorstellung sah ich mich schon in einem grünen Palmenhain sitzen, umrahmt von steil in die Höhe aufragenden Berggipfeln und einer Quelle neben mir, deren kühles klares Wasser mich erfrischt.

Ich lehnte mich zurück, ließ mich entführen, und es war mir sehr recht, daß Suleiman die Musik drosselte, als wir tiefer und tiefer in die Täler, die Wadis, hineinfuhren. Die Wüste strahlte eine unbeschreibliche Ruhe und Stille aus. Ihre Besucher sollten sich dieser Atmosphäre anpassen. Auch die Beduinen, die Bewohner dieser Wüste, respektierten das.

‚Wadi Kid' hieß unsere erste Station.

Durch ein Tal, dessen steile Felswände das Wadi immer enger und enger werden ließen, kamen wir an einen Punkt, der einer Sackgasse glich. Mit dem Auto ging es dort nicht weiter. Wir ließen den Pick up zurück und folgten einem Pfad zu Fuß. Zwischen riesigen Felsblöcken suchten wir uns den Weg in das immer schmaler werdende Wadi. Ich traute meinen Augen nicht, als ich am Wegrand ein dünnes Rinnsal von klarem Wasser entdeckte, das sich auf dem trockenen Wüstenboden seine Bahn ins Tal suchte. Am meisten jedoch faszinierten mich die Farben der Felsen und Steine: schwarz, grau, weiß, rot, orange, gelb, ja sogar violett und grün konnte ich entdecken. Wahllos hatte die Natur hier mit Farben, Formen und Materialien gespielt.

Ich hatte das ständige Bedürfnis, das Gestein zu berühren, es anzufassen. Manches fühlte sich glatt, zart und warm an; ein anderes zerbröckelte bei leichtem Druck in hartkantige Teile und wieder anderes lag schwer und kalt in meinen Händen.

Die Hauptfarbe des Sinai-Gebirges wird gegeben durch den robusten roten Granit, dessen Vorkommen sehr hoch ist. Er verleiht den Bergen eine einzigartige rote Farbe. Wenn morgens früh das Sonnenlicht vom Meer auf die Wüste fällt, dann scheint das Gebirge förmlich zu ‚glühen'.

Wir spazierten weiter und weiter hinauf durch kurviges Gelände, und in der Ferne sah ich eine erste Palme einsam stehen.
Unerwartet erschien plötzlich ein Beduine auf seinem Kamel. Ruhig und gelassen kam er auf uns zu. Suleiman und er begrüßten sich wie alte Nachbarn. Der Reiter blieb nicht stehen, sondern zog gemächlich auf seinem hohen Tier an uns vorbei. Ich schaute ihm verdutzt nach. Wo kam denn der jetzt her? Mitten in der Wüste. Es schien kein Dorf in der Nähe zu sein. Das letzte Beduinendorf, das ich während unserer Fahrt entdecken konnte, war *ewig* weit weg.
Ich traute mich nicht, Suleiman zu fragen. Er wanderte steten Schrittes vor mir her und bemerkte meine Verwunderung nicht. Auf jeden Fall war ich sehr angetan von diesem Mensch auf seinem Kamel, bekleidet mit schneeweißer Galabeja und Emama. Er sah einfach großartig aus. Und da war dieser Stolz in seinem Antlitz und seiner Haltung. Das war bestimmt ein Scheich oder so was. Ich war mir ganz sicher. Auch das Tier wirkte so edelmütig und unnahbar. Es sah prächtig aus mit den bunten Fransen und den farbigen Zügeln. Postkartenmotiv!

Wackelig spazierte ich hinter Suleiman her, immer auf der Hut, nicht zu stolpern oder über größere Steine zu fallen. Das ist gar nicht so einfach, wenn man den Blick von einer atemberaubenden Natur nicht lassen kann.
Aus einer Palme wurden mehrere und um eine letzte Windung herum, die unseren Weg vorgab, eröffnete sich ein Bild, das mir die Sprache verschlug: ein riesiger Palmenhain lag vor uns mit saftig grünen Pflanzen und Fruchtbäumen, eingebettet zwischen steilen Felsen. Ich suchte nach einer passenden Beschreibung und mir fiel nur ein Wort ein: Hollywood-Kulisse. Nur sind die

meistens nicht echt.

Hinter der Oase dehnte sich das Wadi in eine riesige Ebene aus, auf der ich scheinbar uralte Steinhäuser und Mauern erspähte. Wir bewegten uns in die Oase hinein, und sie spendete Schatten und kühle Luft. Ich ließ mich auf einen Palmenstamm fallen, der auf dem Boden lag und schnaufte erstmal tief durch. Zwar war mir sehr heiß durch den Marsch an diesen Platz, doch die trockene Wüstenluft vermied unangenehmes Schwitzen. Ein hervorragendes Klima.

Suleiman zeigte mir den Brunnen. Von hier kam also das Wasser, welches wir auf dem Weg gesehen hatten. Der Brunnen war sehr schmal und tief, ich konnte die Wasseroberfläche nicht sehen.

Meine Neugier wurde auf die alten Steinhäuser gelenkt, die hinter der Oase auf freiem Gebiet standen. Sie schienen unbewohnt und Suleiman gab mir zu verstehen, daß ich mich gerne umschauen dürfte. Es war niemand da, die Hütten waren teilweise verfallen. Ein Mühlstein, den ich auf einer der Mauern entdeckte, zeugte von Leben, das einst hier herrschte. So eine Art Mühlstein glaubte ich das letzte Mal in einem Museum gesehen zu haben. Älteres Stück – liegt sicherlich schon ewig dort auf dieser Mauer, dachte ich. Ich täuschte mich. Suleiman erklärte mir, daß dieser Mühlstein noch immer benutzt werde. Es war Zeit zum Wachrütteln: das war eine andere Welt. Eine Welt der Nomadenvölker und Wüstenbewohner. Ich befand mich weit weg von moderner Zivilisation.

Wir hörten die Rufe einer Frau. Von der anderen Seite des Wadis über die große Ebene kam eine Beduinin mit zwei kleinen Mädchen gelaufen. Vor sich her trieben sie eine Herde Ziegen, die auf ihrem Weg nach Futter suchte. Doch Futter war rar. Der trockene Sandboden ließ nur wenig Pflanzen wachsen. Und von diesen Wenigen seien manche ungenießbar, sogar hochgiftig, klärte Suleiman mich auf. Die Bewohner der Wüste aber, sei es Mensch oder Tier, haben gelernt, was sie zu sich nehmen dürfen und was nicht. Ziegen, Schafe und Kamele wissen die ungenießbaren Sträucher zu meiden.

Die einzigen Pflanzen, die sichtbar über die ganze Wüste verstreut standen, waren die Akazienbäume. Auf großen Ebenen boten sie den einzigen Schatten, den ein Reisender finden kann. Doch ihr Bewuchs war spärlich und die Äste mit hartnäckigen spitzen Dornen von bis zu mehreren Zentimeter Länge bewachsen.

Die Gruppe der Ziegenhirtinnen kam näher, und es wurden neugierige Blicke ausgetauscht. Beide Mädchen schlenderten scheinbar zufällig bis in meine direkte Nähe, bleckten die Zähne und begrüßten mich in genuscheltem Arabisch. Es war offensichtlich, daß sie kein englisch verstanden. Mein Urlaubs-Arabisch beschränkte sich leider auf wenige Worte wie ‚Guten Tag' und ‚Auf Wiedersehen'. Damit konnte ich in diesem Moment nicht viel anfangen.
Doch wie gerne hätte ich diese Mädchen verstanden, mit ihnen zusammen gesessen und die nächsten Stunden bei Spiel und Erzählung verbracht. Und wie hübsch sie waren: schöne ausdrucksstarke Gesichter, kakaobraun, mit dunklen wachsamen Knopfaugen und langen schwarzen Wimpern, feinen Nasen und vollen Lippen. Die durch Sonne ausgebleichten hellen Haare und knallbunten Kleider, welche insbesondere die Beduinenkinder gerne tragen, hoben ihren Teint noch mehr hervor.
Da ich ihnen nicht viel an Unterhaltung bieten konnte, flitzten sie auf nackten Füßen wieder davon. Sie trugen keine Schuhe. Ich dachte voller Unbehagen an die Dornen der Akazienbäume.
Die ältere Beduinin verfolgte ungestört ihren Weg durch das Wadi Kid. Ich schaute ihr interessiert hinterher. Sie trieb ihre Ziegen vor sich her und ließ sich nicht beirren. In ihrem schwarzen Kleid und hinter dem schwarzen Schleier, der alles bis auf die Augen bedeckte, ließ sie nichts von sich erkennen.
Auf unserer Fahrt zurück vom Wadi Kid versuchte ich von Suleiman mehr zu erfahren über die Lebensweise der Beduinen. Ich fragte ihn beispielsweise nach der Wasserversorgung: „Woher erhalten die Beduinen Wasser, die keine Oase wie das Wadi Kid in nächster Umgebung haben und auch nicht in der Nähe von Küstenorten leben?"

Er antwortete mir: „Sie nehmen weite Fußwege von bis zu mehreren Tagen auf sich, um die nächste Wasserstelle zu erreichen."
Suleiman sprach nicht viel. Sicherlich wurden ihm schon hundertmal die gleichen Fragen gestellt. So schwieg ich und tat es ihm gleich. Vielleicht mochte er mich auch nicht. Wahrscheinlich war er froh, wenn er mich am Abend wieder loshatte. Nerviger Tourist.

Unser nächster Halt führte uns in ein Beduinendorf.
Suleiman kündigte mir Tee an. Er führte mich zu einem Zelt, in dem bereits viele Männer und eine Frau auf dem Boden um ein Feuer versammelt saßen. Etwas beschämt näherte ich mich der Runde. Ich mahnte mir entsprechende Zurückhaltung und Bescheidenheit an, da ich mich in einem für mich völlig fremdartigen Kulturkreis bewegte: ‚du bist hier nur Gast, also zeige größten Respekt, wenn du willkommen geheißen werden möchtest'.
Suleiman streifte seine Sandalen ab und suchte sich in dem Kreis einen Platz. Bei mir ging das nicht so schnell: meine Sportschuhe wollten erstmal unter den neugierigen Blicken der umstehenden Kinder aufgeknotet werden. Anschließend suchte auch ich mir mucksmäuschenstill einen Sitzplatz auf einem der bunten Teppiche in der ‚hinteren Reihe'.
Ich hatte mich kaum sortiert, als mir die Beduinin Tee reichte. Sie nickte mir dabei zu und gab mir mit Handzeichen zu verstehen: ‚Trink, trink! Du bist willkommen.'
Ihre Augen, mehr war ja nicht zu sehen, vermittelten mir das Gefühl von Gastfreundschaft. Ich war integriert. Meine Nervosität verschwand.
Die Anwesenden kümmerten sich gar nicht so recht um mich. Sie unterhielten sich angeregt auf arabisch. Das gab mir Gelegenheit, von meinem Platz aus die Umgebung zu inspizieren: das Dorf bestand aus einigen Hütten, die nicht verschlossen und somit jedem zugänglich waren. Zwischen den Behausungen lagen Kamele, die wiederkäuend in die Gegend schauten. Gelegentlich sprang eine Ziege oder auch mal ein Schaf über die Bildfläche und dann war da natürlich noch ein Horde von Kindern, die neugierig und mit großen Augen

von außen in unser Zelt lugte. Anscheinend hatten sie nichts in der Erwachsenenrunde zu suchen und so drängten sie sich in sicherer Entfernung um die besten Plätze. Ich hatte meinen Spaß mit ihnen – diesen hinreißenden Bälgern. Und sie erst mit mir! Sie tuschelten und flüsterten hemmungslos miteinander. Es war offensichtlich, daß sie in mir das geeignete Opfer für ihre Späße fanden. Doch es störte mich nicht. Auf mein Grinsen reagierten sie sehr lieb mit einem fröhlichen Winken und einem Lachen auf dem Gesicht.

Ich richtete meine Aufmerksamkeit wieder auf die Gruppe Menschen, inmitten der ich mich befand. Verblüfft stellte ich fest, daß keiner mehr redete. Die angeregte arabische Unterhaltung, die unmittelbar zuvor noch geführt wurde, war eingestellt und es herrschte tiefes Schweigen und absolute Ruhe. Die Beduinen schienen in sich gekehrt. Nur das Flackern und Knistern des Feuers war zu vernehmen. Einen nach dem Anderen beobachtete ich für einen Moment und suchte in den Gesichtern nach einer Erklärung für das Verhalten.

Ich vermied jedes Geräusch und paßte mich der Stille an. Wie sie, gab ich mich der Ruhe hin und hörte in mich und meine Gedanken hinein. Anfangs ließ meine Verwirrung über die Situation keine rechte Ruhe in mir aufkommen, doch nach einer Weile gelang es mir, abzuschalten und eine ausgesprochene Entspannung in mir aufkommen zu lassen.

Bis zu diesem Tag hatte ich es noch nicht erlebt, daß eine Gruppe von Personen in kleinem Kreis grundlos für derart lange Zeit miteinander schweigt; keiner spricht. Das gäbe es in Deutschland nicht, da redet immer einer. Diese Beduinen aber gaben sich – gemeinsam – für eine Zeitlang der Stille hin. Sie schienen sich durch tiefes Schweigen miteinander zu verständigen. Wenigstens beruhigte ich mich in einem: Suleiman war während unseres Ausfluges nicht unbedingt wegen mir so wortkarg – die Beduinen waren anscheinend sehr schweigsam. Warum sollten sie sprechen, wenn es nichts zu sprechen gab? Unsereins in Deutschland hätte ein solch stummes Verhalten prompt als beleidigend betrachtet.

Das große Schweigen wurde plötzlich durch einen anscheinend völlig belanglosen Kommentar gebrochen, die Konversation wurde fortgesetzt als hätte sie nie aufgehört.
Suleiman stand auf, verabschiedete sich durch einen kurzen Gruß bei seinen Freunden und gab mir zu verstehen, daß wir weiterziehen.
„Shokran" – danke – sagte ich zu der Beduinin, reichte ihr das leere Teeglas und blickte sie scheu an. Die faltige Haut um ihre Augen verformte sich und ich wußte, daß sie mir unter dem schwarzen Schleier ein Lächeln schenkte. Ich lächelte zurück ...
So schnell Suleiman aus seinen Sandalen draußen war, so schnell war er auch wieder drin. Unter den Augen der Teetrinkenden suchte ich hektisch nach meinen Schnürbändeln, um Suleiman möglichst schnell zum Auto folgen zu können.
Zurückhaltend verabschiedete ich mich bei meinen Gastgebern. Sie hatten mich eingelassen in ihre Welt und willkommen geheißen. Ich empfand großen Dank. Es lag mir daran, einen guten, nein, den *besten* Eindruck zu hinterlassen, denn ich wollte eins: wiederkommen dürfen.

Suleiman schlug den Weg in Richtung Küste ein. Leider.
Gerne wäre ich noch geblieben. Ich fühlte mich wohl bei den Beduinen. Dieses Volk strahlte einen mir unbekannten Frieden aus. Das übertrug sich auf mein Wesen. Eine tiefe Gelassenheit und das Gefühl der Ausgeglichenheit brachte ich aus der Wüste mit zurück.
Doch mein Tag mit Suleiman sollte noch nicht vorbei sein. Anstatt den Ort Sharm el Sheikh anzusteuern, wählte er einen Weg durch sandiges Gelände an die Küste und suchte einen herrlichen Platz am Ufer in einer einsam gelegenen Bucht, um den Wagen erneut zu stoppen.
Er schuf uns ein gemütliches Plätzchen, indem er eine Decke auslegte und mit Hilfe weniger vertrockneter Zweige, die er während des Tages in der Wüste gesammelt hatte, ein Feuer entfachte. Dann holte er die mitgebrachten

Lebensmittel, einen Wasserkanister und die Kochtöpfe vom Auto und begann, ein Essen vorzubereiten. Ich bin es nicht gewohnt, daß ein Mann mich bekocht, und schon gar nicht, daß ich ihm dabei tatenlos zuschaue. So schnappte ich mir ein Messer und half ihm, die Kartoffeln zu schälen und das Gemüse zu putzen.

Es wurde ein köstliches Mahl.

Und in der Idylle dieser unberührten Natur schmeckte es noch mal so gut.

Mit dicken Bäuchen dösten wir anschließend an diesem märchenhaften Fleckchen Erde und lauschten dem leisen Plätschern der Wellen.

„Suleiman, wie alt bist du?"

Es gab einfach zuviel, das ich wissen wollte und meine Neugier ließ mich nicht in Ruhe.

„Einhundertundfünf Jahre alt." wollte Suleiman mir weismachen.

Ich schaute ihn an und begann zu lachen.

„Oh bitte, sei ehrlich, sag mir, wie alt du wirklich bist."

Er blickte mich an und sprach: „Ich weiß es nicht. Ist es wichtig zu wissen?"

Nach einem kurzen Überlegen antwortete ich ihm: „Nein, eigentlich nicht. Dort, wo du zu Hause bist, Suleiman, ist es wirklich nicht wichtig."

Ich zuckte förmlich etwas zusammen, als plötzlich aus nicht allzu weiter Ferne das Anspringen eines Motors zu vernehmen war. Durch die hügelige Küstenformation konnten wir nichts sehen, dem wir das Motorengeräusch hätten zuordnen können. Zweifellos aber war es eine Baumaschine, die rastlos in der Landschaft wütete.

Das tat weh und ich warf Suleiman einen vielsagenden traurigen Blick zu.

Sein Gesichtsausdruck erwiderte meine Empfindung.

Als wir nach geraumer Zeit unsere Sachen zusammenräumten und uns für die Heimfahrt rüsteten, machte mich Suleiman auf einen Adler aufmerksam, der beinahe unbeweglich auf der Spitze einer Klippe verharrte.

Wie ein König saß er dort oben auf seinem Thron, erhaben und stolz blickte er auf das Land. Doch wurde diese einmalige Szenerie überschattet von dem

regelmäßigen Knattern und Donnern der Baumaschine.
Suleiman hielt inne und beobachtete den Adler. Fast hatte ich den Eindruck, er wollte Kontakt zu ihm aufnehmen. Dann sprach er mit ruhiger fester Stimme in Richtung des Tieres: „Ja, schütze dein Reich, solange es noch möglich ist."

Mit diesen Worten in meinen Ohren und dem Bild des Adlers vor Augen fuhren wir zurück nach Sharm el Sheikh.
Wir schwiegen ... und das war schön.

Der gemeinsame Tag mit Suleiman, dem Beduinen, stellte für mich zweifellos den Höhepunkt dieses Urlaubs dar.
Nach meinem fünften Aufenthalt im Sinai wurde mir bewußt, daß meine Empfindung, meine Liebe für dieses Land nochmals enorm gewachsen war.
Ich hatte die Wüste er‚lebt‘, und das ließ mich nicht mehr los.

Entscheidungsphase

Zurück in Deutschland, zurück im Alltag, hatte ich Gelegenheit, die Impressionen und Erlebnisse meiner Reise zu verarbeiten.

Den Wüstentrip mit Suleiman wollte ich nicht missen. Wochenlang noch schwelgte ich in Erinnerungen an diesen Tag, wenn ich beispielsweise an meinem Schreibtisch saß und es für einen kurzen Moment schaffte, mich gedanklich in diese andere Welt der Wüste zu versetzen.

Die Lebensweise der Beduinen veranlaßte mich zum Nachdenken. Ihr einfaches, doch anscheinend glückliches Dasein wirkte ernüchternd auf mich. Mit wie wenig gaben sie sich doch zufrieden und waren trotz allem fremden Menschen gegenüber offen und herzlich. Selbst dem ‚wohlhabenden' Touristen wie mir zeigten sie keine Mißgunst oder Neid. Dagegen hielt ich mir vor Augen, über welche Probleme wir uns in Deutschland den Kopf zerbrechen und uns verrückt machen. Viel zu sehr neigen wir dazu, über dies und jenes zu klagen und zu jammern. Dabei könnten wir zufrieden sein. Wir haben soviel mehr als manch andere ...

Ich lernte, Dinge etwas anders zu betrachten: so eben auch mit weniger zufrieden zu sein, anstatt dem stetigen Drang unserer Kapitalgesellschaft nach Reichtum und Macht zu folgen. Ich profitierte von meiner neuen Erkenntnis, und sie veränderte meine Einstellung gegenüber dem Materialismus unserer Welt.

Noch heute bin sehr dankbar für das, was ich bei den Beduinen lernen durfte. Viele Besuche bei ihnen, die noch folgen sollten, halfen mir mehr und mehr, das Leben sorgenfreier zu sehen und leichter zu meistern.

Ich schaffte es auch, mir etwas von dieser inneren Ruhe der Wüstenbewohner anzueignen, mit dem Resultat, daß ich ausgeglichener und mein Handeln überlegter wurde. Noch immer verspüre ich das Bedürfnis, die Wüste und deren Volk zu besuchen, bei ihnen zu verweilen, wenn ich mich mal wieder auf den Boden der Tatsachen zurückholen muß oder einfach vor den Sorgen unserer Gesellschaft flüchten möchte.

Der Urlaub hatte außerdem etwas Gutes mit sich gebracht: die Begegnung mit Emad. Wie befreit von ihm fühlte ich mich nach meiner Rückkehr. Es war eine gute Sache, ihm noch einmal in die Augen geschaut zu haben, um herauszufinden, wie die Lage ist. Nun wußte ich Bescheid: Es war vorbei, und ich fühlte mich erleichtert. Meine Depressionen waren weg, und ich fand wieder meinen Blick für die Zukunft.

Zwar mußte ich erkennen, daß es für uns keine Chance mehr gab, doch immerhin befreite diese Feststellung mich aus der Grübelei und Frustration, der ich zuvor erlegen war.

Es ist manchmal hilfreicher, Klarheit zu erhalten über etwas, sei es günstig oder nachteilig für einen selbst, als weiterhin im Unklaren zu dümpeln und vergebens nach einer Antwort zu suchen.

Sinai beschäftigte mich mehr und mehr.
Mein Interesse für das Land und dessen Bewohner interessierte mich über alle Maßen.
Wann immer sich die Gelegenheit bot, verfolgte ich Dokumentationen über Ägypten allgemein und dem Sinai im besonderen. Verhältnismäßig oft wurde über Sharm el Sheikh und den wachsenden Tourismus berichtet. Nicht selten erkannte ich während Filmausstrahlungen dieses oder jene vertraute Gesicht im Fernsehen wieder. Da wurden zum Beispiel die Besitzer des Tauchcenters interviewt, die ich durch meine häufigen Besuche sehr gut kannte. Das deutsche Paar zählte zu den Pionieren des Tauchsports und führte die renommierteste Basis am Roten Meer.
Oder ich konnte Szenerien an mir bekannten Plätzen wie dem Sanafir beobachten. Gespräche mit prominenten Persönlichkeiten wie zum Beispiel einem Tauchmediziner, der in Sharm el Sheikh eine weltweit bekannte Einrichtung ins Leben gerufen hatte, um verunglückten Tauchern sofortige Hilfe zu bieten, verfolgte ich gleichfalls mit großer Neugier. Dieser Arzt begegnete mir nicht nur in verschiedensten Fernseh-Sendungen; Artikel über die Dekompressions-Kammer im Süd-Sinai und den erfolgreichen Leiter

dieser Station, Dr. Tarek Nasr, entdeckte ich auch in vielen Zeitschriften und Tauchmagazinen. Er hinterließ bei Zuschauern und Lesern einen sehr nachhaltigen Eindruck.
Mein Hauptinteresse aber galt den Dokumentationen über das Landesinnere. Wenn sich die Impressionen der Wüste über den Fernsehmonitor auf mich übertrugen, stieg meine Sehnsucht nach diesem Land ins Unermeßliche.

In mir wuchs ein quälendes Verlangen, in den Sinai zurückzukehren.
Die Feststellung, daß zwischen Emad und mir endgültig alles vorbei war, ließ mich schlußfolgern, daß er kein Grund mehr sei, Sharm el Sheikh zu meiden. Ich befand mich abermals an einem Punkt, den ich schon einmal durchlebt hatte: Ich rang mit dem Gedanken, Deutschland zu verlassen.
Ich setzte mich hierbei nicht unter Druck; ich unterlag keinem Termin, der mir vorgab, mich entscheiden zu müssen. Die folgenden Monate sollten dies von ganz alleine tun.
Die Periode, die ich in diesen Monaten durchmachte, möchte ich heute als einer der schwierigsten meines Lebens bezeichnen. Es war die Phase der Entscheidung.

Während meiner üblichen alltäglichen Aktivitäten nahm die Erinnerung und die Vorstellung des Sinai, das ‚Bild' des Sinai, mehr und mehr meine Sinne ein. Ohne daß ich es beeinflußte, füllte dieses Land, dieses Wort *Sinai* meine Gedanken zunehmend aus. Ich wollte dort sein, *bei* ihm, *mit* ihm, *in* ihm! Es nahm mich gänzlich in Besitz. Je mehr Tage vergingen, Wochen verstrichen, desto mehr fixierte sich das Wort in meinem Kopf. Es stand vor meinen Augen in großen schweren Blockbuchstaben: *SINAI – SINAI - SINAI!* Bei allem, was ich unternahm, sah ich diese Buchstaben, und es war mir nicht möglich, sie verschwinden zu lassen.
Wenn ich mit jemandem sprach, so lenkte ich das Gespräch auf *SINAI;* es gab für mich kein anderes Thema mehr. Wenn ich an meinem Schreibtisch saß, schien ich abwesend zu sein, denn ich dachte an *SINAI.* Nicht, daß ich meine

Arbeit vernachlässigte, doch ich war unbeteiligt an dem Geschehen um mich herum. Dies hatte sogar eine Vorladung beim Chef zur Folge. Er machte mir keine Vorwürfe, doch sorgte er sich um mein Wohlergehen. Mit großem Interesse fragte er, welche Probleme mich bedrücken würden. Nicht nur ihm war aufgefallen, daß die sonst so fröhliche und lebenslustige Kollegin in den letzten Wochen still und zurückgezogen, ja man könnte meinen, traurig geworden war.

Er bot sich als Zuhörer für meine seelischen Schwierigkeiten an und wollte mir helfen.

Ich brachte es nicht fertig, ihm den Grund für meinen Zustand darzulegen. Er schien mir zu absurd. Wie sollte jemand verstehen, daß die Sehnsucht nach einem anderen Land mein ganzes Dasein beeinflußte und mich in jeder Beziehung *unglücklich* machte?

Ich fühlte mich in meinen eigenen Vorstellungen eingeschlossen, konnte einer Anziehungskraft, die auf mich wirkte, nicht widerstehen. *SINAI* raubte mir alle Sinne, es fesselte mich und befand sich in jeder Sekunde in mir und meinem Bewußtsein.

Während eines Sporttrainings liefen wir gemeinsam in der Gruppe. Auch hier zeigte sich mein Gemütszustand schon seit Wochen verändert. Ich konnte der Laufgruppe nicht schritthalten, hing mehr und mehr nach, bis sich das Team völlig von mir absetzte. Total kraftlos und erschöpft fühlte ich mich, doch nicht, weil es mir an Kondition mangelte, der Grund war *SINAI!* Es wurde mir unerträglich, dieses Wort noch länger vor meinen Augen zu sehen. Es raubte mir schier den Verstand, im wahrsten Sinne des Wortes. Taumelnd blieb ich hinter der Gruppe zurück und begann unter heftigstem Zittern zu weinen. Mit meinen Fäusten hämmerte ich mir gegen die Stirn und bettelte schluchzend darum, daß diese permanente Vision aufhören möge.

Ich konnte es nicht mehr ertragen und war bereit, mir weh zu tun, mich zu verletzen, mit dem Kopf gegen die Wand zu rennen, wenn dadurch dieses ständige Bild vor meinen Augen endlich zu vernichten wäre, wenn ich es nicht mehr zu sehen bräuchte.

Hilflosigkeit machte sich in mir breit, ließ mich fallen und machte mich schwach.

Ein guter Freund, der mir über viele Monate hinweg ein geduldiger Zuhörer war, nahm mich irgendwann in den Arm und sagte: „Du bist verliebt, total verliebt. Jedoch nicht in eine Person, sondern in ein Land."

Er hatte recht. Liebeskummer kannte ich natürlich in seiner üblichen Form, das heißt, in Verbindung mit Menschen. Jedoch nicht mit einem Land. Und niemals hatte ich Liebeskummer derart stark, derart besitzergreifend und erobernd empfunden. Es wurde zu einer Sucht. Und die Entzugserscheinungen entwickelten sich schlimmer und schlimmer. Jeder Gedanke, jede Unterhaltung, jede Beschäftigung war verbunden mit *SINAI*.

Vielleicht habe ich es meiner Freundin Andrea zu verdanken, daß diese zermürbende Phase endlich ein Ende fand. An einem sonntaglichen Spaziergang wußte ich wieder nichts anderes zu erzählen als von *SINAI*. Andrea hatte es schlicht und ergreifend satt, sie konnte dieses Thema aus meinem Mund nicht mehr ertragen. Sie nahm mich an den Schultern, schaute mir tief in die Augen und sagte: „Mach, daß du von hier fortkommst. Du hast hier nichts mehr zu suchen. Geh in dieses Land und finde endlich deinen Seelenfrieden!"

Es sind wahre Leidensphasen, in denen man eine Antwort auf etwas sucht und nicht finden kann. Eine ständige Unruhe zerfrißt das Gleichgewicht der Seele.

Ich zerfiel in meiner Verzweiflung, eine Antwort zu finden. Ich ließ mich gehen und schwamm dahin ohne Ziel.

Die Zeit aber gibt immer Antworten. Und die Zeit bestimmt, wann sie reif dafür ist. Nach sechs Monaten hatte die Zeit mir eine Antwort gegeben, und ich wußte, daß ich in den Sinai gehen *muß*. Der Moment war gekommen, und jede andere Entscheidung hätte mich in einem seelischen Unglückszustand gehalten, der mir unerträglich geworden wäre.

Vom Tag an, da ich wußte, *wie* es weitergehen würde, fühlte ich mich besser, denn ich hatte wieder ein Ziel, ein Licht vor Augen und war bereit, einem neuen, wenn auch unbekannten, Pfad zu folgen.

Alle nötigen Vorkehrungen für einen längeren Auslandsaufenthalt wurden zum wiederholten Male systematisch von mir durchgeplant. Ich informierte mich über die nötigen Versicherungen; welche sind wichtig und müssen bestehen bleiben, welche können für wie lange unterbrochen werden, ohne daß diese Pausen größere finanzielle Einbußen zur Folge haben?
Wie sind die Chancen des beruflichen Wiedereinstiegs nach ein paar Jahren, berücksichtigte man vor allem auch mein Alter?
Viele Aspekte und Bestimmungen, neue Betrachtungen und Erkenntnisse ließen mich zu einem *befristeten* Auslandsaufenthalt tendieren. Eine maximale Zeit von zwei Jahren sollte keine größeren Verluste für mich mit sich bringen. Im Zuge dieser Überlegung gab ich mir gleichfalls die Antwort auf meine Wohnungsfrage: ich würde sie vermieten! Möbliert, so wie sie war. Auf diese Weise konnte ich den Nutzen aus meinen hohen Investitionen, die ich für die Einrichtung einst getätigt hatte, ziehen. Durch eine möblierte Vermietung würde ich eine höhere Miete einnehmen können als ich selbst zu zahlen hatte, und von der Differenz würde ich monatlich anfallende Kosten abdecken können. Das ersparte mir die Schwierigkeit, Pflichtversicherungen von einem niedrigen ägyptischen Gehalt decken zu müssen.
Durch einen zeitlich begrenzten Mietvertrag sollte es außerdem möglich sein, die Wohnung nach der Rückkehr wieder zu beziehen.
Meine Mutter würde es mir nicht abschlagen, die Mietabwicklungen für mich während meiner Abwesenheit zu übernehmen, und so mußte ich nur noch einen geeigneten Mieter finden.

Plötzlich nahm alles greifbare und realistische Formen an.
Es sollte tatsächlich möglich sein, meinen Lebenstraum endlich wahr zu machen. Sicherlich wußte ich damals immer noch nicht, ob ich von seiner Verwirklichung profitieren oder dadurch verlieren würde. In dieser

Vorbereitungsphase allerdings wuchs meine Zuversicht stetig, und die größten Befürchtungen verschwanden.

Die Umsetzungen aller nötigen Schritte nahmen Monate ein.
Teilweise war diese Phase mit argen Holpersteinen besetzt. Vieles lief schief und sollte einfach nicht klappen. Mehr als einmal wollte ich alles hinschmeißen und aufgeben. Guten und treuen Freunden habe ich zu danken, die mich immer wieder aufmunterten und mir neuen Antrieb für mein Unternehmen vermittelten. Auch konnte ich eine große Unterstützung durch meine Eltern erfahren. Trotz ihrer Zweifel und Verständnislosigkeit für mein Vorhaben standen sie mir mit Rat und Tat zur Seite, und ich wußte, daß sie mich niemals im Stich lassen würden. Ohne diese Gewißheit wäre die Durchführung sicherlich wesentlich schwerer gewesen.
Es war ein unbeschreibliches Glücksgefühl, als ich endlich das Datum für die Abreise festlegen konnte. Endlich sollte es möglich sein: der Kauf eines Flugtickets – one way. Ohne Rückflug. Es war soweit.
Die rechtzeitige Kündigung meines Arbeitsverhältnisses war jener Schritt, der mir sagte: Jetzt gibt es kein Zurück mehr.
Meine in Sharm el Sheikh lebenden Freunde informierte ich natürlich über mein Kommen, und ich dankte Dori für ihr Angebot, bei ihr zu wohnen, bis ich einen Job finden würde, um eine eigene Bleibe bezahlen zu können. Das ersparte mir hohe finanzielle Ausgaben.
Der Tag der Abreise rückte näher. Alles war geregelt. Die Wohnung war hergerichtet und präpariert für den Nachfolger.
Meinen Freunden gehörte der letzte Samstagabend. Standesgemäß feierten wir gemeinsam den Abschied, und sie wünschten mir alles Gute. Ich wußte, daß mir meine wahren Freunde als solche erhalten bleiben würde.
Sehr schwer fiel der Abschied von meiner Familie. Sie würde mir so fehlen, und ich hoffte, daß sie nicht krank vor Sorge um mich sein würden.
An dem Tag, an dem es dann schließlich losging, fühlte ich mich unendlich müde und erschöpft von all den Vorbereitungen, den Sorgen und den

Turbulenzen der vorangegangenen Wochen.

Dennoch konnte ich es noch immer kaum fassen: Mein Lebenstraum erfüllte sich mit diesem Tag.

DAS BUCH

Arbeitssuche

Am 17. August 1996 startete ich den Schritt in ein neues Leben.
Mit 68 Kilo Reisegepäck checkte ich auf dem Frankfurter Flughafen ein und wagte mich in eine ungewisse bevorstehende Etappe in Ägypten.
Ich fürchtete mich nicht, sondern betrachtete mein Vorhaben als eine Art Herausforderung. Zugegeben, bedachte ich mein Alter, so wäre es sicher von Vorteil gewesen, dieses Unternehmen früher durchzuführen. Doch ich denke, alles geschieht zur rechten Zeit und muß dafür gereift sein. Acht Jahre, die mir ewig vorkamen, hatte ich auf diesen Tag warten müssen, denn so lange war es her, daß ich mit meinen Eltern das erste Mal nach Sharm el Sheikh gereist war und erstmals den Wunsch verspürt hatte, dort zu leben. Mit 34 Jahren schien es fast ein bißchen spät und riskant, nach Ägypten auszuwandern. In zwei Jahren – bei meiner geplanten Rückkehr nach Deutschland – würde ich 36 Jahre alt sein. Hoffentlich versagte mir mein Alter und der Auslandsaufenthalt dann nicht den Wiedereinstieg in die Berufswelt der Werbung.
Trotz dieser Sorgen blickte ich meinem Ziel, einem Leben in der einzigartigen Natur des Sinai, voller Zuversicht entgegen.

Ich saß in diesem Flieger und hätte es am liebsten jedem erzählt. In die Welt schreien wollte ich, daß es jetzt endlich soweit war; daß es nicht nur ein Urlaub sei, sondern daß ich dort bleiben würde. *Prahlen* wollte ich damit!
He, ihr Passagiere da, ihr müßt allesamt wieder nach Hause, aber ich nicht. Kein Rückflugticket befindet sich in meiner Tasche. Da, wo ihr nur Urlaub macht, werde ich bleiben und leben, ha!
Aber keiner interessierte sich dafür. Nicht mal meine Sitzplatznachbarin wollte in ein Gespräch verstrickt werden. Sonst kann man sich für gewöhnlich auf diesen Urlaubsflügen vor den immer gleichen penetranten Fragen nicht retten: ‚Fliegen sie auch nach Sharm el Sheikh? Wie lange bleiben sie denn?

Ein oder zwei Wochen?' Spätestens hier hätte ich antworten können: ‚ich bleibe länger als ein oder zwei Wochen, um genau zu sein, *ich werde dort leben.*' Doch keiner gönnte mir dieses Erlebnis.
So feierte ich genügsam still und leise in mich hinein und träumte meinem Traum entgegen während wir über den Wolken Richtung Sinai schwebten.

Zunächst einmal hatte ich vor, mir eine Zeit der Ruhe und Entspannung zu gönnen. Die letzten Wochen waren extrem anstrengend gewesen, denn bis zur letzten Minute hatten mich die umfangreichen Vorbereitungen für meinen Auslandsaufenthalt beschäftigt.
Doch schon zwei Tage nach meiner Ankunft in Sharm el Sheikh überfiel mich eine große Nervosität und Rastlosigkeit: Ich mußte mich um einen Job kümmern! Einfach tatenlos in der Sonne sitzen, jetzt, da es um den entscheidenden Schritt ging, das konnte ich nicht.
In ersten Gesprächen mit Freunden und Bekannten fand ich große Hilfsbereitschaft. Annähernd jeder, der in der Gesellschaft von Sharm el Sheikh Kontakte pflegte, empfahl mir, mich hier oder dort zu bewerben. Da ich keinerlei Vorstellung über meine Chancen hatte, eine Stelle zu erhalten, war ich für jede erdenkliche Position aufgeschlossen. Vorrangig allerdings interessierte mich eine Anstellung im Hotel, da ich auf diese Art zusätzlich Unterbringung und Verpflegung erhalten würde.
Zwar wohnte ich sehr gerne bei Dori, doch wollte ich ihre Gastfreundschaft nicht länger als nötig beanspruchen.
So tigerte ich also nach ein paar Tagen, mit meinem ins Englische übersetzten Lebenslauf in der Hand, los und besuchte erste Hoteladressen, von denen ich erfahren hatte, daß man dort Bewerber für diese oder jene Stelle suchte.

In meinem ersten Gespräch teilte man mir mit, daß eine Person gebraucht werde, die das Hotelpersonal in der deutschen Sprache unterrichte. Zugunsten einer besseren Kommunikation mit den deutschsprachigen Touristen war eine adäquate Schulung für die Mitarbeiter und das Management angebracht. Hierzu waren entsprechende Deutsch-, aber natürlich auch Englischkenntnisse erforderlich, da ja die Unterrichtssprache auf englisch sein sollte. Ich erläuterte meinen bisherigen beruflichen Werdegang und äußerte gewisse Zweifel hinsichtlich meines Wissens über Grammatik und ob ich sie ausreichend über die englische Sprache würde vermitteln können (in meinen Gedanken fand ich mich in der Grundschule sitzend und versuchte, mir die einschlägigen Grammatikregeln wieder vor Augen zu führen). Zu meiner Verwunderung antwortete mir mein Gegenüber, daß dies kein Problem darstelle, da für den geplanten Unterrichtslevel mein Können sicherlich absolut ausreichend sei. Gerne könnte ich den Job haben.

Das tat doch schon mal gut. Das tat doch schon mal sehr gut. Ich jubelte förmlich in mich hinein, als ich bereits nach meinem ersten Bewerbungsgespräch die Gewißheit hatte, tatsächlich einen Job in der Tasche zu haben. Sollte es so einfach sein?
Da war ich natürlich gespannt, was man mir sonst noch an Möglichkeiten offerieren würde.
Mein nächstes Vorstellungsgespräch umfaßte die Position ‚Guest Relation' im Hotel.
Guest Relation stellte soviel wie eine Gästebetreuung dar, das heißt, meine Aufgabe sollte es sein, den Kontakt zu den Gästen aufzunehmen, um ihnen mit Rat und Tat zur Seite zu stehen. Voraussetzungen waren die englische und eine zusätzliche Sprache, in meinem Falle Deutsch, sowie ein freundliches und ansprechendes Wesen.
Diese Tätigkeit schien mir sehr viel mehr geeignet, zum einen ‚konnte ich gut' mit Menschen, zum anderen waren mir mögliche Freizeitaktivitäten, Ausflugsziele und alle anderen erforderlichen wichtigen Gegebenheiten durch meine häufigen Aufenthalte im Süd-Sinai bekannt.
Das Interesse war beiderseitig, und so konnte ich meinen zweiten Anlauf ebenfalls erfolgreich abschließen.

Ein drittes Angebot bezog sich auf die Beschäftigung in einem ‚Recreation Team'. Das bedeutete ein Mitwirken bei der Freizeitanimation der Hotelgäste und Leitung diverser sportlichen Aktivitäten im Rahmenprogramm des Hotels. Obwohl ich sportlich eigentlich schon immer aktiv war, sprach mich diese Tätigkeit weniger an. Die Vorstellung, faule Strandlieger aus ihren Liegestühlen zu zerren, um dann mit ihnen frohlockend jeden Morgen im knietiefen Wasser tänzerische Gymnastikübungen zu absolvieren, behagte mir nicht. Das würde mir schon nach kurzer Zeit keinen Spaß mehr machen. Diese Offerte kam somit nicht in Frage.

Meine zweitägige Bedenkzeit, die ich mir bei allen Gesprächen erbeten hatte, war eigentlich unnötig. Für mich war klar: Guest Relation möchte ich sein.

Ein weiteres Treffen in Anwesenheit des Hotelbesitzers besiegelte das Abkommen. Selbstverständlich würde ich im gleichen Rahmen wie die Hotelgäste Verpflegung erhalten, auch die Unterbringung wurde mir zugesichert, möglicherweise nicht sofort mit Beginn des Anstellungsverhältnisses, doch unmittelbar nach Verfügbarkeit eines Zimmers. Das Gehalt schien mir großzügig, und vier Wochen Urlaub im Jahr bei sechs Arbeitstagen in der Woche entsprach meines Wissens nach dem Durchschnitt.
Durch meine Freunde wußte ich wohlwissend das Thema Arbeitsgenehmigung anzusprechen. Die Arbeitsgenehmigung kann nur durch den Arbeitgeber beantragt werden und ist für jeden ausländischen Angestellten neben einem gültigen Visum, das übrigens beliebig verlängert werden kann, absolute Voraussetzung, um den legalen Aufenthalt im Land zu bescheinigen. Ohne die Arbeitsgenehmigung kann es nach einer Kontrolle jedem zugereisten Beschäftigten passieren, daß er das Land innerhalb weniger Tage verlassen muß. Mit der Zusage, daß der Antrag entsprechend in die Wege geleitet würde, stand einem Arbeitsverhältnis nichts mehr im Wege: Mit Anfang des Monats September würde ich meinen neuen Job im Hotel Tropical in Ägypten antreten.

Sofort benachrichtigte ich meine Eltern über die erfreuliche Neuigkeit. Sie nahmen die Mitteilung mit einer gewissen Beruhigung (das Kind war untergebracht und lungert nicht länger auf der Straße herum), wenn auch immer noch skeptisch (was da alles passieren kann), auf.
Ich für meinen Teil, war sehr glücklich über den erfolgreichen Start in meiner neuen Heimat. Zuversichtlich schaute ich den nächsten zwei Jahren im Sinai entgegen. Nun konnte ich wahrhaftig die wenigen Tage, die mir bis zu meinem Arbeitsbeginn noch blieben, in Gelassenheit genießen.

Von wegen!
Meine verdienten Ruhetage wurden jäh unterbrochen durch eine schmerzhafte Ohrenentzündung. Versorgt mit mitgebrachten Tropfen wälzte ich mich bei Dori im Bett von einer Seite auf die andere und klagte mein Leid. Das hatte ich mir garantiert durch das Tauchen geholt. Meine Ohren wurden durch diesen Sport schon immer sehr in Mitleidenschaft gezogen.
Nachdem keine Besserung durch Eigenbehandlung erfolgte, schleppte ich mich zu irgendeinem dieser Hotelärzte. Meine Auslandskrankenversicherung wurde schon nach ein paar Tagen erstmals rentabel genutzt. Wer hätte das gedacht?
Der Hotelarzt schickte mich mit einem Rezept zur Apotheke, und ich erhielt andere Tropfen mit dem Resultat, daß ich mich weiter hin und her wälzte vor unbeschreiblichen Schmerzen.
Dori wußte Rat: „Warum gehst du nicht zu Dr. Tarek?"
„Wer ist Dr. Tarek?" Noch während ich die Frage stellte, erinnerte ich mich an diesen Namen: es war dieser sympathische Arzt aus dem Fernsehen und den Zeitschriften.
„Ach ja, Dori, ich kenne ihn. Aus dem Fernsehen. Behandelt der denn nicht nur Tauchunfälle?"
„Nein, der ist gut, geh dahin, hier ist die Telefonnummer!"
Sofort rief ich an, um einen Untersuchungstermin zu erhalten. Als das Freizeichen ertönte, fand ich es schon ein bißchen spannend und fragte mich, wie

der wohl in ‚natura' ist. Seine Auftritte in den Medien nämlich hinterließen immer einen sehr starken Eindruck auf mich.
Bereits nach wenigen Worten erkannte ich in Dr. Tarek einen ausgesprochen gelösten Charakter. Nicht mal Englisch mußte ich reden. Hatte ich doch fast vergessen, daß dieser Arzt perfektes Deutsch spricht. Am Nachmittag um fünf Uhr sollte ich ihn aufsuchen.

Als ich an der Reihe war und das Behandlungszimmer betrat, begegnete mir Dr. Tarek sofort als ein auffallend freundlicher und entgegenkommender Mann. Er schaffte es, innerhalb von Minuten ein immens großes Gefühl von Vertrauen, Geborgenheit und Güte zu vermitteln. Ich war sehr angetan von seiner Persönlichkeit.

Unser Tun konzentrierte sich auf mein schmerzhaftes Anliegen: und es tat weh! Sein Assistent zog mit allen Kräften an meinem Ohrlappen, während der große Meister in meinem Hörorgan rumstocherte, um irgendwelche Fremdpartikelchen zu entfernen, die sich anscheinend an meinem äußeren Gehörgang festgebissen hatten und nicht loslassen wollten.
Als die Behandlung abgeschlossen und ich mit einem neuen Rezept für Tropfen versorgt war, hätte ich gerne noch ein bißchen mehr über diesen interessanten Arzt erfahren. Wäre schön, noch einen Moment mit ihm zu plaudern, dachte ich, aber andere Kranke warteten, und ich wollte mich schnellstens wieder zur Ruhe begeben.
Am ersten September würde ich meinen Job antreten, und bis dahin mußte ich wieder fit sein, egal wie.

Mein Arbeitstag im Hotel Tropical begann um neun Uhr mit der Anwesenheit während des Frühstücks bei den Gästen und endete mit der Teilnahme am Abendessen im Restaurant.
Bei diesen Gelegenheiten sollte ich im Dialog mit den Besuchern etwaige Unzufriedenheiten heraushören. Selbstverständlich war ich auch während des

Tages im Hotelgelände präsent und für Gäste jederzeit ansprechbar.
So erfuhr ich, was am Hotelbetrieb störte, wo die Mängel auf den Zimmern lagen und welche Mißstände im Servicebereich zu beheben waren.
Zu meinen Aufgaben gehörte es außerdem, täglich Stippvisiten in einigen Hotelzimmern vorzunehmen und die Buffets auf ihre Ordnung hin zu prüfen. Durch regelmäßige Berichterstattungen wanderten meine Informationen zur Hotelleitung und von dort aus wurden die Dinge dann hoffentlich besser gemacht.
Der andere Teil meiner Tätigkeit lag in dem Geben von Auskünften jeglicher Art. So wurde mir beispielsweise oft die Frage gestellt, ob es eine Möglichkeit gäbe, außerhalb der organisierten Touristenfahrten und auf eigene Verantwortung in die Wüste zu gelangen? Jene Urlauber vermittelte ich gerne an Suleiman und war sehr dankbar, ihn durch diese Anlässe immer wieder zu treffen und näher kennenzulernen.
Sehr oft passierte es auch, daß Gäste sich unwohl fühlten und medizinischen Rat suchten. Aus eigener Erfahrung und mit bestem Gewissen konnte ich hier Dr. Tarek nahelegen. Mich selbst hatte er hervorragend kuriert.
Dr. Tareks Bekanntheit überraschte mich immer wieder: speziell die Taucher unter den Gästen bezeichneten ihn als große namhafte Persönlichkeit auf dem Gebiet der Tauchmedizin.
Andere Fragen, die an mich gestellt wurden, bezogen sich auf Freizeitaktivitäten und wo man welche am besten ausführen könne: „Welches Tauchcenter ist denn zu empfehlen?" „Wo kann man sich hier eigentlich Fahrräder ausleihen?" „Und Kamele?" „Gibt es auch eine richtig gute Disco in der Nähe?" Nicht selten wurde ich eingeladen, den einen oder anderen Gast abends zu begleiten. Doch nach Feierabend bevorzugte ich, mit meinen Freunden zusammen zu sitzen oder mit Dori auf der Klippe rumzugammeln oder ich ging an den einzigen Ort in Sharm el Sheikh, wo sie sich gelegentlich versammelten, denn mein Verlangen und mein Bedürfnis, bei ihnen zu sein und mehr über sie zu erfahren, war noch lange nicht gestillt: die Beduinen.

Das Puppenhaus

An einem freien Tag nahm mich Suleiman wieder mit in die Wüste. Zwischenzeitlich war ich für ihn mehr als nur noch eine Touristin. Durch meine Vermittlung von Gästen an ihn sind wir uns sehr viel näher gekommen. Für mich war er schon ein richtiger Freund geworden, und ich spürte, daß auch er mich gerne hatte. So war ich sehr glücklich über den gemeinsamen Ausflug.

Auf dem Weg stoppten wir in einem Beduinendorf, in dem sein älterer Bruder mit Frau lebte. Nachdem wir uns unserer Schuhe entledigt hatten, servierte uns seine Schwägerin in einer ärmlichen Hütte schmackhaften Tee.
Suleiman und sein Bruder unterhielten sich angeregt in arabisch; ich konnte leider nichts verstehen. Zu gerne hätte ich versucht, mit der Beduinin zu kommunizieren, auf welche Art und Weise auch immer. Doch leider war sie zu sehr beschäftigt, als das sie sich mit mir hätte befassen können.
Auch hier, in diesem kleinen Kreis der Wüstenmenschen, spürte ich sofort wieder diese Gelassenheit und Ruhe in mir. Es störte mich nicht, daß man um mich herum in einer anderen Sprache redete und ich keine Möglichkeit hatte, an dem Gespräch beteiligt zu sein. Ich lehnte mich zurück und wanderte mit meinen Gedanken in mein Inneres. Durch meinen ersten Besuch in einem Beduinendorf, wo ich die Beduinen schweigen ‚sah', konnte ich gewiß sein, daß mein stummes und abwesendes Verhalten niemanden störte.
Suleiman unterbrach meine Träume mit einer Bitte an mich: „Könntest du einen Brief, der in Deutsch geschrieben ist, auf englisch übersetzen?"
Ich freute mich über die Gelegenheit, etwas für meine Gastgeber tun zu können.
„Ja, natürlich, sehr gerne sogar."
Suleimans Bruder erhob sich, verschwand für einen Moment und kehrte mit einem weißen Umschlag in der Hand zurück, den er mir überreichte. Ich entnahm ihm ein per Hand beschriftetes Blatt und begann, eine sehr persönliche

Botschaft Satz für Satz ins Englische zu übersetzen. Suleiman wiederum übertrug die Worte für seinen Bruder ins Arabische. Dieser nickte mir nach jedem Satz dankbar und erwartungsvoll zu; neugierig auf das, was der Brieffreund wohl noch mitzuteilen hatte.

Nach Beendigung des Lesens bot ich mich als Schreiber für eine Antwort an, und durch Suleiman als Dolmetscher verfaßten wir einen kurzen netten Brief für den deutschen Freund. Durch meine Bekanntschaft mit Suleiman hatte ich schon lange begriffen, daß die Beduinen zwar teilweise englisch sprechen, jedoch nicht schreiben konnten. Später dann erfuhr ich, daß viele von ihnen sogar Analphabeten sind und nicht mal die arabischen Schriftzeichen beherrschen.

Ich bestand darauf, den Brief mitnehmen zu dürfen, um ihn in einem Umschlag auf dem *sichersten* Weg nach Deutschland zu schicken: nämlich mit einem Hotelgast.

Sendungen auf dem postüblichen Weg waren Wochen, sogar Monate unterwegs, wenn sie ihr Ziel überhaupt erreichten. Die Gäste waren sehr offen für diese Problematik und boten sich gerne als Kuriere an. So wurden die Briefe innerhalb von wenigen Tagen und recht sicher befördert. Das Porto wurde selbstverständlich den Überbringern bezahlt, und somit mußte nur noch eine Briefmarke im Bestimmungsland aufgeklebt werden und ab damit in den nächsten Briefkasten.

Suleiman und sein Bruder waren froh über meine Unterstützung, und ich war wirklich dankbar, daß ich etwas für diese gastfreundlichen Beduinen erledigen durfte.

Während unseres Aufenthaltes in der Hütte wurde meine Aufmerksamkeit auf eine Muschel gelenkt, die in einer Ecke auf dem Boden lag. Sie war schneeweiß, wunderschön geformt und von einer außerordentlichen Größe, wie ich es vorher noch nicht gesehen hatte.

Als wir uns verabschiedeten, bot mir Suleimans Bruder diese Muschel als Geschenk an. Es war ihm nicht entgangen, daß sie mir sehr gefallen hatte. Zu gerne hätte ich das Geschenk angenommen, doch ich lehnte ab.

Ich wollte nicht das Gefühl vermitteln, daß er sich bei mir erkenntlich zeigen müsse für den Brief. Vielmehr wollte ich ihm zu verstehen geben, daß ich es sehr gerne tat und keinerlei Dank dafür erwartete. Ich ließ ihm mitteilen, daß er mir jederzeit durch Suleiman Nachricht geben könne, sollte er noch einmal meine Hilfe zum Lesen oder Schreiben benötigen.

Wir setzten unsere Reise fort, und unser Weg führte uns durch die Wadis hinein in die Wüste. Von Zeit zu Zeit stoppte Suleiman den Wagen, um brauchbares Feuerholz zu sammeln. Jede Gelegenheit um auszusteigen nutzte ich gerne aus. Sobald der Motor des Pick up ausgeschaltet wurde, überfiel die grenzenlose Stille der Wüste meine sämtlichen Sinne und entführte mich in die Welt des Seelenfriedens.

Auf dem Weg zurück zum Auto, Hände und Arme voller Holz, entdeckte ich am Rand der Fahrbahn eine Ansammlung verschiedener Steine.

Ich legte das Holz auf die Ladefläche des Pick up und ging zurück zu dieser Stelle. Eine Ansammlung von Steinen ist nichts Besonderes, doch an dieser blieb mein Blick haften, weil sie in einer gewissen Anordnung lagen. Jemand war dort in der Einöde und hatte – aus welchen Gründen auch immer – diesen Haufen Steine in eine bestimmte Reihenfolge gelegt. Ich hockte mich hin und erkannte nach genauerem Hinschauen ein Puppenhaus.

Es war tatsächlich ein Puppenhaus. Da waren verschiedene Räume gelegt. In einem der Zimmer war eine Feuerstelle und in einem anderen Schlaflager zu erkennen. Die Familie, die in diesem Puppenhaus wohnte, stand nach Größe geordnet in einem der Räume und ich zählte die Mitglieder: zwei Erwachsene und fünf Kindersteine waren da zu entdecken.

Der Höhepunkt dieser kindlichen Baukunst stellte der kleine Pick up dar, welcher vor dem Haus parkte.

Meine Überraschung kannte keine Grenzen. Ich war total gerührt.

Suleiman war neugierig, was da wohl auf dem Boden so Interessantes zu beobachten sei und schaute mir über die Schulter: „Kinder spielten hier!" kommentierte er nur kurz, bevor er sich wieder dem Holzsammeln widmete.

Da war wieder dieser Moment des Wachrüttelns: Verglichen mit den Spielzeugen unserer Kinder der materiellen Welt wie Computer oder Game Boys, erschien mir dieses Puppenhaus wie ein Bauwerk aus uralter Zeit.
Mir begegnete erneut das *Einfache,* das *Genügsame* in diesem Puppenhaus: eine Lebensweise unter vollkommen spärlichen Voraussetzungen, doch ausreichend, um damit zufrieden zu sein.

Suleiman bereitete zum Abschluß unseres Ausfluges ein Mittagessen auf ganz besondere Art und Weise zu: Ich nannte es den beduinischen Schnellkochtopf. Er säuberte und schnitt die Zutaten wie Gemüse, Kartoffeln und Fleisch zu kleinen Teilen, breitete alles auf einer Aluminiumfolie aus und verschloß diese rundherum sorgfältig zu einem Paket. Er legte es auf ein Gitter über dem Feuer, und nach einiger Zeit hob sich die Aluminiumfolie nach oben an, und das ganze Paket blähte sich enorm auf. Darin kochte und brodelte es, ohne, daß die Hitze entwich.
Nach entsprechender Garzeit legte Suleiman das Gitter mit dem Alu-Bündel zur Seite. Er benötigte die Glut und die heiße Asche zum Brotbacken. Mit wenigen Zutaten wie Mehl, Wasser und Salz knetete er den Teig und drückte ihn anschließend flach, bis er die Form einer runden Scheibe hatte. Mit einem Zweig schob er die Glut und die Asche zur Seite, höhlte den erhitzten Boden darunter zu einer seichten Kuhle aus und legte den Teig hinein. Asche und Glut wurden über den Teig geschoben und den Rest übernahm die Hitze im Boden. Das fertige Brot wurde gut abgeklopft und schmeckte herrlich knusprig und lecker.

Es war wieder ein phantastischer Tag bei den Beduinen in der Wüste.
Mich erfüllte erneut dieses unbeschreibliche Gefühl an Ausgeglichenheit und Frieden, als Suleiman mich zurückbrachte zum Hotel Tropical.
Froh gelaunt begrüßte ich meine Hotelgäste und war glücklich, daß mein Schicksal, mein Lebensweg, mich in den Sinai geführt hatte ...

Paradiesische Kehrseiten

Die ersten Wochen in Sharm el Sheikh vergingen, und mein Job machte mir sehr viel Spaß. Ich fühlte mich meiner Aufgabenstellung sehr verbunden und verstand mich hervorragend mit Kollegen und Gästen.
Meine Mittagspausen verbrachte ich gerne am Strand, und die freien Tage gehörten den Wüstenbesuchen oder dem Tauchen.
So gesehen, war es ein herrliches Leben. Das, was ich wollte, hatte ich. Nämlich der Natur des Sinai nahe zu sein und die Möglichkeit, sie auszukosten.
Bald nach Beginn meines Arbeitsverhältnisses erhielt ich tatsächlich ein eigenes Zimmer im Gästestandard. Leider war dies nur von kurzer Dauer, denn infolge Zimmernot wurde mir eine ägyptische Kollegin zugeteilt. Es sollte nur vorübergehend sein, und ich beschwere mich nicht. Meinen Stand im Kollegium hatte ich schnell zu schätzen gelernt. Als Guest Relation wurde ich dem Management in der Behandlung gleichgestellt, doch mußte ich erfahren, daß die meisten meiner Kollegen, das heißt alle, die nicht dem Management angehörten, völlig anderen Bedingungen unterlagen: In Personalhäusern außerhalb des Hotelgeländes waren sie zu mehreren in Räumen mit winzigen Fenstern ohne Klimaanlage einquartiert. Was das im Sommer bei bis zu 50 Grad bedeutet, kann man sich vorstellen.
Auch in der Verpflegung wurden große Unterschiede gemacht: Das ‚normale' Essen für die Angestellten wurde in einer nicht gerade sauberen Kantine ausgegeben und setzte sich meist aus ärmlichen und wenig schmackhaften Mahlzeiten zusammen.
Hinzu kam die Trinkwasserversorgung: Die ‚einfachen' Angestellten hatten ein Anrecht auf eine Flasche Wasser pro Tag. Davon abgesehen, daß diese Menge viel zu wenig ist für einen erwachsenen Menschen in diesem Klima, erhielten sie auch diese versprochene Ration nicht regelmäßig. Die kleinen Gehälter, die meist noch eine komplette Großfamilie unterstützten, ließen nicht zu, Getränke auf Dauer aus eigener Tasche zu bezahlen. Freunde und Bekannte von Kollegen brachten Wasser, da diese selbst nicht dafür

aufkommen konnten. Ich erfuhr, daß diese Zustände in vielen Hotels herrschten, und die Folge von dauerhaftem Flüssigkeitsmangel ein schmerzhaftes Nierenleiden hervorrufen kann. Die Anzahl von Nierenkranken war ungewöhnlich hoch. Hotelleitungen reagierten leider recht herzlos auf solche Meldungen.
Der größte Teil meiner Arbeitskameraden führte ein mittelloses und eingeschränktes Leben. Ich unterstützte sie, wann immer ich konnte und gelegentlich zeigte ich mich solidarisch, wenn ich meine Mahlzeiten gemeinsam mit ihnen in der Kantine einnahm.

Das Hotel Tropical erweiterte seine Kapazitäten, indem es einen weitläufigen großen Komplex mit einer Vielzahl neuer Gästezimmer anbaute.
Es geschah, daß wir aufgrund Überbelegung zu dritt und später sogar zu viert auf einem Zimmer untergebracht wurden, welches noch nicht fertig renoviert war. Es war sehr dürftig ausgestattet: vier Betten, ein Kleiderschrank, ein kleines Nachtschränkchen, sonst nichts.
Der Boden und die Wände zeigten blanken Beton, aus dem hier und da Kabel heraushingen.
Wir hatten kein Strom, kein Licht und besorgten uns Kerzen für die Nacht. Keine Klimaanlage oder Ventilator. Die Fenster ließen sich nicht öffnen, doch im Oktober kann man die Hitze in solch einem Raum nur ertragen, wenn man sich ausschließlich nachts darin aufhält.
Im angrenzenden Badezimmer fehlte noch der Warmwasserboiler; wir duschten kalt und ohne Duschvorhang, so daß sich nach jeder Benutzung eine riesengroße Wasserlache auf dem Boden bildete. Der provisorisch aufgestellte Spiegel zeigte kein Spiegelbild, da ihn eine klebrige Staubschicht bedeckte.
Hinzu kam, daß unsere Unterkunft von dem Reinigungspersonal gerne übersehen wurde. Es war ohnehin überlastet, und die Gästezimmer hatten Vorrang. Überall war Staub und Dreck. Ich vermied es, Sachen auf den Boden zu stellen oder barfuß zu laufen. Der größte Teil meiner Kleidung befand sich in Taschen und Koffern, da der Kleiderschrank für vier Personen

nicht ausreichend Platz bot. Dinge wie Toilettenpapier, Handtücher und Bettwäsche besorgten wir uns unter der Hand vom Lagerpersonal.
Diese Unterkunft teilte ich mit Dalia, Sara und Nehal. Auch diesmal sollte es nur ein vorübergehender Zustand sein, so versicherte man mir.
Natürlich war es extrem unangenehm, unter diesen Umständen zu hausen, doch meinen Kollegen ging es nicht besser. Ich wollte keine Ausnahme darstellen, profitierte ich ohnehin schon von besseren Mahlzeiten und konnte es mir leisten, soviel zu trinken, wie ich wollte.
Sie waren sehr nett, meine ägyptischen Zimmerkolleginnen, und wir zeigten uns gegenüber Rücksicht und Hilfsbereitschaft. Unter den gegebenen Bedingungen kamen wir uns automatisch näher und lernten uns mit allen Sorgen und Freuden kennen.
Als ich eines Abends plante auszugehen und zu diesem Zweck eine besondere Kette anziehen wollte, mußte ich feststellen, daß sie nicht mehr an ihrem Platz war. Mein kompletter Schmuck war verschwunden! Er befand sich stets in einem Etui, welches wiederum in der Seitentasche meines Kulturbeutels gesteckt hatte, doch es war weg.
Ich überlegte krampfhaft, ob es sich woanders befinden könnte. Hatte ich es aus irgendwelchen Gründen an einem anderen Fleck hinterlegt?
Ich durchsuchte alles: mein komplettes Gepäck, jeden Winkel in den Räumen und den Schrank in sämtlichen Ecken. Alles räumte ich aus und wieder ein, jedes Kleidungsstück nahm ich in die Hand und konnte das Etui nicht finden. In mir machte sich eine unwiderrufliche Gewißheit breit, die ich nicht wahrhaben wollte. Das war hoffentlich nur ein böser Traum.
Dalia betrat den Raum, und ich vertraute mich ihr an in der Hoffnung, sie könne mir helfen. Sie reagierte völlig schockiert und zeigte große Anteilnahme.
Langsam stellte sich in mir die Vermutung ein, wer die Wertgegenstände genommen haben könnte. Mein Verdacht fiel auf Nehal, eine der anderen beiden Zimmerkolleginnen. Sara konnte es nicht getan haben, da sie auf längeren Besuch in Kairo bei ihrer Familie war. Nehal aber plante an diesem

Tag ebenfalls ihren Urlaub nach Kairo anzutreten. Der Zeitpunkt des Diebstahls paßte somit zu ihrer Abreise, und ich hatte ihr ohnehin noch nie getraut.

Als Nehal erschien, sprach ich sie direkt auf den Verlust an und drängte sie, mir ihr Gepäck zur Durchsuchung zu überlassen. Ich versprach ihr, der Hotelleitung nichts mitzuteilen, wenn sie mir mein Eigentum zurückgeben würde. Auf diesem Weg erhoffte ich ein Einlenken ihrerseits, denn Diebstahl wird in Ägypten hart und konsequent bestraft. Nicht nur, daß Nehal umgehend ihren Job verloren hätte, auch ein Verhör bei der Polizei verlief nicht unbedingt ohne Handgreiflichkeiten.

Sie überließ mir ihr Gepäck, aber ich fand nichts.

Möglicherweise hatte ich sie zu Unrecht verdächtigt, ich weiß es bis heute nicht. Es hätte natürlich auch jemand vom Reinigungspersonal gewesen sein können. Wie sollte ich es jemals nachweisen?

Voller Zorn und Trauer meldete ich mich beim Chef und unterrichtete ihn über den Vorfall. Ich mochte ihn, denn er zeigte sich stets als ein mitfühlender Mann, der sich Zeit für die Probleme seiner Angestellten nahm. Zwar änderte sich deshalb nicht immer etwas, doch zeigte er zumindest Verständnis und Willen, zu helfen.

Nachdem ich mehrmals versicherte, daß der Schmuck wirklich nicht mehr in meinem Besitz sei, bot er mir an, die Polizei einzuschalten. Er stimmte mir zu, daß Nehal mit Recht zu verdächtigen sei, da sie noch am gleichen Abend abreisen wollte. Daß ich den Schmuck bei ihr nicht fand, wunderte ihn nicht. Nehals Schwester arbeitete in der Nähe und Diebesgut bleibe nie lange bei dem Täter, sondern wird schnellstmöglich einer vertrauenswürdigen Person weitergereicht. Dumm waren sie ja nicht. Die Polizei könnte sich vor der Abreise Nehal und die Schwester schnappen und durchsuchen.

Ich wußte nicht, ob ich auf den Vorschlag eingehen sollte, denn ich war ja nicht hundertprozentig sicher, ob sie die Diebin war. Und falls nicht? Dann hätte ich sie grundlos angezeigt und der Tortur einer polizeilichen Befragung ausgesetzt. Nehal hätte ich mir somit verständlicherweise als ewige Feindin geschaffen. Andererseits schien es mir als der einzige Ausweg.

Ich überdachte noch meine Entscheidung, als mein Chef einen weiteren wichtigen Aspekt erwähnte: die Arbeitsgenehmigung. Er wies mich darauf hin, daß ich bei Kontakt mit der Polizei meinen Aufenthalt in Ägypten aufs Spiel setze. Die Arbeitsgenehmigung war von amtlicher Seite noch nicht bestätigt. Folglich riskierte ich bei polizeilicher Meldung mit Aufnahme aller Daten und Details mein Dasein in Ägypten.

Oh nein, dazu war ich nicht bereit! Niemals würde ich es auf eine Ausweisung ankommen lassen. Ich war doch erst zwei Monate da. Das durfte noch nicht das Ende sein.

Mir dämmerte, daß mir wohl oder übel die Hände gebunden waren.

Der Schmerz über den Verlust meines Schmucks wurde mit Gefühlen von Enttäuschung und Zorn durchmischt. Am liebsten hätte ich mir Nehal persönlich vorgeknöpft, denn ich fürchtete zu platzen vor Wut. Statt dessen schaute ich zu, wie sie am späteren Abend von dannen zog, um gemeinsam mit ihrer Schwester in Kairo meine Kostbarkeiten auf der Straße zu verscheuern.

Der Schmuck hatte ja nicht nur hohen materiellen Wert, vornehmlich steckten viele tiefe Erinnerungen darin: Da war ein Goldring aus Hongkong, den ich zu meiner Verlobung erhalten hatte. Da waren Ringe und ein Armreif aus Mexiko, Geschenke von meiner Mutter. Ketten aus Gold mit wunderschönen Anhängern von meinem Vater als Talismane für das Leben. Ein paar Uhren gingen auch verloren, und das war noch lange nicht alles.

Zum ersten Mal in meinem Leben erfuhr ich, was es heißt, wirklich wertvolle Gegenstände gestohlen zu bekommen.

Ich haßte und fluchte und schimpfte mit mir selbst: „Das hast du nun davon! Das war der erste Preis, den du zahltest für die Verwirklichung deines ach' so lang ersehnten Lebenstraumes."

Es brauchte viele Tage, bis ich den Verlust verdaute, und es hatte zur Folge, daß ich den Menschen fortan mißtrauischer und vorsichtiger begegnete.

Für meine Zukunft in Ägypten war es eine Lehre, denn es sollte nicht das letzte Mal sein, daß ich aufgrund von Neid, Habgier und Profilierungssucht den Bösartigkeiten Anderer ausgesetzt war.

Die drei Sterne

Ich saß an meinem Arbeitstisch in der Empfangshalle und bereitete meinen aktuellen Situationsbericht für die Hotelleitung vor, als ein Mann rein kam und zielstrebig den Weg zur Rezeption suchte: Dr. Tarek.
Es war eine Freude, ihn wiederzusehen, und ich ließ die Gelegenheit nicht ungenutzt: „Hallo, Dr. Tarek!"
Er schaute mich an und begrüßte mich lachend. Zunächst einmal bedankte ich mich noch einmal herzlichst für die erfolgreiche Behandlung meiner Ohren. Keine Möglichkeit war seitdem gegeben, mich dafür erkenntlich zu zeigen.
Hier sei erwähnt, daß Dr. Tarek kein Geld für seine Dienste annahm. Nachdem ich ihm damals im Vorgespräch mitteilte, daß ich in Kürze eine Stelle in Sharm el Sheikh antreten würde, akzeptierte er keine Bezahlung. Er nehme kein Geld von den in Sharm el Sheikh lebenden Menschen und erst recht nicht von Beduinen, die aus der Wüste kamen, um ihn aufzusuchen.
Dr. Tarek wurde ins Tropical gerufen, da ein kranker Hotelgast nach einem deutschsprachigen Arzt fragte. Er ließ spüren, daß er in Eile war und schnellstmöglich den Patienten sehen wollte. Doch diesmal wollte ich die Chance nutzen, mehr über diesen interessanten und sympathischen Mann zu erfahren: „Dr. Tarek, darf ich sie nach dem Patientenbesuch vielleicht noch auf einen Kaffee einladen?" Er schaute auf seine Armbanduhr, überlegte einen Moment und antwortete: „Eigentlich habe ich nicht viel Zeit, aber ich nehme sie mir einfach. Ja, sehr gerne."

Im Verlauf des kurzen Gesprächs bei dem heißen Getränk erfuhr ich, daß Tarek (er bat mich, den Doktortitel doch wegzulassen und ihn zu duzen) sehr viel arbeitet, denn neben seinen Verpflichtungen in der Dekompressions-Kammer besuchte er Patienten in Hotels und führte seine eigene kleine Praxis, in der er auch mich einst empfangen hatte.
Die Kammer bot auch tagsüber Kranken Gelegenheit, ihn aufzusuchen, und

selbst nachts fanden Bedürftige bei ihm offene Türen.

Tarek war ein Mann, dessen Warmherzigkeit und Beschäftigung mit Hilfesuchenden ihm nicht viel Freizeit ließen – dessen war ich mir sofort bewußt. Doch hatte ich den Wunsch, mehr über ihn zu erfahren: was ihn beschäftigte, was er mochte und was nicht. Diese wenigen Minuten bei einem Kaffee reichten mir nicht. Ich fühlte mich zu ihm hingezogen, sicherlich auch deshalb, weil er sich sehr für mein Wohlergehen interessierte und ich ihm meine Probleme schildern konnte.

Schon damals in seiner Klinik hatte er mir ein starkes Gefühl von Vertrauen und Geborgenheit vermittelt. Gerne hätte ich ihm mein Herz ausgeschüttet und über meine bisherigen Erfahrungen im Sinai gesprochen.

Ich fühlte aber auch, daß *ihm* viel auf der Seele lag, das gerne raus wollte. Diese Feststellung gab mir den Mut zu fragen, ob ich ihn wiedersehen könne, denn ich hoffte, ihm ebenfalls ein vertrauensvoller Gesprächspartner zu sein. Doch wollte ich die Frage nach einem weiteren Treffen besonnen und taktisch stellen. Dazu überlegte ich mir, was Tarek wohl gerne in seiner Freizeit machte, jedoch selten Gelegenheit dazu fand. Das Tauchen, logisch – ich würde ihn fragen, ob er Lust hätte, mit mir zu tauchen. Bestimmt würde er antworten, daß er dazu keine Zeit habe. Vielleicht ließe sich daraus aber der Übergang zu einem Treffen anderer Art finden. So fragte ich denn: „Tarek, hättest du nicht mal Zeit und Lust, einen gemeinsamen Tauchgang zu machen?" Er grinste und sagte: „Weißt du, mein letzter Tauchgang war vor ungefähr vier Monaten. Ich habe tagsüber einfach keine Zeit dazu, tut mir leid. Aber was hältst du davon, wenn wir abends einmal schön gemeinsam essen gehen?"

Bingo! Na also, hatte geklappt.

„Das wäre phantastisch. Wenn du dir das wirklich einrichten könntest. Wann denn?"

Nun erwartete ich, daß er mir sagen würde ‚nächste Woche' oder ‚ich rufe dich an', doch er schlug vor: „Wie wäre es mit morgen? Um acht Uhr hole ich dich ab."

Ich konnte es kaum fassen und war ganz schön froh ...
Bis zum nächsten Abend um acht Uhr verging die Zeit viel zu langsam, und bis zu dem Moment, als er dann endlich kam, befürchtete ich, das Telefon könne klingeln und er könne absagen, weil ihm dies oder jenes dazwischen gekommen sei. Doch es klingelte nicht.

Das Hotel Intercontinental war eines der wenigen Fünf-Sterne-Hotels am Ort mit einem erstklassigen Restaurant, und dort fuhren wir hin.
Tarek wurde überschwenglich, ja fast theatralisch vom Personal und den Kellnern des Intercontinental begrüßt. Dies zeigte ihn als eine geachtete und einflußreiche Person, die recht viel Ansehen genoß. An diesem Abend seine Begleiterin sein zu dürfen machte mich stolz.
Wir wählten einen Tisch nahe der Terrasse und bedienten uns von dem reichhaltigen Buffet.
Tarek erkundigte sich nach meiner Arbeit, wie meine Beschäftigung aussähe und ob es denn Spaß mache? So schilderte ich meinen Job im Tropical, kam aber nicht umhin, ihm von dem Diebstahl zu berichten, der mir immer noch sehr nachging.
Er bedauerte, was geschehen war und äußerte, daß die Problematik der Arbeitsgenehmigung leider sehr verbreitet wäre. Die Beschäftigten seien voll und ganz abhängig von der Initiative des Arbeitgebers, ob und wann dieser die Genehmigung beantrage.
Aus seinen Aussagen hörte ich raus, daß wahrscheinlich die wenigsten ausländischen Arbeitnehmer in Sharm el Sheikh die Arbeitsgenehmigung besaßen.
„Was hat dich hier in den Sinai gebracht?" fragte Tarek. Gedankenversunken in alte Zeiten und mit einem Lächeln auf dem Gesicht erzählte ich, vor wieviel Jahren ich das erste Mal mit meiner Familie nach Sharm el Sheikh gereist war, mit dem Resultat, daß ich mich schon damals in die Natur des Sinai verliebt hatte.
Es freute ihn festzustellen, daß ich ein Pionier von Sharm el Sheikh sei, der diesen Ort noch in seinen Anfängen erlebt hatte. Alte Erinnerungen kamen

auf und gemeinsame Bekannte und Freunde ließen sich finden.
Ich schwärmte davon, wie gerne ich mich in der Wüste aufhielt und erläuterte, welches Interesse ich den Beduinen und ihrer Lebensweise entgegenbrachte. Es war ein Genuß, endlich einen Ägypter zu treffen, der die Wüste gleichfalls liebte. Tarek suchte die Ruhe und Entspannung in ihr genauso, wie ich es tat. Dann lenkte ich das Thema auf ihn, wollte erfahren, was ihn bewegte, was in ihm vorging, wie er dachte und lebte.
Er gab mir das Gefühl eines vertrauenswürdigen Freundes, und ich wollte erreichen, noch bevor dieser Abend zu Ende ging, daß auch er in mir eine Vertraute und einen Freund sähe.
Sein ruhiger und gütiger Wesenszug ließ Menschen ihm gegenüber ihre Seelen öffnen und ihre Probleme darlegen. Mein Ziel wurde, daß er sich *mir* öffnete. Ich wollte eine Person für ihn werden, die *ihm* zuhörte und *ihm* das Gefühl von Geborgenheit gäbe. Das schien mir eine Chance, ihn nicht wieder aus den Augen zu verlieren, denn ich wollte Tarek nicht wieder gehen lassen aus meinem Leben und jemand werden, bei dem er offene Türen findet und dem er *sein* Herz ausschütten kann.
Ihn zu kennen empfand ich bereits nach wenigen Stunden als Bereicherung, und ich wollte seine Freundschaft gewinnen, solange wir gemeinsam an diesem Tisch saßen.

Als der Abend dem Ende zuging fragte mich Tarek:
„Warum machen wir nicht gemeinsam einen Ausflug in die Wüste?"
Mein Herz machte einen Sprung, einen riesigen! Sollte es funktioniert haben?
„Ja, hast du denn die Zeit dazu?"
Er erwiderte: „Weißt du, ich habe seit Wochen keinen freien Tag mehr gehabt. Meine Assistenzärzte können durchaus mal ohne mich auskommen. Wann hast du deinen nächsten freien Tag?"

★

In Tareks weißem Ford Bronco flitzten wir von der Küste aus Richtung Hinterland. Vorbei an dem bekannten ‚Split Rock', einem bemerkenswert großen Felsblock, der auf rätselhafte Art und Weise irgendwann einmal kerzengerade gespalten worden war, suchten wir uns einen Weg durch teilweise schwer durchdringliches Sandgelände hinein in Wadis, die uns verlockend erschienen. Es machte Spaß, in diesem großen starken vierradbetriebenen Auto durch den Sand zu schlingern und sich trotz der weichen Federung durchschütteln zu lassen.

Wir alberten herum und lachten; es war ein wunderbarer Beginn dieses ersten gemeinsamen Tages.

Schattenspendende Felsüberhänge luden uns ein zur Rast, und die von mir mitgebrachten Sandwiches stillten einstweilen den Hunger. Während der Mittagshitze war es angenehm, an einem kühlen Platz zu verweilen und den Wind über die Haut streifen zu lassen.

Am Nachmittag verließen wir die Wüste, und Tarek steuerte den Nabeq-Nationalpark an. Da ich vorher diese geschützte Region noch nie besucht hatte, war ich sehr neugierig darauf. Es ist ein großes Küstengebiet mit malerischen türkisfarbenen Buchten, in welchen die nördlichsten Mangroven der Welt wachsen.

Auf dem Weg dorthin passierten wir mit Stacheldraht eingezäunte Felder. Arabisch beschriebene Schilder wiesen auf etwas Bestimmtes in diesen Arealen hin, doch konnte ich es natürlich nicht lesen.

„Tarek, was steht auf diesen Schildern dort an den Zäunen?"

„Minen! Auf diesen Feldern liegen Minen verstreut. Wenn du genau hinschaust, dann wirst du sicherlich eine entdecken. Sie sind ungefähr zwanzig bis dreißig cm groß im Durchmesser und haben eine kleine Erhebung oben in der Mitte, so wie ein Knopf!"

Völlig überrascht über das, was Tarek da sagte, schaute ich ihn an. Dann beäugte ich argwöhnisch und prüfend die vorbeiziehende Landschaft.

„Ja, wie? Sind diese Minen noch scharf?"

Tarek klärte mich auf: „Sicher sind die scharf. Das sind Überreste vom

letzten Krieg, der bis 1973 zwischen den Israelis und den Ägyptern hier geführt wurde. Minenfelder gibt es viele im Sinai, auch in der Wüste."
Ich war verblüfft! So etwas kannte ich aus dem Fernsehen, wenn über ehemalige Kriegsgebiete berichtet wurde, die noch von solch reizenden Überbleibseln übersät sind. Aber jetzt, hier, war ich praktisch mittendrin in einem derartigen Gelände.
Die Stacheldrahtzäune verliefen direkt rechts und links an der ohnehin schon schmalen und tiefsandigen Piste. Hier lagen Minen vielleicht nur zwei Meter weg von mir. Mich überkam ein schauriges und sehr mulmiges Gefühl.
Gut, redete ich mir ein, solange wir uns auf der befahrenen Piste befanden, konnte wohl nichts passieren. Ich beruhigte mich und vertraute Tarek, denn gewiß kannte er die Gegend gut und außerdem konnte ich mir nicht vorstellen, daß er uns in Gefahr bringen würde.

Als es am Abend dämmerte, bestand Tarek darauf, mir zum Abschluß noch einen wunderschönen Platz zeigen zu dürfen: Ras Um Sid.
Bis wir dort ankamen war es dunkel, und uns offenbarte sich von einer flachen Klippe aus ein gigantischer Sternenhimmel. Nur die sich stets im Kreis drehenden Lichter eines nahen Leuchtturmes unterbrachen gelegentlich die Atmosphäre auf gespenstische Art, wenn sich die Strahlen über das Meer bis hin zum Horizont entlangschoben.
Tarek holte eine Decke aus dem Wagen und breitete sie aus.
In der Romantik dieser Idylle erzählten wir bis spät in die Nacht hinein. Unsere Plauderei fand ein herrliches Gleichgewicht des gegenseitigen Gedankenaustauschs.
„Tarek, siehst du diese drei Sterne dort? Die drei, die fast in einer Linie zueinander stehen?"
„Ja, das ist der Gürtel des Orion; sie sind wunderschön."
Ich wollte etwas loswerden, wollte meine Zuneigung auf unverfängliche Art vermitteln: „Weißt du, irgendwie bedeuten sie mir schon immer besonders viel. Ich glaube, diese drei Sterne bringen mir Glück, und ich hoffe, daß sie

dir auch Glück bringen."

An diesem Abend kamen wir uns sehr nah. Ganz und gar nicht auf körperliche Art, sondern in unseren Herzen. Es war der Beginn einer außerordentlichen und unzertrennlichen Freundschaft, wie wir beide uns es nie hätten vorstellen können. Wir versprachen uns, daß es nicht lange dauern würde, bis wir Ras Um Sid wieder gemeinsam besuchen.

Während unserer Heimfahrt hing mein Blick noch immer an den drei Sternen; nun bedeuteten sie mir noch mehr.

Als Tarek mich am Tropical absetzte, wußte ich, daß ein Wiedersehen nicht lange auf sich warten lassen würde.

Mit dem großartigen Gefühl, etwas Kostbares erworben zu haben, das ungewöhnlich wertvoll ist und wie ein Schatz bewahrt werden will, schlenderte ich zu meinem Zimmer, nahm ein Stück Papier und hielt diesen Moment für immer fest. Ich schrieb:

Wem kann ich danken, wenn ich einen Menschen kennengelernt habe und diese Bekanntschaft eine große Bereicherung für mein Leben ist?
Sie verschönert den Tag, bringt Freude und neue Denkanstöße. Neue Lebensweise?
Ich danke für den Zufall oder dem Schicksal.
Zweigeteilte Harmonie: Spaß, Wohlbefinden, Geborgenheit, aber vor allem Vertrauen!
Seit langer Zeit wieder – oder vielleicht zum ersten Mal – stelle ich fest, was für ein großes Geschenk man in einem anderen Menschen finden kann.
Ich möchte dieses Geschenk in Ehren halten und mich nicht mehr davon trennen.
Laß mich diesem Menschen sagen, daß er immer gut auf sich aufpassen soll, sonst geht etwas sehr Wichtiges verloren.
Laß mich ihm auch sagen, daß ich für ihn da bin, wenn er mich braucht. Ich würde mich darüber freuen.
Wem also kann ich danken?
Ich weiß es nicht – ich tue es einfach ... es wird schon an der richtigen Adresse ankommen.
„Danke."

Der große Regen

Alle einundzwanzig Jahre geschieht etwas Derartiges, behaupteten die Beduinen.
Vielleicht haben sie recht, vielleicht nicht, ich weiß es nicht. Aber ich weiß, daß ich ihn miterlebt habe und daß ich ihn niemals vergessen werde, denn er brachte Unglück und Tod: der große Regen.

Nur drei Tage nach dem ersten gemeinsamen Abend bei Ras Um Sid saßen Tarek und ich wieder an diesem herrlichen Ort. An jenem 16. November 1996 jedoch spielte sich nachts ein eindrucksvolles Naturschauspiel ab, und wir beide kamen in den Genuß, es zu beobachten: Über die gesamte Breite des Meereshorizonts blitzte und donnerte es; das Gewitter legte in den Sekunden seiner Blitzlichter die Welt um uns in herrlich kuriose Farben. Es schickte einen kühlen Wind als Vorboten, denn noch war es weit weg von Sharm el Sheikh, und wir fühlten uns davon nicht betroffen. Sich das Spektakel aus der Ferne anzuschauen war ein großes Vergnügen.

Am nächsten Tag plante ich einen Ausflug in den ‚Coloured Canyon', einer Schlucht in der Wüste, die aufgrund beeindruckender Gesteinsformen und -farben zu einem begehrten touristischen Reiseziel zählte.
Es war zunächst amüsant, als ich am frühen Morgen die Zimmertür öffnete und das gesamte Hotelgelände von Wasser überflutet fand. Nur ein kleiner Absatz hatte das Wasser davor zurückgehalten, während der Nacht auch in unsere Unterkunft zu laufen.
Ich blickte zu den Räumlichkeiten, die ebenerdig gebaut waren, wie das Restaurant und die Empfangshalle, und fand bereits diverse Kollegen mit Schrubbern und Bodenwischern damit beschäftigt, das Wasser wieder ins Freie zu schieben. Wir begrüßten uns fröhlich, witzelten über die Situation, und ich beglückwünschte sie zu ihrem neuen Job als ‚Wasserschieber'.
Erfahrungsgemäß regnet es im Sinai jährlich an drei Tagen und selbst dann

nur für durchschnittlich zwanzig Minuten am Stück. Diese zwanzig Minuten reichten zwar mancherorts bereits aus, daß es anschließend durch Decken tropfte und bestenfalls die Kaffeetasse traf, wie es mir selbst schon passiert war, doch ein Niederschlag dieser Stärke war ungewöhnlich.

Es tropfte noch immer heftig vom Himmel herunter, doch wie erwähnt, war ein Regen nie von langer Dauer und somit für uns selbstverständlich, daß es bald aufhören würde.

Während des Frühstücks rief man mich an das Telefon; Tarek war dran.

Er wünschte einen guten Morgen und richtete dann die Bitte an mich: „Gehe nicht in die Wüste heute, es ist zu gefährlich."

„Gefährlich, wieso?"

Er erklärte mir: „Es regnete genug, daß sich in den Wadis Fluten bilden können. Von den Bergen wird das Wasser in Strömen in die Täler geleitet und dann reißen diese Wassermassen alles mit. Das ist sehr tückisch, speziell in den Schluchten ist es gefährlich."

Mir schien Tareks Warnung etwas absurd und übertrieben, doch fing ich an zu grübeln.

Tatsächlich wurde der Ausflug für alle Beteiligten später aufgrund der Wetterbedingungen abgesagt.

Das bedeutete für mich: sei kein Kollegenschwein, bewaffne dich mit einem Bodenwischer und schiebe mit.

Es war spaßig. Jeder bedeckte sich mit irgendwas, das gerade aufzutreiben war, hauptsache, es schützte vor dem Naßwerden: Plastiktüten, Duschvorhänge, usw. Wir sahen lustig aus, bespritzten uns mit Wasser und fanden das alles richtig komisch.

Gegen Mittag erhielten wir die Nachricht, Strom und somit auch Telefon sei nicht mehr verfügbar; keine Elektrizität mehr in ganz Süd-Sinai.

Untätig herumsitzen konnten wir in diesem Ausnahmezustand nicht. Deshalb schoben wir weiter und fanden es irrsinnig, Wasser von einem Fleck auf den anderen zu befördern, denn solange es weiter regnete und keine Blockaden das Wasser aufhielten, suchte es sich immer wieder seinen Weg zurück. Nur vor den Türen der Gästezimmer waren mittlerweile kleine Schwellen errichtet worden, die das Wasser vor dem Eindringen hindern sollten.

Mittagessen und warme Getränke konnten nur noch eingeschränkt angeboten werden: ohne Strom funktionierte auch die Küche nur noch mit minimaler Leistung.

Bis zum Nachmittag wurde bekannt, daß sich auf den Hauptverkehrswegen große Wasserlachen gebildet hatten, die Autos darin liegenblieben und somit die Straßen blockierten. Da keinerlei Umleitungsmöglichkeiten existierten, bedeutete das ein großes Chaos.

Die Architektur in dieser Klimazone berücksichtigt keine Abflußmöglichkeiten für Regenwasser. Auch entlang der Straßen im Sinai ist kein Abwassersystem vorhanden. Bedingt durch die seltenen Niederschläge hält man das für unnötig. Infolgedessen sucht sich das Wasser in Gebäuden seinen Weg durch die meist flachen Dachbauten.

In unserem Restaurant tropfte es durch die Anschlüsse der Deckenstrahler. Während wir den Fußboden freischoben, blickte unser Chef besorgt auf die leckenden Stellen.

Die ersten Gäste erschienen verärgert und reklamierten wasserbedeckte Fußböden sowie nasse Decken und Matratzen in ihren Zimmern. Auch dort suchte sich das Wasser seinen Weg durch die Zimmerdecken und tropfte auf die Betten.

Ich legte meinen Wischer zur Seite und bemühte mich, trockene Räume für die Betroffenen zu finden. Die Zahl der freien Zimmer war gering, und eine Kontrolle ergab, daß der Zustand in allen gleich desolat war.

Die Gäste fürchteten die Nacht und beklagten, daß keine trockenen Betten zur Verfügung stünden, nicht mal für die Kinder.

Hinzu kam, daß es kalt wurde. Durch den ständigen Aufenthalt in windiger, regennasser Umgebung frösteleten alle. Auch liefen wir barfuß, denn durch den fehlenden Abfluß stand das kalte Wasser mittlerweile überall mehrere Zentimeter hoch.

Stunden vergingen, es dämmerte, und wir froren noch mehr.
Die Dunkelheit kam unaufhaltsam. Rechtzeitig wurden sämtliche Kerzen zusammengetragen und die Gäste gebeten, sich am Abend im Restaurant zu versammeln. Es gab nicht viel zu essen, doch das Wenige, welches die Küche präsentierte, wurde mit Liebe serviert.
Das Tropfen aus den Deckenstrahlern entfaltete sich zu einem kleinen stetig laufenden Wasserstrahl.
Während des Tages versuchten Fahrer trotz der schwierigen Straßenverhältnisse wichtige Dinge zu besorgen wie beispielsweise Kerzen und Decken für die Nacht. Doch diese Maßnahme ergriffen Viele und die wenigen Geschäfte, die zur Verfügung standen, waren nahezu ausverkauft. Unser Vorrat an Kerzen war begrenzt, und nachdem wir alles an die Gäste verteilt hatten, kamen sie zu mir und bettelten um Streichhölzer und Feuerzeuge. Meine Kameraden und ich gaben alles, was von irgendwoher aufzutreiben war. Als sich nicht mal ein einziges Streichholz mehr fand, blieb mir als Antwort nur noch ein Achselzucken und ein leichtes Schütteln mit dem Kopf.
Wenn die Gäste dann schicksalsergeben mit einer wärmenden Decke um die Schultern und einer brennenden Kerze in der Hand den Weg durch Dunkelheit, Wind und Regen zurück in ihr Zimmer suchten, schaute ich ihnen betroffen nach. Gerne hätte ich ihnen mehr gegeben, als sie frierend von dannen zogen und mit kalten Händen versuchten, das einzige Licht, das ihnen blieb, vor dem Wind zu schützen. Wenn diese Kerze erlosch, konnte sie ja nicht mal mehr erneut angezündet werden. Womit?

Am späten Abend erreichten uns Nachrichten von außerhalb: Die Straße von Kairo und somit die absolute Hauptverbindung für Lebensmittel und sonstige Waren war stellenweise durch Fluten aus der Wüste weggespült worden und somit nicht mehr befahrbar. Erste schlimme Verkehrsunfälle hatten sich ereignet.
Nun konnte sich der Küchenchef erklären, warum die für diesen Tag erwartete Getränkelieferung nicht eingetroffen war. Der Vorrat, speziell an

Trinkwasser, war knapp; am nächsten Morgen sollte ein Fahrer geschickt werden, um Nachschub zu besorgen.

Nach dieser Nachricht fühlte ich mich plötzlich sehr abgeschnitten: die Straßen waren unbenutzbar, die Lebensmittelversorgung begrenzt. Das Schlimmste war jedoch, daß die Telefone nicht mehr funktionierten, weder bei uns noch irgendwo in der weiteren Umgebung. Ich hätte gerne meine Eltern angerufen, um ermutigende Worte von ihnen zu hören.
Statt dessen fror ich und hatte Hunger, denn aufgrund der Knappheit hatte ich auf ein Abendessen verzichtet.
Im Kreise der einzigen Menschen, auf die wir in diesem Moment noch zählen konnten, suchten wir Wärme und Schutz untereinander, und ich hoffte inständig, daß am nächsten Tag die Sonne wieder scheinen würde.

Am darauffolgenden Morgen regnete es unvermindert, doch war es zumindest wieder hell. Ich wußte bis dahin nicht, wieviel es bedeutet, Tageslicht zu besitzen. In diesem Moment war ich dankbar dafür.
Mein Weg führte mich direkt ins Restaurant, um einen Überblick über die Lage zu erhalten: Viele unserer Gäste saßen bereits bei einem ärmlichen Frühstück, und manche von ihnen lächelten ein wenig, als ich sie begrüßte.
Die Szenerie im Frühstücksraum wurde jäh unterbrochen, denn der Wasserdruck über den Deckenstrahlern wurde zu groß und preßte mit aller Gewalt die Anschlüsse nach draußen, woraufhin sich ein Schwall an Wasser daraus ergoß. Es platschte auf die Buffettheke, und das Bedienungspersonal rettete, was noch zu retten war.
Bei diesem Anblick reimte ich mir mit Schrecken zusammen, wie die Zustände in den Zimmern sein mochten.
Alle unsere Gäste, mit Ausnahmen derer, die Kinder dabei hatten, verhielten sich hervorragend und zeigten viel Verständnis für den außergewöhnlichen Zustand. Die Sorge um die Kinder war berechtigterweise groß.

Ein Ehepaar mit Baby allerdings schien verzweifelt: Das Kind schrie unentwegt, und es gestaltete sich zudem schwierig, die Babynahrung nach Bedarf zuzubereiten.
Manchmal war ich einfach ratlos. Was konnte ich noch mehr tun? Hatte ich doch sogar meine privaten Habseligkeiten verteilt.

Wieder erhielten wir Schreckensnachrichten über die Folgen des andauernden Regens: Der Flughafen wurde gesperrt.
Tags darauf sollten viele Urlauber abreisen, auch Besucher unseres Hotels.
Mit flauem Magen waltete ich meines Amtes und brachte den Betroffenen sachte bei, daß sie mit ziemlicher Sicherheit nicht wie geplant nach Hause fliegen können.
Sie reagierten mehr gelassen als verärgert. Was sollten sie auch tun? Sie saßen fest. Betrüblich war jedoch, daß nicht mal die Möglichkeit bestand, Angehörige im Heimatland zu benachrichtigen und diese über die Lage zu informieren.
Ich fragte mich, ob Nachrichten zuhause in Deutschland wohl überhaupt über die Katastrophe berichten und ob meine Familie Bescheid wußte. Immerhin waren Urlauber tatsächlich in Sharm el Sheikh eingeschlossen.
Der ausgesandte Fahrer, welcher Trinkwasser besorgen sollte, blieb erfolglos. Sämtliche Läden seien komplett ausgeräumt! Nichts mehr da, keine Getränke und keine Nahrungsmittel. Die Menschen sorgten vor.
Diese Mitteilung warf schlimme Aussichten voraus, und uns wurde angst und bange bei der Vorstellung, wie verheerend die Situation noch werden könnte.

Noch immer waren Mitarbeiter des Hotels angewiesen, das Regenwasser aus dem Restaurant hinaus zu befördern. Das war aber nicht möglich. Es regnete unaufhörlich. Türblockaden aus Steinen oder Sand hielten das Wasser nur geringfügig zurück, und es schien mir absurd, es von einem Platz zum anderen zu manövrieren. Wir taten es trotzdem, vielleicht auch nur deshalb, um das Gefühl zu erhalten, uns sinnvoll zu beschäftigen oder überhaupt etwas zu tun.

Ein überaus junger anständiger Kollege, eigentlich noch ein Kind, beaufsichtigte das Schwimmbecken und war verantwortlich für den gesamten Zustand des Pools und alles, was damit in Verbindung stand.

Seine ‚Behausung' war ein unterirdisch gelegener kleiner Raum unter dem Schwimmbecken, den man über eine gerade Treppe erreichte. Er begegnete mir klatschnaß, völlig verfroren, zitternd und mit blauem Gesicht. Mit Eimern und anderen Gefäßen versuchte er gemeinsam mit Kollegen seine Unterkunft von den meterhohen Wassermassen frei zu schöpfen.

Als ich den überfluteten Kellerraum sah, fragte ich mich, wo der Ärmste die letzte Nacht verbracht hatte, und mir war klar, daß er in seinem Zustand dringendst eine heiße Dusche brauchte.

Obwohl er sich dagegen wehrte, da es sich für seinen Stand eigentlich nicht ziemte, mit auf das Zimmer einer ‚fremden' Frau zu gehen, schon gar nicht, um dort zu duschen, überzeugte ich ihn, mitzukommen. Auf dem Weg war er bedacht, daß ihn niemand von der Hotelleitung beobachtete; es hätte für ihn großen Ärger bedeuten können. Ich verstand seine Furcht und machte ihm begreiflich, daß niemand etwas von mir erfahren würde. In dem dunklen Bad, wir hatten ja dort kein Fenster und Strom sowieso nicht, zeigte ich ihm im schwachen Licht der geöffneten Tür wie alles zu handhaben sei, drückte ihm ein Handtuch in die Arme und verließ das Zimmer, hoffend, daß er mein Angebot nutzen werde. Ich war mir nicht sicher, ob er nicht aus Angst einen Rückzieher machen würde.

Die ‚Kellerwohnung', wie man sie scherzhaft nennen mag, von diesem bedauernswerten Kerl offenbarte sich nach Trockenlegung übrigens als ein Räumchen mit einer einfachen zusammenklappbaren Liege als Schlafstelle.

Sofern man die Angestellten klassifizieren wollte, kann man sicherlich den Poolboy ganz unten in der Rangfolge ansiedeln – wie seine Unterkunft.

Später Nachmittag. Viel zu früh wurde es schon wieder dunkel, und mit Schrecken sah ich der bevorstehenden Nacht entgegen.

Wir arbeiteten daran, Kerzen selbst zu fertigen. Einer der älteren Kollegen bat mich, zu diesem Zweck vorhandene Watte aus meinem Besitz an ihn zu geben. Ich zögerte nicht, meinen kleinen Vorrat, welchen ich zu kosmetischen Zwecken besaß, sofort zu holen.

Mit Hilfe dieser Watte, kleinen flachen Gefäßen, Öl und vielleicht auch noch anderen Hilfsmitteln, ich weiß es nicht mehr, bastelte er tatsächlich kleine Fackeln, um den Gästen im Restaurant wenigstens während des Abendessens Licht spenden zu können. Neben ihm sitzend schaute ich bewundernd seinem Werk zu.

Durch das tropfnasse Fenster sah ich einen Ford Bronco auf den Parkplatz rollen.
Tarek. Welch ein Glück, Tarek kam!
Stürmisch lief ich nach draußen in den Regen.
Erschöpft und müde sah er aus, doch es ging ihm gut.
Er wollte sich vergewissern, ob ich wohlauf sei. Wie freute ich mich, ihn zu sehen. Kurz berichtete ich über die Situation und das Wohlergehen aller Gäste.
Ich hatte keine Ahnung, daß die Zustände in unserem Hotel noch verhältnismäßig sicher waren, hörte ich nun von Tarek, wie es anderorts aussah:
Hinter einem Damm, nicht weit weg von der Küste in der Wüste, der speziell für Fluten errichtet wurde, stand das Wasser gefährlich hoch. Für solche Mengen war er nicht gebaut, und Tarek fürchtete, daß der Druck zu stark werden und der Damm brechen könne. Dies hätte eine Evakuierung von mehreren Hotels zur Folge, in denen absolute Alarmbereitschaft herrschte. Andere Hotels in Sharm el Sheikh, die das Pech hatten, an der Küste oder in einem Tal zu liegen, wurden bereits geräumt und die Menschen evakuiert, da sie knietief im schlammigen Wasser steckten. Da waren wir im Tropical mit mittlerweile knöchelhohem Wasserspiegel doch noch ganz gut bedient. Zum Glück war unser Hotel auf einer Klippe gelegen und somit nicht betroffen von Fluten, die sich unabwendbar ihren Weg bergab suchten.
Tarek erzählte weiter von tragischen Geschehnissen, und es quälte ihn, von

Minen zu berichten, die auf die Straße gespült wurden, dort liegenblieben und durch das braune Wasser von daherkommenden Autofahrern nicht entdeckt werden konnten. Auf diese grausame Art war bereits ein Mensch zu Tode gekommen.

Noch mehr Sorge aber bereiteten ihm die Beduinen. Die Wüste sei derzeit der gefährlichste Platz. Die Wassermassen seien unberechenbar, wenn sie sich unaufhaltsam durch die Wadis wälzen und alles ummähen, was ihnen begegnet. Nicht umsonst heißt es: In der Wüste sterben mehr Menschen durch Ertrinken als durch Verdursten.

Er müsse jetzt weiter, sagte Tarek, von überall her riefen sie ihn und baten um Hilfe und Unterstützung. Zunächst aber wolle er den Damm noch einmal besichtigen und nach den Beduinen schauen, die sich auf die Staumauer zum Gebet gesetzt hatten und dort verharren wollten, bis der Regen stoppte oder aber der Damm bräche und sie mit ihm untergehen würden.

Zum Abschied nahm Tarek meine Hand und sagte: „Habe keine Angst, du bist hier sicher, und ich komme wieder, so schnell es geht."

Er wußte ja nicht, wie gut mir diese Worte taten ...

Den Abend des zweiten Regentages verbrachten wir wie den vorhergehenden: in Gemeinschaft mit den Gästen im Restaurant, zusammengekauert und frierend.

Die Befürchtung des Küchenchefs bewahrheitete sich: Das Trinkwasser war aus, auch der Vorrat an anderen Getränken war knapp geworden. Bier war noch da und das in Massen. So tranken wir halt Bier. Hauptsache, für die Kinder blieb noch etwas Antialkoholisches. Hätten wir doch wenigstens eine Ahnung gehabt, wie lange dieser Zustand noch anhalten würde. Doch nicht einmal Wettervorhersagen konnten in irgendeiner Form abgerufen werden. Es war eine Situation, der man ausgeliefert war, hilflos gegenüberstand und trotz allem Unglück nichts tun konnte. Ich glaube, in dieser Nacht lag ich in meinem Bett und betete. Ich weiß nicht, wie oft ich zuvor in meinem Leben zu Gott gesprochen hatte, meist sah ich keinen Grund dafür, doch diesmal betete ich, daß dieser Regen aufhören möge. Ich dachte an alle meine Freunde in Sharm el Sheikh und an Dori und Suleiman; wie es ihnen wohl erging? Und ich dachte an Tarek, mir wünschend, daß ihm nichts passieren möge ...

Die Wetterlage am nächsten Tag zeigte sich unverändert: Es regnete noch immer. Frustriert und schweigsam gaben sich die Menschen um mich herum ihren Pflichten und ihrem Dasein hin.
Kein Lachen war mehr zu hören, keine angeregten Unterhaltungen fanden statt, jeder sann in sich hinein, und ich vermutete bei diesem Anblick, daß ich nicht die einzige war, die betete; alle fürchteten sich.
In sämtlichen Räumlichkeiten lief mittlerweile das Wasser von Decken und Wänden herab; unsere Umgebung wurde zusehends unheimlicher und unsicherer.
Gegen Mittag erschien eine Gruppe Personen auf unserem Gelände. Sie wirkten verschrocken und verängstigt; auch die Decken und Jacken um ihre Schultern wärmten sie nicht ausreichend. Zum Teil waren sie gar nicht komplett angezogen, und zudem erschienen sie ohne Gepäck. Sie waren Opfer einer Hotelevakuierung, wo Gebäude teilweise zusammenbrachen und Trümmer herabstürzten. Innerhalb von Sekunden waren sie geflüchtet, ohne Gelegenheit, privates Hab und Gut an sich zu nehmen. Im Tropical suchten sie Schutz und fragten nach freien Unterkünften. Selbstverständlich gaben wir ihnen alles, was zur Verfügung stand.

Am Nachmittag des dritten Tages endlich, endlich klarte es auf, und innerhalb kürzester Zeit stoppte der Regen, und die lang ersehnte wärmende Sonne zeigte ihr Gesicht.
In Gedanken an mein Gebet der letzten Nacht dankte ich Gott dafür, daß es endlich vorbei war.
Das Grau verschwand nicht nur am Himmel, auch die Gesichter meiner Mitmenschen begannen zu strahlen. Alle kamen heraus aus ihren geschützten

Zufluchtsorten und halfen mit, wieder Ordnung in das Chaos zu bringen. Mit vereinten Kräften schoben wir wieder das Wasser von einem Fleck zum anderen, doch diesmal erschien es mir sinnvoll, denn die Sonne half uns dabei.

Während dieser drei Tage entwickelte sich zwischen meinen Arbeitskollegen und mir eine starke Gemeinschaft. Wir brauchten einander und das verbindet. Auch wenn ich vergangene üble Erfahrungen mit Kollegen des Tropical machte, die ich darüber nicht vergaß, so waren wir während diesem Fiasko aufeinander angewiesen gewesen, und keiner hatte das Hilfeersuchen eines Anderen abgelehnt.

Folgen einer Katastrophe

Erst nach ein paar Tagen war es möglich, das ganze Ausmaß der Tragödie zu erfassen.
Tatsächlich fanden meine Angehörigen und Freunde in Deutschland Artikel über das Dilemma in der Tagespresse. Unter der Überschrift ‚Sintflut in Ferienparadies' waren Rettungsaktionen in den Fluten dokumentiert und verwüstete Strände abgebildet. ‚Touristen wurden zu Gefangenen' stand da, und es wurde unter anderem von Urlaubern berichtet, daß ‚sie sogar in Flugzeugen übernachten mußten' und so weiter und so weiter.
Die sechs Menschenleben, die das Unwetter forderte, wurden nicht erwähnt. Zwei wurden in die Luft gesprengt, weil die Minen auf den Straßen unter dem braunen Schlamm von ihnen unentdeckt blieben. Ein anderer Autofahrer blieb während der Fahrt stecken, stieg aus seinem Wagen und wurde dann von einer Flut erfaßt, die ihn bis in ein mit brauner Brühe gefülltes Schwimmbecken eines Hotels mitspülte, wo er später rausgefischt wurde.
Drei weitere starben in der Wüste: Beduinen. Bedauerlicherweise konnten sie sich nicht rechtzeitig vor überraschend auftretenden Wassermassen retten.

Der Damm hielt. Die Menschen atmeten auf, doch waren sie zu Recht der Meinung, daß man diesem Unwetter durch entsprechende Warnung hätte vorbeugen können. Die Verwüstung hätte ein solches Ausmaß nicht angenommen, wenn die Menschen vorbereitet gewesen wären.
Schwere Vorwürfe galten dem ägyptischen Wetteramt in Kairo. Warum erhielten die gefährdeten Regionen keinen Hinweis auf die nahende Gefahr? Aus diesen Anklagen resultierte, daß sich nur vier Tage später eine Wetterwarnung aus Kairo über das Land verbreitete, die ein Regen ähnlicher Stärke für das kommende Wochenende ankündigte.
Panik! Sämtliche Vorbereitungen für ein wiederkehrendes Unwetter dieser Art wurden getroffen: Blockaden, Sandsäcke, ja sogar ganze Mauern wurden

in Windeseile hochgezogen, um den bedrohenden Wassermassen entgegen zu wirken. Das Wochenende kam und ... es passierte nichts! Kein Tropfen fiel vom Himmel.

Das Erlebte stimmte mich nachdenklich. Ich war froh, daß die Menschen, die ich in Sharm el Sheikh kannte, unverletzt geblieben waren und daß unseren Hotelgästen nicht Schlimmeres passiert war. Der finanzielle Schaden war für viele sehr hoch, doch was ist das im Vergleich zum Wert des Lebens.

Und Tarek war unversehrt geblieben.
Er hielt sein Versprechen und besuchte mich, nachdem wieder Ruhe über dem Süd-Sinai eingekehrt war.
Er war ausgelaugt und entkräftet, denn während der drei Regentage war er von einem Einsatz zum nächsten geeilt und hatte keinen Schlaf gefunden.

Im Tropical nahm nach und nach alles wieder seinen gewohnten Alltag ein. Die Aufräumarbeiten gingen voran, doch Spuren der Überschwemmung ließen sich nicht verbergen. Eintreffende Urlauber wunderten sich über diese und jene braunen Ränder, Flecken und beschädigte Zimmerdecken. Doch der Service funktionierte, und die Gäste waren sicher untergebracht.

Bei seinem letzten Besuch hatten Tarek und ich eine gemeinsame Mittagspause vereinbart. Irgendwo an der Küste wollten wir uns ein gemütliches Plätzchen zum Picknick suchen.
Ach, was freute ich mich darauf, bei ihm fühlte ich mich so wohl.
Nach dem großen Regen sollte es das erste Mal sein, daß wir wieder zusammen eine Weile verbringen würden, wenn auch nur für die kurze Zeit einer Mittagspause.
Wir waren noch nicht allzu lange unterwegs, als Tareks Mobiltelefon läutete. Das war an und für sich nichts Außergewöhnliches, da die Nummer zu diesem Telefon als Notruf-Hotline allseits bekannt war. Der eingehende Anruf an diesem Mittag indes sollte noch ein interessantes Nachspiel haben.

Tarek wurde zu einem brisanten Unfall gerufen. Unverzüglich mußte er dorthin, und so ließ er seinen Bronco zeigen, was er hatte: Wir rasten über die Straße hinweg, suchten unseren Weg zwischen anderen Fahrzeugen und überholten gnadenlos jeden Verkehrsteilnehmer.

„Tarek, wenn du zu dem Unfallort alleine fahren möchtest, lasse mich einfach irgendwo aussteigen, ich kehre dann zum Hotel zurück oder willst du, daß ich mitkomme?"

„Natürlich kommst du mit!" forderte er mich auf.

Hätte er mich mal bloß aussteigen lassen. Auf den nun folgenden Trip hätte ich gerne verzichtet. Denn als wir am Flughafen vorbei weiter und weiter fuhren, immer die einzige Straße entlang, die dort existierte und dann auf die Sandpiste kamen, die sich zufolge des Regens fast überall als durchgehende graue Wasserfläche präsentierte, da wurde ich schon zusehends blasser: er mußte nach Nabeq, vorbei an den Minenfeldern!

Wir preschten über die überflutete Fahrbahn, und das schlammige Wasser spritzte seitlich hinweg in die Landschaft.

Oh nein, bitte, bitte nicht an den Minenfeldern vorbei, dachte ich.

Tarek fuhr unbedarft und ohne jedes Zögern dahin, konzentrierte sich auf das Steuer, denn der aufgeweichte undurchsichtige Grund verlangte kontrolliertes Manövrieren.

Dann sah ich sie kommen: die Stacheldrahtzäune. Gleich würden wir in der Höhe des ersten Feldes sein. Tatsächlich war auch dieses Teilstück fast vollständig überflutet.

Mir brach der kalte Schweiß aus. Immerhin hatte es während des Regens Minen über weite Strecken auf die Straße gespült. Hier war der Abstand zwischen den Minen und der Fahrbahn sehr kurz, um genau zu sein, nur ein paar Meter.

Das viele Wasser ließ darauf schließen, das es von den Bergen kam und zwischen den Bergen und diesem Weg vor uns wimmelte es nur so von Minen. Die Wahrscheinlichkeit, daß eine Mine auf die Piste getragen worden war, die wir jetzt überfahren würden, war verdammt hoch. Tarek fuhr einfach weiter. Jeden Moment erwartete ich eine Explosion, die uns in Fetzen reißen würde, es war schrecklich!

Ich wollte ja was sagen, aber erstens war Tarek extrem auf das Fahren und seinen Einsatz konzentriert und außerdem traute ich ihm. Irgendwie dachte ich, er wird wohl wissen, was er tut.

Stieläugig glotzte ich auf den Pfad vor uns und konnte meinen Mund doch nicht halten: „Hast du gar keine Befürchtung, daß die Flut Minen auf den Weg gespült hat?"

„Vertrau mir, ich weiß, daß da keine sind."

Zweifelnd starrte ich ihn an! Wie zum Teufel konnte er das wissen? Niemand konnte das wissen. Der Schlamm war nicht durchsichtig; es war also unmöglich zu sehen, was darunter lag.

Bleib ganz ruhig, beruhigte ich mich, ganz ruhig. Wenn er sagt, er weiß es, wird er es wohl wissen.

Ich frage mich noch heute, woher er es gewußt haben will und ehrlich gesagt, habe ich es ihm nicht geglaubt.

Währenddessen Tarek sich um den Verletzten kümmerte, behandelte ich meinen angeschlagenen psychischen Zustand und brachte meinen Puls wieder auf Normalwerte. Fertig mit den Nerven wartete ich im Wagen und stellte mich geistig und seelisch auf die bevorstehende Rückfahrt ein; es graute mir davor. Noch mal da durch, mußte das sein?

Tarek untersuchte den Unfallgeschädigten und diagnostizierte den Grad an Verletzungen als nicht sehr dramatisch. Nach einer ersten Hilfe verschrieb er dem Patienten einige Medikamente und viel Ruhe. Er bat ihn außerdem, sich am nächsten Tag zu einer Nachkontrolle einzufinden und verabschiedete sich.

Nun wirkte Tarek viel gelöster und entspannter, ich jedoch nicht.

Auf der Rückfahrt plapperte Herr Doktor munter vor sich hin und passierte die Minenfelder ebenso teilnahmslos wie auf der Hinfahrt. Mir hingegen stand die Furcht genauso auf dem Gesicht geschrieben wie zuvor, deshalb schaute ich starr in die andere Richtung aus dem Fenster. Jetzt mal bloß nicht rumschwächeln hier.

Für das Picknick blieb keine Zeit mehr, doch ließ Tarek es sich während der Heimreise im Wagen schmecken. Mein Appetit war vergangen und als Tarek mich am Tropical absetzte und wir uns verabschiedeten, bedankte ich mich für den wirklich *außergewöhnlichen* Ausflug; ich versicherte ihm, daß ich ihn bestimmt nie vergessen würde.

Die zu bestehende Probe

Drei Wochen sollte es noch dauern, bis ich in Deutschland mit meiner Familie das Weihnachtsfest verbringen würde – der erste Heimatbesuch nach meiner Abreise in den Sinai.
Ich freute mich auf meine Eltern, meinen Bruder mit seiner Familie und alle anderen Angehörigen; im besonderen jedoch auf meine Oma mit ihren stolzen zweiundneunzig Jahren.
Das Wiedersehen mit ihr war mir außerordentlich wichtig, denn während meines langen Aufenthaltes in Sharm el Sheikh befürchtete ich immerzu, daß sie unterdessen der schweren Krankheit erliegen könnte, die ihr schon seit vielen Jahren zu schaffen machte. Nicht mehr lange, dachte ich, dann werde ich sie wieder treffen und im Kreise all meiner Lieben sein.

Damals, Anfang Dezember, es war eigentlich ein Arbeitstag wie jeder andere, trat der Personalchef des Tropical an meinen Tisch in der Empfangshalle. Nach einer netten Begrüßung kam er auf den Grund seines Besuches zu sprechen; er erklärte mir:
„Zur Zeit werden scharfe Kontrollen in den Hotels durchgeführt. Da du noch immer nicht im Besitz der Arbeitsgenehmigung bist, sind wir der Meinung, daß es besser ist, wenn du noch eine Woche bei uns bleibst und dann gehst."
Verständnislos schaute ich ihn an, lachte irgendwie verlegen und fragte plump: „Gehen? So mal für eine Zeit untertauchen und dann zurückkommen oder wie?"
„Nein, für *immer* gehen, o.k.?"
Mit diesen Worten wandte er sich ab und ging fort; verdutzt schaute ich ihm hinterher.
Das was er da sagte, wie ... Moment mal, bin ich entlassen?
Verwirrt sortierte ich meine sieben Sinne, bis mir das Vernommene richtig klar wurde: Ich war entlassen. Er hatte mich gerade gefeuert!

Dieses kurz und bündig verkündete Urteil schockierte mich im ersten Moment, und es war mir nicht möglich, das ganze Ausmaß dieser Botschaft zu erfassen.
Irritiert stand ich von meinem Platz auf, schlurfte zu meinen Kollegen hinter der Rezeption und berichtete niedergeschmettert über die mir erteilte Kündigung.
Nach ersten Minuten der Benommenheit und Ratlosigkeit folgte die Trotzreaktion: „Das können sie doch nicht machen, innerhalb von einer Woche auf die Straße setzen! Einspruch werde ich einlegen, jawohl."
Meine Kollegen bedauerten zwar, daß ich künftig nicht mehr mit ihnen arbeiten würde, doch schüttelten sie mit den Köpfen, als sie meinen Zorn zu hören bekamen und die Protestabsichten vernahmen.
„Vergiß es, das hat doch keinen Zweck." sagten sie mir und weiter: „Schau mal, die Hotelführung selbst handelt illegal, wenn sie ausländische Angestellte ohne Arbeitsgenehmigung beschäftigt. Sie riskieren doch keinen Ärger mit dem Staat, indem sie dich weiter verpflichten, sicherlich auch dann nicht, wenn du einen Widerspruch einlegst. Also spare dir unangenehme Diskussionen und großen Ärger, du sitzt ohnehin am kürzeren Hebel. Außerdem besteht die Gefahr, erwischt zu werden, auch für dich. Gehe lieber und suche einen neuen Job, du wirst schnell etwas finden, aber warte ein paar Wochen, bis die Kontrollen vorüber sind."

Mit langem Gesicht schlurfte ich an meinen ‚Noch-'Arbeitsplatz zurück, ließ mich auf den Stuhl fallen und blickte stumpf auf den Tisch.
Was meine Kollegen mir darlegten, wollte ich noch nicht so ganz schlucken.
Resigniert die Kündigung hinnehmen und still von dannen ziehen bedeutete, innerhalb weniger Tage für mehrere Wochen keinen Job zu haben und somit keine finanziellen Einnahmen. Nach meiner Rückkehr aus Deutschland würden möglicherweise wiederum Wochen vergehen, bis ich erneut Geld verdiente.
Solch eine lange Periode ohne Einkünfte, das ging nicht.

Von meinem Tropical-Gehalt der vergangenen drei Monate konnte ich mit Ach und Krach die nötigen Mittel für den bevorstehenden Urlaub zusammenkratzen, das mitgebrachte Geld aus Deutschland überbrückte meine Zeit der Arbeitslosigkeit, und mein Konto dort wollte ich um keinen Preis antasten. Dieses Kapital mußte als Reserve bewahrt werden, und außerdem wäre es gegen die von mir gesetzten Spielregeln gewesen, in einer Krise die Hand nach Deutschland auszustrecken.
Mit der Kündigung verlor ich auch die Unterbringung. Wo sollte ich fortan wohnen? Mich wieder bei Dori einquartieren? Wie sah denn das aus? Ich konnte sie doch nicht als Wohltäter in Zeiten der Not mißbrauchen, nein, unmöglich.

Ich fühlte mich ziemlich aufgeschmissen und versuchte, klare Gedanken zu fassen. Es blieb mir, entweder auf mein Angestelltenverhältnis zu bestehen und damit das Tropical und mich selbst in Gefahr zu bringen oder erhobenen Hauptes meinen Hut zu nehmen mit dem Vorsatz, eine neue Herausforderung zu suchen und zu bewältigen.
Es würde sich schon eine Lösung finden lassen für das Geld- und Wohnproblem. Es *mußte* weiter gehen, denn eines stand für mich außer Frage, und der Gedanke blitzte nur kurz in meinen Kopf auf, bevor ich ihn mit aller Macht verdrängte: aufzugeben und nach Deutschland zurückzukehren. Noch nicht. Das konnte nicht alles gewesen sein, und es würde weitergehen – davon war ich überzeugt.
Sinai stellte mich auf eine erste Probe, und diese war zu bestehen.

Um meine Kränkung zu überspielen, schritt ich mit der Nase hoch oben in das Büro des Personalchefs und sprach mit überzeugender Stimme: „Aufgrund der heiklen Situation und der mir noch zustehenden Urlaubstage werde ich keine weitere Woche hier verbringen; ich verlasse das Tropical noch heute, o.k.?" Nach diesem Auftritt fühlte ich mich zwar nicht viel, doch immerhin ein wenig besser.

Mein Arbeitstisch war mit wenigen Handgriffen geräumt, und die privaten Sachen befanden sich ohnehin größtenteils in Taschen und Koffern.
Mit Tränen in den Augen verabschiedete ich mich von lieben Kollegen, die mir Freunde geworden waren im letzten Vierteljahr.
Ein letzter Blick über das Hotelgelände brachte Erinnerungen zurück: das Verschwinden meines Schmucks – es schmerzte noch immer; der große Regen – wie schweißte er uns zusammen.
Vor allem aber erinnerte ich mich an nette Gäste, denen ich als Guest Relation behilflich sein konnte und die sich dafür dankbar gezeigt hatten.
Es war zum Heulen, denn dieser Job machte mir wahrhaftig sehr viel Spaß.
Bepackt mit allem, was ich besaß, ging ich auf die Straße und winkte mir ein Taxi bei, ohne zu wissen, wo die Fahrt für mich enden würde ...

Freilich hatte sich in den letzten Wochen rumgesprochen, daß Beamte die Beschäftigten in Hotels auf ihre Arbeitsgenehmigung prüfen. Auch ich hörte davon und achtete aufmerksam auf Personen, die das Hotelgelände betraten und ganz offensichtlich *keine* Touristen waren. Auch meine Kollegen wußten Bescheid und unterstützten mich durch wachsame Blicke auf alle Besucher, die fremd und ‚amtlich' aussahen.
Das Schild ‚Guest Relation' entfernten wir von meinem Tisch, und oft verließ ich beim Erblicken von ‚Verdächtigen' umgehend meinen Platz, um mich unter die Gäste zu mischen und Urlauberin zu spielen.
Manch ausländischer Arbeitnehmer in anderen Hotels erhielt eine vorübergehende Freistellung, ja wurde sogar einstweilen in sein Heimatland zurückgeschickt, um jedes Risiko einer Aufdeckung auszuschließen.
Von einigen hörte ich aber auch, daß sie ohne Arbeitsgenehmigung erwischt wurden und binnen weniger Tage das Land verlassen mußten, ohne jemals wiederkehren zu dürfen. Die Vorstellung, daß auch mich dieses Schicksal treffen könnte, bereitete mir eine Gänsehaut.
Zu gehen war die richtige Entscheidung, dachte ich mir während der Fahrt im Taxi, dem ich wahllos einfach eine Richtung vorgab.

Notfalls würde ich die kommenden Nächte in einem billigen Hotel verbringen; dann mußte eben doch das deutsche Konto dafür herhalten.
Der Taxifahrer drehte sich um und fragte ungeduldig: „Rayha fen, rayha fen?"
Wohin, wohin? Gute Frage!
Ich fühlte mich anlehnungsbedürftig; brauchte jemanden, der mal eben Müllschlucker spielte für meinen Kummer und mir Mut machte für die bevorstehende Krise, die ich zu bewältigen hatte.
Mit einemmal wußte ich dem Fahrer zu antworten:
„Zur Dekompressions-Kammer, bitte."

Tarek begrüßte mich vor dem Kammergebäude mit offenen Armen und warf einen fragenden Blick auf die zahlreichen Gepäckstücke, die der Taxifahrer mühsam aus dem Auto hievte.
Ich lächelte gequält, als ich ihn aus seiner Ahnungslosigkeit befreite: „Tja, ich bin heute entlassen worden."
„Komm rein und erzähl mir alles!"
Geduldig lauschte Tarek meinem Bericht über den Rausschmiß aus dem Tropical, der mit den Worten endete „… ja und jetzt weiß ich ehrlich gesagt gar nicht, wo ich hin soll."
Mit hängendem Gesicht saß ich ihm gegenüber. Hoffnungslos klebten meine Augen am Boden als ich ihn ohne Zögern antworten hörte:
„Komm doch einfach zu mir."
Überrascht schaute ich auf in sein Gesicht und fragte ungläubig, ob das sein Ernst sei, denn sofort schoß mir das Verbot des unehelichen Zusammenlebens durch den Kopf. Ich konnte deshalb nur annehmen, daß er scherzte.
„Ja, das ist mein Ernst, sonst würde ich es dir nicht anbieten. Ich lebe in einem Bungalow des Hotel Hilton Residence und bin durchaus befugt, einen Gast bei mir unterzubringen, da der Bungalow über getrennte Schlafzimmer verfügt und auf zwei Personen angemeldet ist. Da ich aber alleine lebe, schlage ich dir vor, bei mir zu bleiben, bis du was Neues gefunden hast. Mache dir eine ruhige Zeit bis zu deinem Abflug und wenn du zurückkommst, dann

finden wir schon eine neue Beschäftigung für dich – ich habe da sogar schon eine Idee."

Das Angebot hörte sich einfach unglaublich an, doch noch immer plagten mich Sorgen: „Aber ich besitze nicht viel Geld, schon gar nicht, um für die Untermiete bei dir aufzukommen. Von dem, was ich habe, kann ich meinen Urlaub bezahlen, dann bleibt nicht mehr viel."

Tarek blickte mir tief in die Augen als er erwiderte: „Mach dir mal über das Finanzielle keine Gedanken. Du bist ein kluges Wesen und wirst einen Weg finden, diese Phase zu überwinden."

Als er dann meine Hand nahm und mit ruhiger Stimme sagte: „Ich würde mich sehr freuen, wenn du zu mir ziehst", wußte ich, daß seine Einladung von Herzen kam.

Ich ahnte nicht, welch einen bedeutsamen Schritt meine Zustimmung zu seinem Angebot darstellte.

Tareks Bungalow erwies sich als ein komplett eingerichtetes Appartement mit Wohnzimmer, den beiden Schlafzimmern, Küche, Bad, Toilette und einem großen Garten mit Sitzgelegenheit und Grillvorrichtung.

Das Zusammenleben gestaltete sich von Anfang an herrlich unkompliziert und obwohl ich aufgrund meiner finanziellen Schuld ihm gegenüber ein schlechtes Gewissen schob, genoß ich die Zweisamkeit mit Tarek sehr.

Meine Arbeitslosigkeit ließ mir natürlich keine Ruhe, und ich besann mich auf meine Fähigkeiten und Möglichkeiten des Geldverdienens.

Nach der Rückkehr aus Deutschland wollte ich wieder nach einer Festanstellung Ausschau halten. In jedem Fall würde ich dann auf einer schnellstmöglichen Aushändigung der Arbeitsgenehmigung bestehen. Bis dahin aber konnte ich unmöglich untätig herumsitzen.

Also, was konnte ich tun?

Von einer italienischen Freundin wußte ich über ihre abendliche Beschäftigung als Nachhilfelehrerin in ihrer Sprache.

Einst hatte ich das Angebot, Deutsch in einem Hotel zu unterrichten. Warum sollte es nicht auch auf privater Basis möglich sein?
Als Tarek am Abend nach Hause kam erzählte ich ihm von meiner Idee.
„Wenn ich mir entsprechendes Material zusammenstelle und so jede Unterrichtsstunde vorbereite, könnte es doch klappen."
Tarek griff zum Telefon und wählte eine Nummer in Kairo. Zu meiner Verwunderung redete er mit seinem Gesprächspartner dort in drei verschiedenen Sprachen: zunächst in Englisch, dann in Arabisch und zu guter Letzt auch in Deutsch und abwechselnd immer so weiter.
Tarek stellte durch seine perfekten Sprachkenntnisse in Deutsch und Englisch schon etwas Besonderes dar, die Person am anderen Telefonende unterlag ihm anscheinend diesbezüglich in nichts.
Aus den englischen und deutschen Gesprächsfetzen entnahm ich Tareks Bitte um die Übersendung von deutschen Grundschullehrbüchern; und das möglichst schnell.
Nachdem er aufgelegt hatte, erlöste er mich aus meiner Verwunderung: „Das war meine Schwester. Sie war früher als Deutschlehrerin tätig und lebte lange Zeit in deinem Land. Sie spricht ein tadelloses Deutsch, viel besser als ich. Na, auf jeden Fall hat sie noch Lehrbücher, die sie für eine Zeit entbehren kann und wird sie gleich morgen an uns schicken. Du kannst ja auch zeitweise am Computer in der Kammer arbeiten, um Unterrichtsmaterial vorzubereiten."
Das war toll. Ich freute mich und war Tarek überaus dankbar für seine Unterstützung. Am nächsten Tag wollte ich gleich nach Schülern Ausschau halten.

Und ich fand meine Opfer.
Durch ihre Lehrtätigkeit wußte meine italienische Freundin auf Anhieb Namen von Personen zu nennen, die gerne Deutsch lernen wollten und dafür noch einen bereitwilligen Lehrer suchten.
Der erste Interessent war der Personalmanager eines großen Hotels in Sharm

el Sheikh und hörte auf den Vornamen Ahmed.
Er war sehr froh, als ich meinen Besuch ankündigte und den Grund dafür darlegte. Es schien, als wartete er schon recht lange auf eine Möglichkeit, Deutsch zu lernen.
Ahmed war ein netter Kerl, ungefähr vierzig Jahre alt und äußerst wißbegierig. Sein Englisch war gut, als Unterrichtssprache auf jeden Fall ausreichend.
„Wir können umgehend beginnen" rief er euphorisch und beharrte auf einer sofortigen ersten Schulstunde.
Ich drosselte seine Ekstase, indem ich ein paar Tage erbat, um das nötige Material vorzubereiten. Außerdem erkundigte ich mich nach der Häufigkeit der Lehrstunden und dem beabsichtigten Honorar.
Wenigstens dreimal in der Woche abends jeweils eine Stunde schienen ihm angebracht. Bezüglich des Gehalts einigten wir uns auf dreissig ägyptische Pfund pro Stunde, was etwa fünfzehn deutschen Mark entsprach.
Das war doch ein Anfang: ab sofort würde ich fünfundvierzig Mark pro Woche verdienen; wer sagt's denn!

Mit Hilfe der Bücher von Tareks Schwester gestaltete ich am Computer der Dekompressions-Kammer Lehrunterlagen für Sprachanfänger. So richtig mit Bildchen und Zeichnungen, die Gegenstände oder Situationen darstellten, um dann vom Schüler durch Bezeichnungen oder Dialoge ergänzt zu werden; wie das in der ersten Klasse eben so ist.
Nach ein paar Unterrichtsstunden ließ sich schon ein ganz passables Zwiegespräch führen:
‚Guten Tag, wie ist ihr Name?'
‚Guten Tag, mein Name ist Hans Müller.'
‚Woher kommen sie, Herr Müller?'
‚Ich komme aus Deutschland.'
Der Umlaut ‚ü' in Müller genauso wie das ‚ä' und ‚ö' stellten Ahmed vor erhebliche Probleme, was die richtige Betonung anging. Dafür war er von der Zahl ‚sechs' in ihrer Aussprache besonders angetan, exerzierte diese unter

schelmischem Gekichere auffällig häufig und erkor sie zu seiner deutschen Lieblingsziffer.

Nicht selten machte ich mich abends auf den Weg zu Ahmed mit leeren Taschen, pleite.

Es wurde zu einer neuen Erkenntnis, wie es ist, keinen Pfennig mehr zu besitzen und nicht zu wissen, wie der nächste Hunger gestillt werden kann.

Die Lage war peinigend und belastend, der ich mich aber trotzdem nie *hoffnungslos* hingab, sondern immer daran glaubte, daß es irgendwie weitergehen würde.

Und es ging weiter. Meine Lehrtätigkeit warf genug Geld ab, um gerade so zurecht zu kommen.

Mit Tareks Hilfe bestand ich meine erste Probe.

Liebe, die keine Ansprüche stellt

Es war ein ungewöhnliches Gefühl, im Heimatort Urlaub zu machen. Niemals zuvor wäre ich auf die Idee gekommen, Ferien in Frankfurt zu verbringen. Ich kannte es bisher anders herum, nämlich möglichst weit entfernt gelegene Länder zu bereisen.
Statt dessen beherbergten mich meine Eltern während des vierzehntägigen Besuches in meinem ehemaligen Kinderzimmer. Wieder im Kreise der Familie und Freunde zu sein genoß ich auf spezielle Art und Weise, denn sie gehörten nicht mehr zu meinem Alltag, und so wurden die Treffen zu etwas Besonderem. Die Neugier war groß, und alle bombardierten mich mit Fragen, wie es mir bisher ergangen war, was ich erlebt hatte und wann ich zurückkehren würde nach Deutschland.
Viele erwarteten, daß ich Ägypten nach fünf Monaten überdrüssig war, doch mußte ich sie enttäuschen: Eine frühzeitige Rückkehr plante ich nicht.

Schwärmend berichtete ich meinen Eltern von Tarek und daß dieser mich aufgrund der Umstände bei sich aufgenommen hatte. Sie reagierten mißtrauisch; er war trotz meiner Verzückung für sie doch nur ein fremder Ägypter, in dessen Obhut ich mich begab. Tareks Name war auch ihnen bekannt, dies reichte jedoch nicht aus, um die Tochter bedenkenlos in seine Hände zu geben.
Meine Mutter war neugierig und erkundigte sich bei mir in einer stillen Minute danach, wie Tarek eigentlich aussehe.
Sie ertappte mich mit dieser Frage, denn ich hatte mir nie zuvor überlegt, wie ich Tarek beschreiben würde. Er ist ein Mensch, bei dem das Aussehen eine sehr nebensächliche Rolle spielt. Nach kurzem Überlegen beschrieb ich ihn dann frei heraus auf meine eigene Art und Weise.
„Er hat das Aussehen eines knuffeligen Kuschelbärs. Ja, das ist genau die richtige Formulierung. Er ist circa 1,80 m groß, hat dunkle gewellte Haare, braune Augen, eine süße Nase und einen Mund, der wunderbar lachen kann

und dabei blendend schöne Zähne präsentiert. Er ist nicht dünn, eher mollig. Aber genau das macht ihn ja so einladend kuschelig. Oder hast du schon mal einen dünnen Teddy gesehen? Trotzdem ist er stark, kräftig, voller Energie und nicht etwa schwabbelig und faul. Seine Statur lädt förmlich dazu ein, sich an ihn zu schmiegen, um in seinen Armen Schutz und Geborgenheit zu finden. So ist Tarek."

Mit einem wohlwollenden Lächeln auf dem Gesicht gab sich meine Mutter mit der Darstellung zufrieden.

Mein Aufenthalt in Deutschland war schön, doch vermisste ich Tarek und den Sinai nach kürzester Zeit.

Wir telefonierten nahezu täglich miteinander, und die Sehnsucht wurde so während der kurzen Gespräche für einige Minuten gebannt.

Ich rechnete ihm seine Unterstützung hoch an, dankte von Herzen, daß ich bei ihm wohnen durfte und er mir in vieler Hinsicht über die Zeit der Arbeitslosigkeit hinweg half.

Als ich dann zwei Wochen später endlich nach Sharm el Sheikh zurückkehrte und Tarek mich am Flughafen empfing, überraschte er mich mit einer verlockenden Idee.

Während ich im Wagen neben ihm sitzend beglückt die vorüberziehenden Berge betrachtete, die ich so lange hatte entbehren müssen, erzählte er mir voller Enthusiasmus von seinem Freund Rami.

Rami besitze seit vielen Jahren eine Werbeagentur in Kairo, und nachdem Tarek ihm von mir berichtet hatte, hatte jener Rami den Wunsch geäußert, mich zwecks eventueller Zusammenarbeit kennenzulernen. Schnellstmöglich sollte ich meinen Besuch bei ihm in Kairo einrichten.

„Gut und schön, Tarek" entgegnete ich, „doch was soll ich in Kairo? Dort möchte ich nicht leben. Mein Platz ist im Sinai."

„Du sollst auch nicht in Kairo arbeiten. Rami beabsichtigt, eine Agentur hier in Sharm el Sheikh zu eröffnen. Dazu braucht er eine Person, die diese Filiale

managt. Er benötigt einen Geschäftsführer für diese Niederlassung."
Wow! Das roch nach einer riesigen Herausforderung und weckte mein Interesse.
In meinem Kopf fing es an zu arbeiten: Würde ich einer solchen Stelle gewachsen sein?
Noch wußte ich viel zu wenig über die Aufgabe, aber mit der Unterstützung qualifizierter Mitarbeiter und unter entsprechenden Bedingungen traute ich mir die Leitung einer kleinen Werbeagentur von der administrativen, logistischen und organisatorischen Seite her absolut zu. Ich mußte mehr darüber erfahren.

Tarek gefiel mein spontanes Interesse an dem Job, und er war merklich stolz darauf, daß seinem Kopf eine weitere aussichtsreiche Idee entsprungen war. Er liebte es, seine Einfälle und teilweise verrückten Inspirationen zu verbreiten und freute sich über die gelungene Verwirklichung einer jeden Eingebung, die er hatte.
Nach dem Eintreffen in unserem Bungalow des Hilton Residence griff ich sofort zum Telefon und wählte die Nummer von Ramis Werbeagentur „Top Advertising" in Kairo. Er begegnete mir als ein sachlich-freundlicher Gesprächspartner, der es sehr eilig hatte, mich zu treffen. Wann ich kommen könne?
Trotz Ramis spürbaren Drängens war ich nicht bereit, Sharm el Sheikh sofort wieder zu verlassen. Zu lange hatte ich etwas entbehrt, daß mir sehr am Herzen lag.
Tarek betrachtend antwortete ich: „Ich könnte den Nachtbus übermorgen abend nehmen."
An diesem Tag meiner Rückkehr verbrachten Tarek und ich einen wunderschönen romantischen Abend zusammen. Ich schilderte meine Erlebnisse in Deutschland, während er seinen Arm um meine Schultern legte und ich mich in ihn hineinkuschelte. Wir hatten einander sehr vermißt und spürten das Gefühl der Verbundenheit in uns wachsen.

Noch immer dankte ich für das Schicksal oder den Zufall ihn kennengelernt zu haben. Tareks Bedeutung war für mich von Anfang an immens groß und entwickelte sich spürbar, seit wir zusammen beim Kaffee im Tropical gesessen hatten. Daß uns einmal Empfindungen der Zuneigung und Zusammengehörigkeit derart harmonisch vereinen würden, hätte ich niemals gedacht.

Wir legten uns schlafen und umarmten uns in friedvolle Träume hinein.
Es war das erste Mal, daß Tarek mich auf seinem Nachtlager neben sich berührte.
Bereits in den drei Wochen vor meiner Abreise nach Deutschland hatte ich die Nächte neben ihm verbracht. Vom ersten Tag an ignorierten wir beide die Möglichkeit, das zweite Schlafzimmer zu benutzen und wollten beieinander sein. In den Nächten dieser drei Wochen spürte der einfühlsame Tarek jene gewisse Verunsicherung, die mich plagte: Es war mir anfangs nicht möglich, meine Gefühle der neuen Situation gegenüber zu ordnen. Zwar wollte ich Tarek neben mir nicht missen, doch scheute ich mich, meinen sexuellen Bedürfnissen freien Lauf zu lassen. Obwohl wir dieses Thema *nie* ansprachen, ja wirklich keine Silbe darüber verloren, erkannte Tarek wortlos und geduldig meine Befangenheit an.
Bis zu der besagten Nacht, als ich mich an ihn schmiegte und meine Empfindungen für ihn sich endlich Platz machten, hatte er mich mit keinem Finger berührt und jeden Versuch der Annäherung unterlassen.
Dieses Verhalten war eines von vielen Beispielen, die mich behaupten lassen, daß niemals zuvor in meinem Leben ein Mann mich derart respektvoll behandelt hatte, wie Tarek es tat.
Er gewann meine Liebe nicht durch das übliche begierige und aufgesetzte Gehabe, mit dem viele Männer einer Frau den Hof machen. Darbietungs- und Profilierungssucht, Aussehen, Prestige, Reichtum oder große Versprechen bedeuteten nichts.
Tarek gewann mich vielmehr aufgrund der Anerkennung und der Zurückhaltung, die er mir entgegenbrachte. Daraus entstand eine nie gekannte Liebe:

eine Liebe, die keine Ansprüche stellte und nicht bewiesen werden wollte. Eine Liebe, in der wir uns frei fühlten. Eine Liebe, die auf der geistigen Einheit beruhte und nicht auf der körperlichen, wie sie von den meisten Menschen angestrebt wird.

Nur aufgrund dieser starken geistigen Einheit sollte unsere Liebe sich noch beweisen über Grenzen von Raum und Zeit ...

Top Advertising

Am Busbahnhof in Kairo erwartete mich ungeduldig der von Rami geschickte Fahrer.
Ohne Umwege zockelten wir über die stets überfüllten Straßen der ägyptischen Hauptstadt zur Werbeagentur.
‚Kairo kann man lieben oder hassen, doch gibt es nichts dazwischen', hatte mal ein Freund gesagt, und ich konnte dem nur zustimmen.
Kairos Verehrer schwärmen von dieser Metropole als einer pulsierenden und niemals ruhenden Weltstadt mit einzigartigem arabischen Flair, das sich auf den Straßen und in den bunten duftenden Bazaren mit seinen Tausenden von Menschen nicht nur während des Tages, sondern auch in den Nächten Ausdruck verleiht.
Sie lieben es, nachts auf einer Felukka, dem landestypischen Segelboot, über den Nil zu kreuzen und die beleuchtete Stadt über beide Ufer hinweg zu betrachten. Zudem birgt Kairo einzigartige kulturhistorische Schätze: zum Beispiel die Pyramiden, die sich nur kurz hinter der westlichen Stadtgrenze in gigantischer Höhe aus dem Sand emporheben. Oder das ägyptische Museum, in welchem unter anderem die phantastischen Goldfunde aus dem Tut-ench-Amun-Grab bestaunt werden können. Sehenswert sind auch die herrlich gebauten Moscheen, die zu einer Besichtigung einladen und die Ehrfurcht vor der Religion und deren Gott unverkennbar spüren lassen.
Und dann gibt es Menschen, die Kairo hassen: diejenigen, die diesen Ort als einen abstoßenden Fleck in der Welt bezeichnen.
Sie sehen die andere Seite, die Armut und den Müll überall, in dem sich sowohl Kinder als auch Hunde und Ratten gleichermaßen ihr Futter suchen. Sie sehen die geschundenen Esel, die ein erbärmliches Dasein vor ihren Karren, die sie unter entsetzlichen Schlägen bis hin zum Zusammenbruch ihr ganzes Leben hindurch ziehen müssen, ertragen.
Kairos Verachter können nachts nicht schlafen, weil es in der Stadt mit der dritthöchsten Einwohnerzahl von 13 Millionen Menschen niemals ruhig

wird. Das permanente Gehupe, durch welches sich die Autofahrer Aufmerksamkeit und Vorfahrt verschaffen wollen, da Verkehrsschildern und roten Ampeln keine Beachtung geschenkt wird, läßt die City nachts durch ihre Geräusche genauso brodeln wie tagsüber.
Diese Menschen betrachten Kairo als einen Moloch, der einem den Atem nimmt vor Smog und Gestank. Deshalb wünschen sie sich, nie länger als nötig an diesem Ort verweilen zu müssen.

Es war nicht das erste Mal, daß ich Kairo besuchte. Bereits während meines ersten Aufenthaltes hatte ich mir mein Bild über die Stadt gemacht: Ich gehörte zu den Menschen, die Kairo hassen. Sicherlich schätzte und verehrte ich die bedeutungsvollen Sehenswürdigkeiten und meine, daß man Kairo allein aus diesem Grund einen Besuch abstatten *muß,* doch ertrug ich nie den Anblick von Elend und Not. Unabhängig davon, ob es um Menschen oder geschundene Tiere ging, die in ihrem quälendem Schicksal ausharrten. Es schmerzte mich, wenn ich mit diesen Zuständen konfrontiert wurde, was zur Folge hatte, daß ich jeden Besuch in Kairo als extrem unerfreulich empfand.
Entsprechend argwöhnisch und mit einem Gefühl des Unwohlseins saß ich also auf der Rückbank des Wagens, der sich seinen Weg durch den stockenden Verkehr zu Top Advertising suchte.

Rami hieß mich freudig willkommen und manövrierte mich an grüßenden Mitarbeitern vorbei in sein Büro.
Er schloß die Tür hinter uns, wies mir einen Stuhl vor einem verschwenderisch großen Schreibtisch zu und ließ sich selbst hinter diesem in einen einladend gemütlichen Sessel fallen.
Rami hatte die Gestalt eines massigen, breitschultrigen Mannes, groß gewachsen mit einem freundlichen Gesicht, dem das typisch ägyptische Aussehen gänzlich fehlte; ich besann mich auf Tareks Erzählung, daß Rami Libanese ist.
Nach den ersten Sätzen unseres Gespräches schätzte ich ihn als sehr routinierten

Geschäftsmann ein (vielleicht war das auch nur eine Reaktion auf Tareks Meinung, daß Rami selbst aus Sand noch pures Gold zu machen vermochte).

Er ließ mich von meinem bisherigen Berufsleben in der Werbung erzählen und meinen englisch formulierten Lebenslauf vorlegen.

Nach einem intensiven Informationsaustausch kam er auf den wesentlichen Grund des Treffens zu sprechen.

Wie Tarek bereits hatte verlauten lassen, plante Rami, in Sharm el Sheikh eine zweite Niederlassung zu eröffnen. Die nötigen Räumlichkeiten, eine ungenutzte, halbmöblierte Wohnung aus seinem Besitz, waren vorhanden. Geräte wie Kopierer, Computer, Drucker und Telefax hätte er gleichfalls für diese Niederlassung vorrätig. Schreibtische, Stühle und alles andere würde er besorgen und innerhalb weniger Tage mit einem Lkw nachschicken.

Als zusätzlichen Mitarbeiter plante er einen Grafiker mitzuschicken, der mir in Sharm el Sheikh zur Verfügung stehen sollte.

Die Darstellungen Ramis waren überlegt und nicht uninteressant.

„Wo können wir Lithofilme und Drucksachen produzieren lassen?" fragte ich ihn. In Sharm el Sheikh gab es weder ein Lithostudio noch eine Druckerei.

„Ihr schickt die fertigen Daten zu uns, und wir kümmern uns hier in Kairo um die Produktion. Du nennst uns den Liefertermin, und wir senden die gewünschte Ware fristgerecht an dich zurück."

Rami erklärte weiter: „Um die grafische Vorbereitung der Druckdaten mußt du dich nicht kümmern, das wird der Grafiker tun. Von dir erwarte ich Kundenakquise und Auftragsbeschaffung, Angebotserstellung, am Anfang selbstverständlich in Abstimmung mit mir, und Rechnungsabwicklung.

Natürlich hast du auch die Verantwortung für Einnahmen und Ausgaben, das heißt, du wirst nach entsprechender Zeit möglichst anhand eurer eigenen finanziellen Mittel das Gehalt für den Grafiker und dein eigenes entrichten. Für meine Buchhalter hier im Hauptbüro benötige ich lediglich eine monatliche Aufstellung sämtlicher Ein- und Ausgänge.

Vornehmlich bist du die Kontaktperson zu den Kunden, also unterliegt dir auch die Terminkontrolle und die Präsentation von Entwürfen und Layouts. Was meinst du, traust du dir das zu?"

Ich überdachte die Informationen einen Moment bevor ich antwortete. Ich selbst riskierte dabei nichts, da Rami keinerlei Investitionen von mir erwartete.

Die Voraussetzungen schienen gut, und ich versprach mir einen offenen Markt für Werbeaufträge in Sharm el Sheikh, da sich bisher kein anderes Unternehmen dieser Art dort niedergelassen hatte.

„Wird es Probleme geben, da ich kein Arabisch spreche?" fragte ich Rami.

„Nein, Sharm el Sheikh ist international geworden, und die Business-Sprache ist ohnehin die englische. Für ‚arabische Fälle' kann dir der Grafiker mit Rat und Tat zur Seite stehen. Du bist nicht alleine, er ist ja auch noch da."

Ich grinste Rami an und nickte mit dem Kopf.

„Ja, ich traue mir das zu und bin sehr interessiert. Lass mich dir aber sagen, daß ich im letzten August mit der Absicht nach Ägypten kam, maximal zwei Jahre zu bleiben. Bitte rechne damit, mich nach Ablauf dieser Frist wieder aufgeben zu müssen. Doch ich denke, es bleibt Zeit genug, rechtzeitig nach einem Nachfolger für mich Ausschau zu halten. Wenn das für dich akzeptabel ist, bleiben nur noch zwei Punkte zu klären: die Arbeitsgenehmigung und das Honorar."

„Die Arbeitsgenehmigung beantragen wir, darauf hast du mein Wort und bezüglich deines Honorars überlegte ich mir eine Regelung auf Basis eines monatlichen Festgehalts mit zusätzlicher Provision, die du selbst nach euren Umsätzen bestimmst; mit anderen Worten, je mehr Aufträge du reinholst, desto mehr bleibt für dich hängen.

Aber weißt du was, bevor du dich entscheidest, schau dich mal ein bißchen hier in der Agentur um, lerne deine – vielleicht zukünftigen – Kollegen kennen und laß dich vor allem mit dem Grafiker bekannt machen, denn mit ihm sollst du ja schließlich in Zukunft zusammenarbeiten."

„Darf ich vorstellen, das ist Wael."

Vor mir saß ein dünner Ägypter, der sich von seinem Arbeitsplatz erhob und mir sympathisch lächelnd die Hand hinstreckte. Ich erwiderte seinen Gruß und nannte meinen Namen.

Rami gab mir zu verstehen, daß ich auf dem leeren Stuhl neben Wael Platz nehmen soll und ließ uns alleine. So gab er mir Gelegenheit, Wael kennenzulernen und mir ein Bild über seine Fähigkeiten zu machen.

Wael setzte seine Arbeit am Computer fort, und es entwickelte sich eine zunächst oberflächliche Konversation zwischen uns.

Interessiert beobachtete ich ihn beim Gestalten einer Grafik und kam nach einer Weile zu der Überzeugung, daß er tatsächlich einiges drauf hatte. Gekonnt und spielerisch ging er mit den modernen und nicht einfachen Grafik-Computerprogrammen um, und es schien ihm auch nicht an Kreativität zu mangeln.

Nach ersten überwältigten Hürden von Skepsis und Vorsicht dem Fremden gegenüber legten sich diverse Spannungen. Die Atmosphäre zwischen Wael und mir wurde locker. Er erzählte von seinem bisherigen Berufsleben, was er schon alles kreiert hatte und wie toll er es sich vorstelle, mit mir in Sharm el Sheikh zu arbeiten.

Im Gegenzug berichtete auch ich von mir und meinen Erfahrungen in der Werbewelt.

Als unsere Mägen knurrten und die Zeit der Mittagspause nahte, verbrachten wir diese zusammen plaudernd in einem netten einfachen Lokal, um anschließend wieder in der Agentur nebeneinander zu sitzen und weitere Informationen auszutauschen. Die Stimmung wurde unbefangen und zwanglos, als Wael mir von seinem Privatleben erzählte. Er war stolz auf seine Frau, eine Engländerin, und die beiden Söhne, die aus dieser Ehe entstanden waren. Lange Zeit habe er in Großbritannien gelebt und gearbeitet. So konnte ich mir auch sein gutes Englisch erklären.

Gegen Feierabend schlug er ein gemeinsames Abendessen vor. Da ich zwangsläufig die Nacht in Kairo verbringen mußte und keine weiteren Pläne hatte, stimmte ich gerne zu.

Rami organisierte mir die versprochene Übernachtungsmöglichkeit in einer seiner Kairoer Wohnungen, übergab mir den Schlüssel und verabschiedete sich von mir bis zum nächsten Tag mit siegesbewusstem Lächeln auf dem Gesicht, denn es entging ihm nicht, daß ich mich mit seinem Grafiker gut verstand.

Wael und ich verlebten interessante Stunden bis spät in die Nacht und er bemühte sich, mir ein netter Unterhalter zu sein. Ganz offensichtlich kamen wir tatsächlich problemlos miteinander aus, soweit man das nach einem Tag schon zu beurteilen vermochte.

Als ich irgendwann müde, aber sehr optimistisch in meinem Bett lag, faßte ich meine Eindrücke über Wael noch mal zusammen und kam zu dem Schluß, daß er ein hilfsbereiter, aufgeschlossener, lebensfroher und erfahrener Mann war, den ich mir als Mitarbeiter durchaus vorstellen konnte. Hinzu kam, daß er sich als kompetenter und talentierter Grafiker erwies und, in meinen Augen sehr von Vorteil, schon in Großbritannien gearbeitet hatte und somit Leistungsdruck und Disziplin nach europäischen Maßstäben ausgesetzt gewesen war.

Zufrieden lullte ich mich in meine Decke und hatte keinen Zweifel mehr über die Antwort, welche Rami am nächsten Morgen von mir erhalten sollte. War es nicht eine irre Vorstellung? Ich würde eine Werbeagentur in Ägypten leiten. Meine Güte, wer hätte das jemals gedacht? Eigentlich war ich schon ein bißchen stolz auf mich.

Gleich am nächsten Morgen wollte ich Tarek anrufen, um ihm von meinem Entschluß und dem bevorstehenden Projekt zu berichten, und ich wollte ihm danken. Danken dafür, daß er ein zweites Mal half, meine Bahnen in Ägypten richtungsweisend zu beeinflussen.

Am folgenden Tag ging alles ganz schnell: Nachdem ich Rami schon früh am Morgen mein Einverständnis gegeben hatte, orderte er für den späten

Nachmittag ein Taxi, das genug Platz bot, um die wichtigsten Ausrüstungsgegenstände nach Sharm el Sheikh zu befördern.

Glücklich informierte ich Tarek über die Neuigkeit und teilte ihm mit, gegen wieviel Uhr wir Kairo verlassen würden.

Es folgten diverse Gespräche mit den Mitarbeitern, um letzte Anweisungen und Informationen zu erhalten. Der Buchhalter von Top Advertising übergab mir das nötige Material für meine zukünftige Aufgabe und erklärte mit wenigen Worten, welche Vorarbeit ich ihm leisten müsse. Ramis Sekretärin bot sich vertrauensvoll als ständige Ansprechpartnerin an für den Fall, daß es Fragen gäbe.

Alle zeigten sich sehr hilfsbereit und offerierten ihre Unterstützung, wann immer ich sie bräuchte.

Rami überließ mir Präsentationsmaterial der Agentur, um bei der Suche nach Kunden anschaulich darstellen zu können, mit welchen Projekten Top Advertising bisher erfolgreich namhafte Klienten gewonnen hatte.

Wael fuhr nach Hause, um seine Koffer zu packen und sich von der Familie zu verabschieden, die vorerst in Kairo blieb.

Am frühen Abend waren alle damit beschäftigt, sämtliche Geräte, Büromaschinen und sonstiges in und auf das wartende Taxi zu schaffen. Das Kombi-Fahrzeug wurde bis zum Bersten voll geladen, und diverse Kartons fanden nur auf dem Dach des Autos noch den nötigen Platz zum Transport.

Zum Abschied drückte mir Rami den Schlüssel zu unserem neuen Office in die Hand und ein dickes Bündel ägyptischer Geldscheine, die uns als Anfangskapital dienen sollten. Das mag für deutsche Verhältnisse verwunderlich klingen, doch läuft der Zahlungsverkehr in Ägypten tatsächlich fast ausschließlich in Form von Bargeld ab. Und da vorrangig 20er- oder 50er-Banknoten im Umlauf sind, schleppt man zwangsläufig immer einen ganzen Packen der Scheine mit sich herum.

Zum Abschied nahm Rami mich bei den Schultern und blickte mir tief in die Augen, als er sagte: „Ab jetzt liegt es in deinen Händen; ich wünsche dir viel Erfolg!"

Als die Fahrt endlich losging, standen alle meine lieben neuen Kollegen neben dem Taxi und winkten uns nach, bis Wael und ich im Kairoer Verkehr verschwunden waren, um in dem 510 Kilometer entfernten Sharm el Sheikh ein Stück neue Zukunft für Top Advertising aufzubauen.

Wir waren guter Dinge und froh gelaunt, als wir die Grenzen Kairos hinter uns ließen und auf den Tunnel zusteuerten, der uns unter dem Suez-Kanal hindurch auf die Halbinsel Sinai bringen würde.
Wael erkundigte sich über das Leben und die Menschen in Sharm el Sheikh, denn er wußte nicht viel über diesen Ort. Ich berichtete über die hohe Anzahl von Hotels, Tauchcenter und Restaurants und die damit verbundene Menge an möglichen Kunden für uns. Schwärmend erzählte ich auch über das phantastische Rote Meer, die Möglichkeiten, darin zu schwimmen und zu tauchen und natürlich über meine Vorliebe, mich in der Wüste aufzuhalten und die Gesellschaft von Beduinen zu teilen.
Wael konnte leider nicht schwimmen und Beduinen mochte er auch nicht; er beschrieb sie als ein betrügerisches minderwertiges Volk, daß Ägypten einst an Israel verraten hatte.
Das irritierte mich, denn es war das erste Mal, daß ich eine derart schlechte Denkweise über die Beduinen vernahm.
Doch war diese kleine Meinungsverschiedenheit zwischen Wael und mir kein Grund, uns unsere gute Laune und den grenzenlosen Optimismus, den wir unserem Vorhaben entgegenbrachten, verderben zu lassen.

Es war schon lange dunkel und wir fuhren bereits einige Stunden, als wir uns zu einer Rast entschieden, um etwas Kühles zu trinken und uns frisch zu machen.
Die Tatsache, daß unser Taxi ein älteres marodes Modell war, hatte mich bisher nicht beunruhigt. Annähernd jedes Taxi in Ägypten bietet einen nachlässigen Standard, und so etwas wie regelmäßige Wartungen wurden allgemein als unnötig betrachtet. Unser Gefährt spulte zwar langsam und ein bißchen

stotternd, doch kontinuierlich seine Kilometer herunter. Ich kannte es nicht anders von öffentlichen Taxis und empfand somit alles als normal.

Nach der erfrischenden Pause allerdings sprang es nicht mehr an. Der Motor schien seiner Aufgabe überdrüssig und zeigte sich nicht mehr gewillt, seinen Dienst zu leisten; wir mußten anschieben.

Nun, macht ja nichts; kann doch mal vorkommen. Kann sogar ganz amüsant sein, gemeinschaftlich einen bockenden alten Peugot durch die Wüste zu wälzen, ha ha ha. Wichtig ist doch nur, das Ziel zu erreichen, den Motor wieder zum Laufen zu bringen, damit die Fahrt fortgesetzt werden kann. Es funktionierte und unsere Reise ging weiter; alles schien bestens.

Bis zum nächsten Halt, der aufgrund einer simplen Stockung auf der Landstraße erfolgte. Die Kiste war schon wieder aus und wir schoben zum zweiten Mal an, bis der Motor erneut seinen Willen gebrochen sah und ansprang.

Schätzungsweise hätten wir noch ungefähr zwei Stunden unterwegs sein müssen bis zu unserem Ziel, als wir erkannten, daß die Leistung unseres Motors und die der Scheinwerfer extrem nachließ. Wir fuhren mit nur sehr schwachem Licht und ich hoffte, daß entgegenkommende Verkehrsteilnehmer uns früh genug erblicken würden, denn auf diesen Straßen durch die Wüste gab es keinerlei Beleuchtung und es herrschte mittlerweile absolute Dunkelheit. Unter größter Anspannung beobachtete ich jeden Wagen, der uns entgegenkam und durch die Reaktionen der Fahrer wurde uns unter größtem Entsetzen klar, daß die Wirkung unserer Scheinwerfer gleich Null war, denn sie blinkten und hupten uns aufgeregt entgegen, jedoch erst kurz bevor sie auf gleicher Höhe mit uns waren.

Bestürzt stellte ich fest, daß kein anderer Verkehrsteilnehmer uns noch rechtzeitig erkennen konnte und das in finsterer Nacht.

Hinzu kam, daß unser Kraftfahrzeug immer langsamer wurde. Im Schneckentempo tuckerten wir auf der einzigen Verbindungsstraße zwischen Kairo und Sharm el Sheikh entlang und die Stunden verstrichen.

Es wurde mir sehr mulmig zumute. Keiner der entgegenkommenden Fahrer konnte uns frühzeitig wahrnehmen. Die Straßen in jede Fahrtrichtung waren zudem nur einspurig und annähernd jedes zweite Fahrzeug war ein schwerer Lkw, der seine Fracht von einer Stadt zur anderen transportierte. Die anscheinend leere Straße lockte die entgegenkommenden Fahrer zum Benutzen der Fahrbahn in ihrer *ganzen* Breite. Sie kamen uns nicht immer auf ihrer eigenen Spur, sondern mitten auf der Straße entgegen. Für uns war somit nicht einmal eine Ausweichmöglichkeit gegeben; es war schrecklich.

Und dann mußten wir erneut anhalten, um zu tanken. Auch das noch.

Würde der Wagen noch mal anspringen?

Behäbig rollten wir auf die Tankstelle zu und just in dem Moment, da unser Taxifahrer den Fuß vom Gaspedal nahm, wies der Motor sämtliche Eigenschaften als Antriebskörper von sich und ging wieder aus.

Als wir weiterreisen wollten, geschah es wie erwartet: Er schien vollends zu streiken.

Fluchend stand ich auf der Landstraße vor der Tankstelle.

Was nun? Es gab keine Möglichkeit, auf ein anderes Auto umzusteigen, immerhin hatten wir große Mengen Pakete und Kartons mit teuren und wertvollen Gegenständen dabei.

Ich schlug vor, daß einer von uns beiden, Wael oder ich, bei dem Taxi bleiben, währenddessen der andere per Anhalter nach Sharm el Sheikh trampen und mit einem anderen passenden Gefährt zur Pannenstelle zurückkehren sollte. Dann könnte man das Gepäck umladen in den neuen Wagen und darin die restliche Strecke zurücklegen. Wael gefiel dieser Vorschlag nicht. Er wollte es nicht verantworten, mich alleine zu lassen oder mich einem fremden Fahrer anzuvertrauen.

Halt, da kam mir eine bessere Idee! Ich würde Tarek anrufen und ihn bitten, uns ein Ersatztaxi entgegen zu schicken, so hätten wir einen Weg gespart.

Wo ist das nächste Telefon? Ich marschierte zielstrebig auf die Tankstelle zu: „Fi Telefon?", gibt es ein Telefon hier, fragte ich.

„La", nein, lautete die knappe Antwort. In direkter Nähe gab es eine Raststätte und ich erwartete, dort eine Möglichkeit zum Telefonieren zu finden. Ich wurde eines Besseren belehrt: auch kein Telefon.

Das war doch einfach nicht zu glauben! In mir stieg der Zorn auf und mir war nach Fluchen: „Verdammt, wo gibt es denn sowas, daß in einer öffentlichen Einrichtung an einer großen Hauptverkehrsstrecke kein Telefon zur Verfügung steht?"

Fassungslos stützte ich meinen Kopf auf die Hand und beantwortete mir diese Frage selbst: „Du bist in Ägypten, hast du das vergessen?"

Ich war absolut ratlos. Stand mit einer Autopanne auf einer Wüstenstraße mitten in der Pampa und kam nicht weg. Hatte die Verantwortung für wertvolle Fracht, viel zu viel Geld in der Tasche für solch eine heikle Situation und dann hat weder eine Tankstelle noch eine Raststätte ein Telefon. Nur schwer gelang es mir, meine Gefühle der Unbeholfenheit nicht nach außen zu zeigen, doch wußte ich, ehrlich gesagt, nicht weiter.

Vorwurfsvolle Blicke galten unserem Taxifahrer, dem die Situation ausgesprochen peinlich war. Er bemühte sich redlich, einen Ausweg zu finden. Nichtsdestotrotz wählte ich ihn als geeignetes Opfer für den Wutanfall aus, der sich in mir spürbar ein Ventil suchte und gleich zum Ausbruch kommen sollte ... da tauchten völlig unerwartet zwei Männer auf und boten an, unser Fahrzeug mit ihrem Jeep anzuschieben. Wael und ich dankten für die Hilfe und beobachteten den beherzten Einsatz aus sicherer Distanz. Unser Taxi erlitt dabei zu den ohnehin schon vorhandenen Beulen und Schrammen ein paar weitere Kratzer, doch es sprang tatsächlich an.

Schnell hopsten wir hinein, bevor der Motor wieder seinen Geist aufgeben konnte.

Zuversichtlich setzten wir unsere unsichere Reise fort und näherten uns nach einer endlos erscheinenden Fahrt von fast acht Stunden den Bergen vor Sharm el Sheikh, zwischen denen die Fahrbahn kurvenreich und mit stark abschüssigen Straßenböschungen hindurchführte.

Es war beängstigend, denn die entgegenkommenden Fahrer konnten uns überhaupt nicht mehr wahrnehmen und nutzten allzugerne die Gelegenheit, auf der anscheinend leeren Straße auf Mitte zu fahren. Sie begegneten uns erschreckend oft mitten auf der Bahn und entdeckten uns derart spät, daß sie erst im letzten Moment vor uns weg und unter lautem Hupen auf ihre Seite rüberzogen. Jeden Moment rechnete ich damit, von einem anderen Wagen erfaßt zu werden. Die Anspannung in mir war unbeschreiblich groß. Ich schlotterte vor Angst und wünschte mich endlich am Ziel in Tareks sicheren Armen.

Hinter einer Bergkurve tauchte ein großer Bus vor uns auf, er hielt sich ganz ordentlich auf seiner Seite und war schon fast auf unserer Höhe als plötzlich hinter ihm ein Wagen ausscherte und mit hoher Geschwindigkeit zum Überholen ansetzte. Er raste direkt auf uns zu und ich sah nur noch zwei riesige Scheinwerferlichter bevor ich laut zu schreien begann. In dieser Sekunde erwartete ich einen Frontalaufprall und ich schlug meine Hände vors Gesicht. Unser Taxifahrer riß im letzten Moment das Steuer herum und wir sausten querfeldein von der asphaltierten Straße weg in dunkles unwegsames Gelände. Für einige Sekunden verlor ich jegliche Orientierung, bis wir irgendwann zum Stehen kamen.

Aus! Keinen Meter mehr weiter mit diesem desolaten Karren, beschloß ich und stieg völlig verwirrt und zitternd aus.

An den Wagen gelehnt, mit Tränen in den Augen, versuchte ich mich zu beruhigen. Mehr und mehr wurde mir bewußt, welcher Gefahr wir gerade ausgesetzt gewesen waren und welch unbeschreibliches Glück wir gehabt hatten.

Alle waren wohlauf und ich bemühte mich, wieder klare Gedanken zu fassen. Nachdem sich meine Augen an die Finsternis gewöhnten, erblickte ich zu meinem Bestürzen nur wenige Meter vor uns den Abgrund zu einer tiefen Schlucht. Wären wir nur ein bißchen weiter gerollt, wäre es zu einem tragischen Absturz gekommen.

Mein Gott, welcher Schutzengel hatte da seine Hände im Spiel gehabt?

Wortlos drehte ich mich in Richtung der Fahrbahn und schlurfte zurück zum Straßenrand. Wael und den Taxifahrer ließ ich in der Nähe des Autos in der Dunkelheit zurück, wo sie aufgeregt auf arabisch miteinander debattierten.

Völlig erledigt hockte ich mich am Straßenrand nieder und überlegte, was zu tun sei.

Es war nicht mehr viel Verkehr zu dieser späten Stunde und die wenigen Fahrzeuge, die teilnahmslos an mir vorbeizogen konnten mir keine Antwort auf meine Hilflosigkeit geben. Zusammengekauert, mit dem Kopf auf den Knien zwischen meinen Armen, dachte ich an Tarek.

Ich war völlig erledigt und wollte nur noch eins: nach Hause zu ihm.

Es kam mir wie eine Ewigkeit vor, daß ich so da saß und nicht mehr denken wollte, als ich ein Auto erblickte, daß sich langsam, sehr langsam aus Richtung Sharm el Sheikh die Straße entlang auf mich zu bewegte. Es rollte näher und näher und ich dachte zu träumen. Die hoch oben positionierten Scheinwerfer und der Klang des Wagens waren mir vertraut und aus dem Traum wurde Hoffnung und aus der Hoffnung wurde Gewißheit: Das war ein Ford Bronco. „Tarek" schrie ich auf und lief los in seine Richtung. Durch die blendenden Lichter des Fords konnte ich nur schemenhaft die Gestalt des Fahrers erkennen, doch mein tiefstes Inneres ließ mich wissen, daß er es war.

Er stoppte den Wagen und stieg aus.

Niemals war eine Umarmung von einem derartigen Glücksgefühl begleitet wie diese, die nun folgte.

„Tarek, dich schickt der Himmel!"

„Was ist passiert? Ihr seid seit Stunden überfällig, und ich hatte keine Ruhe mehr, deshalb bin ich euch entgegengefahren."

Mit dem Taxi im Schlepptau berichteten Wael und ich nun im Ford Bronco sitzend auf dem verbliebenen Weg, welch eine abenteuerliche Reise wir verbrachten.

Ich hielt Tareks Hand ganz fest, wollte ihn nie mehr loslassen und liebte ihn für seinen Einsatz und seine Sorge noch mehr als zuvor; er war phantastisch. Wir brachten Wael und das Gepäck sicher für die Nacht unter und fuhren nach Hause.

In trauter Zweisamkeit umarmten wir uns lange und innig, und ich fühlte das starke Band der Liebe zwischen uns wachsen.

Die Fahrt von Kairo nach Sharm el Sheikh, der Einzug von Top Advertising in den Sinai, war ein schauderhaftes Erlebnis gewesen.
Vielleicht hätte ich es besser als ein Zeichen verstehen sollen.
Als ein Zeichen für die Ereignisse, die noch folgen würden.

Glückliche Zeiten

„Also, da du mich danach fragst, will ich dir ehrlich antworten: irgendwie mag ich ihn nicht."
Verblüfft schaute ich Tarek über den Frühstückstisch hinweg an.
„Tatsächlich? Warum nicht? Wael ist doch ein netter Kerl."
Tarek konnte sein Bild über Wael nur schwer mit Worten beschreiben, doch schien er ihm seltsam und rätselhaft.
Ich lachte ihm zu, nahm seine Hand und antwortete überzeugt: „Ach warte nur, wir werden bestimmt gut zusammenarbeiten können."

Während des Frühstücks nutzte ich die Gelegenheit, alle Einzelheiten über den Aufenthalt in Kairo bei Top Advertising darzulegen.
Tarek lauschte aufmerksam und war sehr stolz auf meinen erfolgreichen Einstieg und meine neue Position in Sharm el Sheikh.
Mit seinen besten Glückwünschen verließ ich ihn daraufhin am frühen Morgen, um erstmals als Office Managerin einer kleinen Werbeagentur in Ägypten meinen Dienst anzutreten.
Nur ein paar Gehminuten von unserem Hotel entfernt sprang ich in einen der meist völlig überfüllten öffentlichen Busse, der mich für umgerechnet fünfundzwanzig Pfennig zu einer Station beförderte, die sich direkt vor dem Gebäude befand, das die neue Niederlassung von Top Advertising beherbergte.

Auf dem Weg über die Treppen in die zweite Etage bemerkte ich, daß die Bewohner des Hauses nicht besonders reinlich gesinnt waren: In den Ecken entdeckte ich die verschimmelten Reste von Lebensmitteln und sonstigen Abfall. Der Fußboden im ersten Stockwerk präsentierte den leckeren Anblick eines vergammelten Mauskopfes. Es schüttelte mich, und ich fragte mich, wo der Rest des Tieres wohl abgeblieben war. Eilend schritt ich daran vorbei, um mich dem Anblick schnellstmöglich zu entziehen.
In der Nacht zuvor war mir der Schmutz und Dreck nicht aufgefallen, denn

die Beleuchtung im Hausgang funktionierte nicht. Wir hatten Waels Gepäck und die Ausrüstung durch die Dunkelheit nach oben getragen. Dank einer offenen Treppenhauskonstruktion, die ausreichend Mondlicht einfallen ließ, hatten wir den Weg gefunden.

Die von Rami zur Verfügung gestellte Wohnung sollte neben der Nutzung als Agentur auch als Zuhause für Wael dienen. Sie bot genug Räume sowie Bad und Küche, um diesen Zweck voll und ganz zu erfüllen.

Wael fand die Wohnung nach der Ankunft unser dramatischen Fahrt ausreichend möbliert vor und war somit für die erste Nacht gut aufgehoben.

Als ich am Morgen zu ihm kam, mußte ich allerdings feststellen, daß sich die Räume in einem extrem schmutzigen Zustand befanden: alles war von einer feinen Staubschicht bedeckt, die Küchengeräte bedurften einer ausführlichen Reinigung, die Ablageflächen zeigten deutlichste Spuren von Mäusen in Form von kleinen schwarzen Knödeln. Auf dem Balkon stapelte sich so mancher Unrat, und in die Badewanne hatten sich einst ein paar Kakerlaken verirrt, die vergebens versucht hatten, über die glatten Wannenränder hinweg heraus zu krabbeln und schließlich einem erbärmlichen Todeskampf unterlegen waren.

Wohl oder übel mußte erst mal ordentlich aufgeräumt und geputzt werden, doch Wael überbrachte mir die Hiobsbotschaft, daß es kein Wasser gäbe. Die Hähne brachten keinen Tropfen hervor.

Nun, das gestaltete die Situation zwar etwas problematischer, doch sollte es auch hierfür eine Lösung geben.

Wir nahmen uns ein Taxi und fuhren in den Ort, um Lebensmittel für Wael, Reinigungsmittel, zwei große Wasserkanister und sonstigen Haushaltsbedarf zu kaufen. Die Kanister füllten wir in Tareks Bungalow mit Wasser auf und Wael nahm bei dieser Gelegenheit gleich eine Dusche.

Auf dem Rückweg kehrten wir kurz im Tropical ein. Nach stürmischen Begrüßungszeremonien und ausführlichen Berichten über meine neue Beschäftigung heuerte ich dort zwei Jungs vom Reinigungspersonal für den

Nachmittag an, um gegen gute Bezahlung unser Office auf Vordermann bringen zu lassen. In den Kanistern sollte ausreichend Wasser für ihre Arbeit vorhanden sein.

Nach unserer Rückkehr rief ich Tarek an und bat ihn um die Empfehlung eines Installateurs, mit dem ich für den nächsten Tag einen Termin vereinbarte, um die Wasserleitungen zu überprüfen.

Ramis Wohnung hatte lange Zeit leer gestanden, und es ist in Ägypten nichts Außergewöhnliches, daß sich mit der Zeit der feine Sand vom Wind getragen seinen Weg durch die Ritzen sucht und sich überall niederläßt.

Auch Kakerlaken, Ameisen und Mäuse halten Einzug, wo nicht regelmäßig gegen sie vorgegangen wird. Sicherlich ein gewöhnungsbedürftiges Thema für jeden, der damit noch nicht konfrontiert wurde, doch müssen diese Gegebenheiten unter Umständen in dortigen Verhältnissen akzeptiert werden, ohne zimperlich darauf zu reagieren.

So gestaltete sich unser erster Arbeitstag zunächst sehr umständlich, und das Office stellte alles andere als einen einladenden Platz dar: Es war noch nicht mal möglich, die Toilette zu benutzen – ohne Spülung.

Dessen ungeachtet packten wir eifrig alle Kisten aus, schlossen die Geräte und den Computer an, und ich stellte mit viel Liebe eine Präsentationsmappe für meine ersten Kundenbesuche zusammen, die ich tags darauf durchführen wollte.

Wael wollte mich zu diesen Kundenbesuchen begleiten, und ich hielt das für eine sehr gute Idee. Zum einen hatte er ja sonst nichts zu tun, denn noch gab es keine Aufträge zu bearbeiten, zum anderen konnte er mir als nützlicher Ratgeber dienen, wenn es um gestalterische Fragen und produktionstechnische Handhabungen in Ägypten ging, denn vor allem Letzteres war auch für mich neues Wissensgebiet und somit außer meiner Kenntnis. Außerdem konnte ich mit Waels Hilfe auch *nur* arabisch sprechende Klienten über unsere Arbeit aufklären. Zudem war es eine hervorragende Möglichkeit für ihn, Sharm el

Sheikh mit seinen Menschen kennenzulernen.

Wir tigerten los und sprachen bei Hotelmanagern und Restaurantbesitzern vor, präsentierten unsere Mappe in Tauchcentern und bei Reisegesellschaften.

Meine Kontakte und Beziehungen in Sharm el Sheikh erwiesen sich als sehr vorteilhaft hinsichtlich dieser Kundenakquise: Nahezu überall gewährte man uns Audienz und schenkte uns ein paar Minuten ehrliche Aufmerksamkeit.

Voller Enthusiasmus und Optimismus stellte ich die Agentur Top Advertising vor und auch Wael äußerte sich routiniert und qualifiziert über seine Tätigkeit.

Als wir am Nachmittag den Rückweg zum Office antraten, hatten wir tatsächlich erste Aufträge in der Tasche.

Das große Interesse, welches uns an diesem ersten Tag bei unserer Kundenakquise entgegengebracht wurde, gab uns das sichere Gefühl, daß es auch in Zukunft an Aufträgen nicht mangeln würde. Tatsächlich zeigten sehr viele ihre Freude darüber, eine Werbeagentur vor Ort zu haben. Diese Einrichtung würde doch erhebliche Komplikationen ersparen, mußten sie zuvor doch jedesmal nach Kairo fahren, um ihre Anliegen in Sachen Werbung abwickeln zu können.

Wael machte sich noch am gleichen Tag daran, die geforderten Entwürfe für Handzettel, Poster und Aufkleber, welche eine öffentliche Veranstaltung ankündigen sollten, umzusetzen. Ohne Schreibtisch und ohne Stuhl arbeitete er auf dem Boden sitzend an seinem Computer, und wie ich ihn dabei so beobachtete, war ich wirklich entzückt von seinem Tatendrang.

Sehr zufrieden und voller Überzeugung sendete ich Rami einen Faxbericht von unseren ersten Einsätzen.

Bereits nach einer Woche reportierte ich unserer Hauptniederlassung in Kairo meine absolute Überzeugung darüber, daß Top Advertising in Sharm el Sheikh erfolgreich bestehen kann, da zweifellos der Markt und das Klientel vorhanden waren. Es bedurfte wahrhaftig nur weniger Tage, an denen ich mit unserer Präsentationsmappe unter dem Arm losmarschierte und auf

Kundensuche ging.

Dann wendete sich das Blatt und wir erlebten das Phänomenale: Die ortsansässigen Unternehmen suchten uns! Die Mundpropaganda funktionierte hervorragend in diesem kleinen Ort, und wir empfingen etliche Anrufe mit der Bitte um Konsultation zwecks Aufträgen. Wael arbeitete zur Zufriedenheit unserer Kunden schnell und gut, was zusätzlich hervorragende Empfehlungen mit sich brachte.

Meine Eltern in Deutschland waren natürlich über mein neues berufliches Projekt in Sharm el Sheikh unterrichtet und brannten darauf zu erfahren, wie sich Top Advertising etablieren würde.

Sie reagierten hörbar stolz auf mich, ihre Tochter, die es schaffte, eine Stellung als vielversprechende Geschäftsführerin einer, wenn auch kleinen, Werbeagentur in einem fremden Land wie Ägypten zu meistern.

Doch trotz ihrer freudigen Reaktion vernahm ich bei beiden die Bedenken, daß die erfolgreiche Etablierung ein Grund werden könnte, daß ihr Kind nicht mehr nach Hause zurückkehren würde.

Ich war sehr glücklich, denn alles lief wirklich erstaunlich gut: Ich würde meine Position als Office Managerin meistern, da war ich mir sicher, denn die aussichtsreiche Zukunft für eine Werbeagentur in Sharm el Sheikh war definitiv in Sicht und wollte nur ausgebaut werden. Wael erwies sich als hilfsbereiter und äußerst engagierter Mitarbeiter, worüber ich größte Freude empfand, und ich hatte Tarek. Oft konnte ich es einfach nicht glauben, diesen wahren und großen Schatz in einem Mann gefunden zu haben; er war mein größtes Glück.

So war es eine wunderbare Zeit unter unglaublich schönen Voraussetzungen. Wie sich die Dinge in Ägypten entwickelten und verwirklichten, hätte ich mir noch ein Jahr zuvor in Deutschland in meinen kühnsten Träumen nicht vorstellen können.

Mein Werdegang stimmte mich nachdenklich und ich wunderte mich, welche Wege einem das Leben offenbart.

Wie erkennen wir diese Wege überhaupt, und wer sagt uns, daß es richtig ist, ihnen zu folgen? Oder passiert es, daß sich Wege offenbaren und wir ignorieren sie?

War es nicht schon verwunderlich, daß mein Weg mich überhaupt irgendwann einmal in den Sinai geführt hatte? Sollte es so sein, damit mein Lebenstraum geboren wird, dort einmal zu leben und somit mein persönlicher Weg des Lebens entstand?

Beschreitet man diese Wege rein zufällig oder sind sie Eingebungen, die seit langem geschrieben stehen, wir sie jedoch erst erkennen müssen?

Welche weiteren Wege wird das Leben mir bereiten und wofür mögen sie gut sein?

Über diese Dinge dachte ich sehr intensiv nach zu jener Zeit.

Man mag es den Sinn des Lebens nennen, dem ich versuchte, auf die Spur zu kommen.

Viele Stunden verbrachte ich nahe unserem Bungalow auf der Klippe sitzend, alleine, während des Sonnenuntergangs zu den Bergen blickend und suchte nach der Antwort, die ich nie erhielt.

Wie auch immer das Schicksal oder der Zufall es weiter gestalten würde, ich war unsagbar glücklich, daß mein Weg mich nach Ägypten geführt hatte. Ich konnte mir nicht vorstellen, jemals wieder in Deutschland zu leben.

Wasserprobleme und andere Ernüchterungen

Welch eine Freude – sie war zu Hause.
Mit einem Drink in der einen und einem Buch in der anderen Hand lag sie in ihrer Hängematte und pendelte darin genüßlich hin und her, indem sie sich konstant mit einem Fuß an einer kleinen Mauer abstieß.
„Hey, Dori!"
Sie grinste, als sie mich erblickte.
„Ja hallo, das ist aber ein netter Besuch."
„Ich dachte, es ist an der Zeit, mal nach dir zu schauen. Wie geht's?"

Während Dori mir einen Cocktail panschte, blickte ich mich in ihrem hübschen Bungalow um und erinnerte mich an die Zeit, die ich mit ihr dort verlebt hatte.
Als wir ein paar Minuten später an den Palmenstamm gelehnt auf der Klippe saßen, wie wir es damals immer getan hatten, empfand ich es als den richtigen Augenblick, mich nochmals dafür zu bedanken, daß sie mich vor vielen Monaten bei sich aufgenommen und mir so die nötige Unterstützung für den Start im Sinai gegeben hatte.
Doch Dori interessierte viel mehr, ob sie den neuesten Gerüchten in Sharm el Sheikh Glauben schenken durfte oder nicht.
„Sag mal, ich habe gehört, du bist bei Dr. Tarek eingezogen, und stimmt es, daß du eine Werbeagentur oder sowas ähnliches hier leitest?"
Ich legte meinen Kopf auf die Seite und schmunzelte. Es war ein überwältigendes Gefühl, daß ich diese Fragen tatsächlich mit einem Ja beantworten durfte. So richtig konnte ich das alles wirklich selbst noch nicht fassen.
„Ja, das stimmt."
Eingehend berichtete ich Dori, was warum, wann und wie geschah.
Das Schönste hob ich mir für den Schluß meiner Geschichte auf: Tarek.
Es war eine Freude, meine Begeisterung für ihn in Worte zu fassen.
Als ich mit meinen überschwenglichen Ausführungen fertig war, blickte ich

Dori an und sagte:
„Weißt du, eigentlich habe ich die Bekanntschaft mit Tarek ja auch dir zu verdanken. Immerhin hast du mich damals mit meinen Ohrenschmerzen zu ihm geschickt. War eine gute Idee. Aber jetzt erzähl doch mal von dir."

Dori schaute mich mit einem schrägen Lächeln an, als sie erklärte:
„Tja, bei mir gibt es wahrhaftig auch Neues zu berichten: Ich habe beschlossen, Ägypten zu verlassen und nach Deutschland zurückzukehren."
Verdutzt starrte ich sie an; das konnte doch nicht wahr sein.
Betroffen erkundigte ich mich nach dem Grund dieser Entscheidung.
Sie nannte ihn mir nicht, sondern blickte stumm in die Landschaft, bevor sie eine Gegenfrage stellte: „Wie lange bist du jetzt hier in Ägypten?"
Nach kurzem Überlegen errechnete ich ein knappes halbes Jahr. Warum sie danach frage, wollte ich wissen.
„Als ich herkam, war ich auch so begeistert wie du. Aber warte nur, bis du erst mal ein Jahr hier bist, dann wirst du es selbst feststellen. Irgendwann beginnst du, die Dinge mit anderen Augen zu betrachten, dann wird es schwierig damit umzugehen. Seit sechs Jahren bin ich nun in Ägypten, und es wird höchste Zeit, von hier fortzugehen."
Doris Gedanken konnte ich nicht verstehen; sie ließen sich mit den meinen überhaupt nicht vereinbaren, da ich zu jener Zeit im Glück schwelgte und mir eine Rückkehr nach Deutschland nicht mehr vorstellen konnte.
Ich ahnte, daß ich ihre Beweggründe nicht würde nachvollziehen können. Zudem glaubte ich zu spüren, daß Dori sich dem Thema nicht weiter widmen wollte. Möglicherweise deshalb, weil ich in meinem zufriedenen und fröhlichen Gemütszustand für sie in ihrer Lage nicht die richtige Gesprächspartnerin darstellte. So beließ ich es dabei und fragte nicht weiter nach den Ursachen, doch hätte ich gerne mehr erfahren über das, was in ihr vorging.
Wir verbrachten noch eine Weile zusammen an diesem späten Nachmittag und sprachen über dies und jenes, doch die Stimmung war beklommen.
Als ich aufbrechen mußte, weil Ahmed, mein Nachhilfeschüler, mich zum

Unterricht erwartete, nahm ich Dori in die Arme und ließ mir versprechen, daß sie Tarek und mich noch einmal besuchen würde, bevor sie abreise. Sie versprach es und schaute auf das Meer, daß sich unter der Klippe hinweg ins scheinbar Endlose zog. Dann sagte sie zum Abschied: „Habe ich dir jemals erzählt, das ich von hier oben die Delphine habe springen sehen?"

Während des Unterrichts an diesem Tag war ich unkonzentriert.
Mit Doris Abreise würde mir eine wichtige Person in Sharm el Sheikh verlorengehen. Eine nicht zu füllende Lücke in meinem Bekanntenkreis sollte sich damit auftun, und ich wußte, daß sie mir sehr fehlen würde.
Was meinte sie nur damit, als sie sagte: ‚*Warte nur, bis du erst mal ein Jahr hier bist, dann wirst du es selbst feststellen*'? Diese Aussage irritierte mich.
Sollte ich es als eine Art Warnung verstehen?
Ach Unsinn, beruhigte ich mich, warum soll ich mich verrückt machen?
Weshalb auch immer Dori so empfindet, deshalb muß es mir nicht genauso ergehen wie ihr. Mein Aufenthalt in Ägypten versprach in jeder Hinsicht wunderschön zu werden. Es waren die besten Voraussetzungen dafür gegeben, und die ließen keinen Zweifel zu.
Ich hakte das Thema ab und lauschte Ahmed, der gerade einen deutschen Text vorlas.
„Sehr gut", lobte ich ihn und drückte ihm einen weiteren Textabschnitt aufs Auge, um mir die Gelegenheit zu geben, meine Gedankengänge abzuschließen. Meine Arbeit als Sprachlehrerin hatte ich trotz meiner neuen Beschäftigung in der Werbeagentur nicht aufgegeben. Das Unterrichtshonorar hatte mir über einen schweren finanziellen Übergang hinweggeholfen. Obwohl ich es bald nicht mehr nötig haben würde, hätte ich es doch schlichtweg als unfair empfunden, meinen Schüler nach ein paar Wochen vor die enttäuschende Tatsache zu stellen, daß er sich jemand anderen suchen müsse.
Aufgrund dessen beschloß ich, weiter zu unterrichten. Mein Lehrmaterial konnte ich am Computer von Top Advertising vorbereiten, und das war immerhin eine große Erleichterung, denn so ersparte ich mir den Weg in die

Dekompressions-Kammer zu Tareks Computer. Gewiß setzte ich mich gedanklich mit Doris Entschluß und warnender Vorhersage meine Zukunft betreffend auch noch in den darauffolgenden Wochen auseinander, doch nahm mich meine Arbeit in der Werbeagentur voll und ganz ein und lenkte mich mehr und mehr davon ab.

Wie erwartet entwickelte sich unsere Auftragslage sensationell gut.
Rami lieferte uns die fehlenden Möbel wie Bürostühle und Schreibtische binnen weniger Tage nach, womit sich die Geschäftszimmer schließlich in wahre Büros verwandelten.
Wael lebte sich schnell in Sharm el Sheikh ein und gewann Freunde, mit denen er abends gerne auf Tour ging. Diese Touren endeten nicht selten in seiner Wohnung und somit auch in unseren dienstlich genutzten Räumen, die leider noch am nächsten Morgen die unappetitlichen Hinterlassenschaften von Feierlichkeiten aufwiesen. Der Anblick von leeren Bier- und Whiskyflaschen, überquellenden Aschenbechern sowie die von kaltem Rauch durchzogene Luft in meinem Büro hieß mich morgens beim Eintreten wahrhaftig nicht sonderlich willkommen.
Natürlich sollte Wael die Möglichkeit haben, seine Freunde zu sich nach Hause einzuladen, das wollte ich ihm nicht absprechen, doch bat ich ihn herzlichst um Rücksicht auf die Nutzung der Zimmer als Arbeitsstätten als auch um Ordnung und Beseitigung aller Spuren seiner Partys bis zum nächsten Morgen.
Erschwert wurde unsere Reinigungssituation in der Agentur hinsichtlich der noch immer eingeschränkten Wasserversorgung. Der von mir beorderte Installateur erschien wie verabredet. Zwar erst nach einigen Tagen, doch er kam. Nach einer fachmännischen Prüfung ließ er mich wissen, daß ein neuer Motor gekauft und angebracht werden müsse, der das Wasser in den Tank auf dem Dach pumpt. Er erklärte die Wasserversorgung in unserem Viertel: täglich am Abend durchläuft frisches Wasser die unterirdischen Kanäle. Mittels einer Pumpvorrichtung, die durch den besagten Motor in Gang

gesetzt wird und den jeder Haushalt selbst installieren muß, gelangt das Wasser auf das Dach in dafür vorgesehene Tanks. Aus jenen Tanks fließt das Wasser dann direkt in die Leitungen der Wohnung. Jede Wohneinheit hat ihren eigenen Tank und anhand eines in der Wohnung angebrachten Schalters empfahl er jeden Abend zur gegebenen Zeit den Motor in Bewegung zu setzen, jedoch niemals über Nacht laufen zu lassen, da er dann mit Sicherheit durchbrennen würde und somit ein neuer fällig wäre. Dieses System funktioniere normalerweise problemlos, bestätigte er uns.

Nur leider funktionierte es bei uns aus irgendwelchen Gründen eben nicht. Schon wenige Tage nach dem Anbringen des neuen Motors fiel die Wasserversorgung erneut aus. Wael bestätigte mir die ordnungsgemäße Handhabung des Schalters und schimpfte auf den unfähigen Installateur, der seinen Beruf nicht auszuführen wüßte.

So rief ich den Installateur erneut zu uns, um die wahre Ursache endlich beheben zu lassen.

Es vergingen wiederum Tage, bis er kam, und ich reklamierte seine Arbeit und beschwerte mich über die lange Wartezeit. Ich drohte, nach einem anderen Installateur Ausschau zu halten, wenn er die Sache nicht in Ordnung bringen würde.

Diese Warnung ließ ihn merklich kalt; er reagierte darauf sichtlich gleichgültig, fast schon beleidigt. So etwas mußte er sich nicht sagen lassen. Ich mußte begreifen, daß ich durch solch tadelnden Worte nichts gewinnen konnte, vielmehr rief ich dadurch die Mißgunst des Handwerkers hervor. Als selbständiger Installateur verstand er sich als ehrwürdiger Mann mit einem angesehenen Beruf und ein solcher läßt keine Druckmittel in Form von drohenden Worten auf sich wirken.

Im Gegensatz zu Deutschland kann man in Ägypten kaum Ansprüche an Dienstleistung auf diesen Gebieten stellen. Da muß man Geduld walten lassen und sich zwangsläufig den Gewohnheiten anpassen; mit anderen Worten: ruhig bleiben und … abwarten.

Diese Tugend lernte ich notgedrungen und sehr schnell.

So hüllte ich mich denn in dezentes Schweigen und wartete mit Spannung auf des Installateurs Diagnose.

Nach einem Blick auf den erst kürzlich angeschafften Motor teilte er uns mit, daß dieser durchgebrannt sei und ersetzt werden müsse. Er folgerte die inkorrekte Betätigung des Schalters. Das bedeutete ein zweites Mal Kosten von umgerechnet ungefähr vierhundertfünfzig Mark. Mit dieser Tatsache kam ich nur schwer zurecht, denn der Schaden mußte von mir vor Rami verantwortet werden.

Fragend blickte ich zu Wael, welcher der Anschuldigung wegen verärgert in arabisch gegen den Installateur auftrat. Die beiden hatten sich viel zu sagen, doch verstand ich von der hitzigen Debatte nicht ein Wort. Gewiß bezichtigten sie sich gegenseitig des geistigen Unvermögens, eine simple Aufgabenstellung zu erfüllen und fochten die Frage aus, wer den entstandenen Schaden verursacht hatte. Nach einer Weile verließ der Handwerker wütend die Stätte der Auseinandersetzung und fuhr davon. Auch mich interessierte die Antwort auf die Schuldfrage, doch sah ich keine Möglichkeit, sie zu erhalten, da keine der Parteien einen Fehler eingestanden hätte.

Wie auch immer, ein neuer Motor mußte her, das stand fest. In derart dreckigen Räumen konnten wir auf Dauer nicht hausen.

Nachdem Wael den in die Flucht geschlagenen Fachmann als unfähigen Trottel tituliert hatte und ich nicht das Gegenteil belegen konnte, da eine falsche Schalternutzung durch Wael nicht nachweisbar war, planten wir, einen anderen Installateur ausfindig zu machen. Doch das war gar nicht so einfach; die ‚Gelben Seiten' wollten in Sharm el Sheikh noch erfunden werden, und ich ahnte, daß abermals geraume Zeit vergehen sollte, bis ein Fachmann sich gnädig erweisen würde, uns zu besuchen, um der Sache auf den Grund zu gehen und unser Wasserproblem zu lösen.

Der Anblick unserer schmutzigen Büros, der versifften Küche und eines Badezimmers, das den Geruch einer Toilette absonderte, die lange keine Spülung erhalten hat, ließ mich tief schlucken. Ich sah schreckliche Zeiten auf uns zukommen.

Noch lange begleitete uns der abscheuliche Umstand, in Räumen zu arbeiten, denen es an Hygiene absolut mangelte. Wael schimpfte verständlicherweise über seine private häusliche Situation und suchte Zuflucht bei Freunden zum Duschen und Übernachten. Andere Installateure kamen und wiesen uns wieder und wieder an, neue Motoren anzuschaffen, da der jüngst gekaufte durchgebrannt sei.

In vielen Wochen, ja sogar Monaten, tauschten wir alles in allem sechs Motoren aus. Während dieser langen Periode kamen nur wenige Tage zusammen, an denen unser Tank von Frischwasser gefüllt war und wir die Chance nutzen konnten, das Office zu reinigen.

Doch damit nicht genug: Unser Tank wurde unbemerkt undicht! Das Wasser sammelte sich auf dem Flachdach und suchte seinen Weg nach unten. Da unser Office direkt auf dieser Gebäudeseite im obersten Stockwerk lag, präsentierte sich das Wasser wieder in Form von feuchten und später schimmelnden Stellen an unseren Zimmerdecken und Wänden.

Neben einer Renovierung der Wohnung war außerdem ein neuer Tank fällig, was wiederum beträchtliche Kosten verursachte. Um solchen Schäden in Zukunft vorzubeugen, ließen wir auf Ramis Anweisung auch gleich das Dach mit einer neuen Teerschicht überziehen.

Unser Problem der Wasserversorgung wollte sich trotz ständiger Bemühungen einfach nicht dauerhaft lösen lassen und war über Monate hinweg von Ärgernissen und Strapazen begleitet. Es war mein allergrößtes Bestreben, Agenturräume zu schaffen, die ein angenehmes Arbeiten ermöglichen, doch bereitete es mir enorme Schwierigkeiten, in dieser Angelegenheit den Überblick zu behalten und den nötigen Einfluß geltend zu machen. Dies wurde sicherlich unterstützt durch die Tatsache, daß ich mit den Handwerkern nicht selbst kommunizieren konnte, da auf dieser Ebene kaum englisch gesprochen wurde. Ich war von Waels Bereitschaft abhängig, mit den Installateuren in meinem Namen zu reden. Das tat er nur sehr widerwillig, denn auf das Thema ‚Wasser' reagierte er rasch äußerst gereizt.

Es lag einfach nicht in meiner Hand, die Dinge zu ändern. Ich wollte zwar

Besserung schaffen, doch diese Besserungen waren von dem Willen anderer Personen abhängig: von Handwerkern, die sich trotz unserer Not sehr viel Zeit ließen und meinen Mitarbeiter beschuldigten, für die stets auftretenden Motordefekte verantwortlich zu sein. Und von Wael, der die Installateure anklagte und höchst empört auf jegliches Mißtrauen reagierte.

Ich begann zu zweifeln, wem ich glauben konnte. War es tatsächlich Wael, der sich zu unfähig anstellte, zweimal am Tag einen Schalter zu kippen? Immer wieder versuchte ich mit ihm zu reden, in der Hoffnung, eine Erklärung zu erhalten oder Mittel und Wege zu finden, die allen gerecht wurden. Doch reagierte er meist bockig und forderte einen Umzug in gänzlich neue Räume. Rami wies diesen Vorschlag heftigst zurück. Top Advertising müsse sich in Sharm el Sheikh erst noch eingehender beweisen, bevor er derartige Neufinanzierungen betreibe. Außerdem sollte es ja wohl möglich sein, dieses lächerliche Problem in den Griff zu bekommen. Wir wären ja nun nicht die einzigen, die in derartigen Gegebenheiten wohnen. Die anderen kämen doch anscheinend auch damit zurecht. Warum funktionierte es ausgerechnet bei uns nicht?

Tja, diese Frage wußte ich leider auch nicht zu beantworten. Darüber hinaus war Ramis Einstellung durchaus verständlich und ich sah mich genötigt, fortan in eigener Initiative nach einer Lösung zu suchen. Er hatte völlig recht: Die anderen müssen auch damit zurechtkommen! Das brachte mich auf die Idee, die restlichen Hausbewohner nach ihren Erfahrungen zu fragen. Hierzu bedurfte es allerdings wiederum Waels Hilfe, denn der soziale Stand unserer Nachbarn ließ mich vermuten, daß keiner von ihnen englisch sprach. Wael weigerte sich zunächst, diese Befragung durchzuführen. Das hätte doch gar keinen Sinn, und außerdem wolle er mit diesen dreckigen Leuten nichts zu tun haben; Abschaum und Gesindel nannte er sie. Ich entgegnete ihm, daß er sich gefälligst nicht so anstellen solle, wenn er seine und meine Situation angenehmer sehen möchte; er würde sich schon nicht anstecken. Schließlich gab er nach und erklärte sich widerwillig bereit, mich durch die Stockwerke zu begleiten.

Aus den arabischen Antworten der Nachbarn versuchte ich mit aller Mühe zu begreifen, was sie schilderten und konnte Waels Übersetzungen kaum abwarten. Vielleicht würden uns gewisse Handhabungen der anderen Anwohner helfen, das Problem ein für allemal zu bewältigen. Waels Mine verfinsterte sich zusehends von Nachbar zu Nachbar und mein Verdacht verstärkte sich immer mehr, als uns einer nach dem anderen bestätigte, daß er mit seiner Wasserversorgung keinerlei Probleme habe.

Nach Beendigung unserer Interviews schlurfte Wael wortlos an seinen Arbeitsplatz zurück, um seine Beschäftigung am Computer fortzusetzen.

Ich ließ mich in meinem Büro auf den Stuhl sinken und mir dämmerte, daß Wael mich angelogen hatte. Je mehr ich darüber nachdachte, desto größer wurde die Gewißheit. Seine widerspenstige Art, die stumme Ignoranz und Gleichgültigkeit, mit der er die Sachlage bedachte, nahmen mir jeden Zweifel. Die ganze Zeit über hatte er mich angelogen, indem er jegliche Schuld von sich wies. Seine Unfähigkeit, den Versorgungsschalter richtig zu betätigen, hatte die Agentur alles in allem rund dreitausend Mark gekostet, die ich vor Rami zu rechtfertigen hatte. Das ist für ägyptische Verhältnisse eine erhebliche Summe.

Aber warum tat Wael das? War es böse Absicht, indem er mir eins auswischen wollte oder war es tatsächlich Unfähigkeit? Doch was zum Teufel konnte man beim Kippen eines Schalters falsch machen?

Von meiner Erkenntnis ziemlich niedergeschmettert saß ich an meinem Schreibtisch, stützte meinen Kopf auf beide Arme, starrte auf die Tischplatte und fühlte mich betrogen.

Die Kakerlake, die in diesem Moment auftauchte und hastig über den Tisch in meine Richtung krabbelte, ließ mich nicht mal zusammenzucken. Sie erschien mir als das geeignete Sinnbild für die schmähliche Lage, in der ich mich befand und die sich mir an diesem Tag in aller Deutlichkeit präsentierte.

High Society

Die Lichter des Leuchtturmes schoben sich weit über den Horizont des Meeres bis sie in der Unendlichkeit verschwanden.

Es war schon viel zu lange her, daß ich mit Tarek bei Ras Um Sid verweilt hatte, um in die Nacht hinein zu träumen und die drei Sterne zu betrachten, die für uns beide seit unserem ersten Besuch auf dieser Klippe etwas Besonderes waren.

Über die letzten Monate hinweg war das Gefühl der Zusammengehörigkeit zwischen ihm und mir enorm gewachsen. Obwohl jeder von uns, vornehmlich Tarek, durch seinen Beruf sehr eingespannt war, führten wir eine enge und starke Beziehung. Wir bildeten eine Einheit, die nicht einmal für wenige Stunden voneinander getrennt sein wollte. Binnen kürzester Zeit lernten wir uns derart gut kennen, daß wir uns nur durch den Austausch von Blicken miteinander zu verständigen wußten. Die Unkompliziertheit und Ausgewogenheit zwischen uns basierte auf Respekt und Toleranz dem Partner, vor allem aber der Kultur, gegenüber. Es wurden keine Regeln und keine Erwartungen in den Anderen gesetzt, die nicht ohnehin als selbstverständlich galten. Nie zuvor fühlte ich mich so frei und ungezwungen in einer Beziehung wie in der mit Tarek. Er vertrat die folgende These: ‚Wenn du eine Frau liebst, laß sie frei; wenn sie auch dich liebt, kommt sie zurück'. Doch folgte er dieser These nicht nur in der Theorie, er praktizierte sie auch.

Bei Tarek fand ich stets die Geborgenheit, die ich brauchte, und wie ich so in seinem Arm lag und in den Sternenhimmel schaute, lächelte ich vor Glück, denn ich erinnerte mich an den Tag, an dem ich mein erstes Gehalt von Top Advertising in Form von dicken Geldbündeln in den Händen hielt. Somit war der Moment gekommen, Tarek auf die Möglichkeit aufmerksam zu machen, daß ich ab sofort wieder eine eigene Unterkunft finanzieren könnte. Besonders wohl erging es mir dabei nicht, denn ich fürchtete den Tag, da ich von ihm fortziehen müsste, doch hielt ich es für meine Pflicht, ihn darauf anzusprechen, denn immerhin beschränkte sich sein Mitwohnangebot auf die

Zeit meiner finanziellen Mittellosigkeit.
Tarek antwortete mit der Frage: „Fühlst du dich wohl bei mir?"
„Ja sehr, das weißt du."
„Dann möchte ich, daß du bei mir bleibst."
Er machte mich unbeschreiblich glücklich mit dieser Einladung, denn nach unserem harmonischen Zusammenleben wollte ich auf seine Gegenwart nicht mehr verzichten.
Von da an betrachtete ich seinen Bungalow auch als mein Zuhause.
Tarek schlug mir vor, daß ich die Geldbündel sicher auf einem Bankkonto hinterlegen sollte. Leider besaß ich aber kein Konto, denn ein solches erhielt man nur durch eine Mindesteinzahlung von eintausend Dollar, und die hatte ich nicht.
Tarek lieh sie mir. Mit seinem geborgten Geld eröffnete ich mein erstes ägyptisches Bankkonto und überwies die Summe dann zurück an ihn.
So half Tarek mir aus der Patsche und mein Geld war sicher untergebracht.

Ach, ich liebe ihn so sehr, dachte ich und schlang meine Arme ein bißchen fester um seinen Bauch, woraufhin Tarek mir einen Kuß auf die Stirn drückte.
„Tarek, ich kann mir nicht vorstellen, noch einmal ohne dich zu sein. Manchmal glaube ich, daß wir einfach zusammen gehören und unzertrennlich sind. Es ist mit dir wunderschön und ich empfinde so viel für dich, wie ich noch nie vorher für einen Mann empfunden habe."
Er antwortete liebevoll: „Du mußt nicht ohne mich sein. Bleibe einfach bei mir, für immer."
Dieser Gedanke war traumhaft schön: mit Tarek im Sinai alt werden.
Doch war ich noch nicht bereit, eine derart große Entscheidung zu treffen.
Dazu war mir mein Aufenthalt in Ägypten trotz der bereits vergangenen neun Monate zu kurz.

Zunächst einmal war es wichtig, meinen beruflichen Aufgaben zu entsprechen. Selbstverständlich war Tarek stets mein vertrauter Gesprächspartner, wenn es sich ergab, daß wir abends die Zeit fanden, um zusammenzusitzen und die Erlebnisse des Tages auszutauschen.

Auch wenn es galt, diverse berufliche Barrieren zu überwinden, versuchte Tarek mich immer zu unterstützen, sofern es sein eigener Terminplan zuließ. So profitierte ich nicht nur von seinen hervorragenden Kontakten und Beziehungen, sondern fand in ihm auch einen geduldigen Zuhörer und Ratgeber, wenn ich meiner beruflichen Aufgabe manchmal unsicher gegenüberstand. Und je erfolgreicher wir mit Top Advertising wurden, desto häufiger fand ich mich in solchen Zuständen der Verunsicherung wieder.

Mein Vertrauen zu Wael war angeschlagen seit der Erkenntnis, daß er mich angelogen hatte. Hinzu kam, daß er sich über alle Maße hinweg dem Alkohol widmete, worunter seine berufliche Leistung litt und somit neue Probleme entstanden. Es passierte, daß Wael morgens nicht an seinem Arbeitsplatz erschien, dann kreuzte er erst mittags auf oder auch überhaupt nicht. Seine Verspätungen oder Abwesenheiten mochte er nicht begründen. Sein Respekt mir gegenüber als Vorgesetzte ließ sehr zu wünschen übrig.

Anfangs zeigte ich mich sichtlich geduldig und hatte auch nicht vor, überstürzt einen Bericht über Waels nachlässiges Verhalten an Rami zu schicken. Es lag nicht in meiner Absicht, ihn beim Chef anzuprangern, bevor ich nicht durch eigene Initiative versucht hätte, Besserung zu schaffen.

Doch Wael reagierte stets gereizt auf meine Versuche, mit ihm zu reden. Ich tröstete mich mit dem Gedanken, daß er wahrscheinlich einfach eine schlechte Phase habe, in der er sich in Alkohol und Zigaretten flüchtete. Ich hoffte, er würde bald wieder auf den Boden der Tatsachen zurückfinden.

So bemühte ich mich, ihm gegenüber freundlich zu bleiben, um eine gute Arbeitsatmosphäre zwischen uns beiden zu erhalten, denn es war mein Ziel, die Werbeagentur Top Advertising in Sharm el Sheikh auf dem Erfolgskurs zu halten, auf dem sie sich befand.

Und ich erreichte dieses Ziel. Bewußt wurde mir der Durchbruch durch das Augenmerk, das man Top Advertising mit zunehmendem Aufstieg widmete.

Es zeigte, daß wir uns einen Namen gemacht hatten und dies wachsam verfolgt wurde. Infolge der Aufmerksamkeit, welche mir aufgrund meiner Managerposition plötzlich von der Gesellschaft in Sharm el Sheikh entgegengebracht wurde, erhielt ich Einladungen zu Feierlichkeiten in einer sozialen Schicht, deren Angehörige ich zwar teilweise kannte oder über die ich bereits gehört hatte, mich jedoch nie gezwungen gesehen hatte, mich besonders eingehend mit ihnen zu befassen. Von da an *mußte* ich es tun, denn ich rutschte unwillkürlich in Sharm el Sheikhs High Society.

An Tareks Seite begleitete ich ihn bereits des öfteren zu Anlässen, die für mich zuvor in meinem Stand ohne ihn und als kleine Guest Relation wohl unerreichbar gewesen wären. Doch mit einem Mal schenkte man meiner Person mehr Beachtung und meinem beruflichen Tun ein ausgeprägteres Interesse, als ich es bis dahin erlebt hatte.

Natürlich war ich auch ein bißchen stolz auf die Sprosse, die ich auf meiner beruflichen Leiter in Ägypten erklommen hatte, doch sah ich einer Zugehörigkeit zur High Society mit Vorbehalt entgegen. Ich ging zwar selbstsicher und überzeugt, doch mehr noch skeptisch und zurückhaltend auf sie zu. Bisweilen verbrachte ich meine Freizeit verständlicherweise gerne mit englisch- oder deutschsprachigen Personen. Tareks ägyptische Freunde bemühten sich stets, auf englisch zu kommunizieren, so daß auch mir die Unterhaltung verständlich wurde und ich daran teilnehmen konnte. Kam ich dennoch mancherorts in die Lage, mich in einem rein arabisch sprechenden Kreis bewegen zu müssen, übte ich Geduld, denn viele waren nicht in der Lage, englisch zu reden, da sie es einfach nie gelernt hatten. Immerhin war ich Besucher dieses Landes und konnte nicht verlangen, daß die Einheimischen meine Sprachen sprechen. So lag es natürlich an mir, mein Arabisch schnellstmöglich auszubauen. Meist aber schenkte man mir große Nachsicht und Akzeptanz für meine Nationalität, indem die Menschen um mich herum in Englisch redeten.

In den Kreisen der High Society aber ließ man mich unverkennbar spüren, daß die Akzeptanz ihre Grenzen hat. Sie alle beherrschten die englische Sprache hervorragend und hätten mühelos darüber kommunizieren können, doch schien es ihnen ein unterhaltsames Spiel zu sein, mich als einzige nicht arabisch sprechende Anwesende aus der Konversation auszuschließen. Ich erlebte ausgesprochen schadenfrohe Personenkreise, die über Stunden ausschließlich in arabisch sprachen, und nur wenn jemand aus der Runde Wert darauf legte, mich in die Konversation zu integrieren, ließ dieser auch mal eine englische Bemerkung fallen, die dann aber themenmäßig meist derart unerwartet auf mich prallte, daß ich in den seltensten Fällen einer Reaktion fähig war, und bevor ich etwas antworten konnte, wurde die Unterhaltung schon wieder auf arabisch fortgesetzt.

Mein guter Tarek bemerkte stets meine Verdrossenheit in solchen Situationen und versuchte zu lindern, indem er die Anwesenden freundlichst darauf aufmerksam machte, daß es doch sehr rücksichtsvoll wäre, englisch zu reden. Die Einsicht war stets nur von kurzer Dauer, und ich fühlte mich in gewissen Gesellschaftsgruppen zunehmend gedemütigt. Sie waren nett und zuvorkommend, wenn sie ein Anliegen hatten, wenn sie etwas von mir wollten. Gleichermaßen übergingen und mißachteten sie mich, wenn sie keinen Sinn in einer Unterhaltung mit mir sahen. Innerhalb weniger Wochen fühlte ich mich in diesen Kreisen hochgradig unwohl und versuchte sie zu meiden.

Tarek redete mir gut zu und machte mir die Wichtigkeit verschiedener Personen in Sharm el Sheikh deutlich.

Die Publicity eines jeden liefe nur über diese gesellschaftliche Schicht ab und sich davon auszuklammern, würde nicht besonders gut beurteilt, erklärte er mir.

In Tareks Darlegungen erkannte ich natürlich auch seine Befürchtung, daß ich ihn künftig zu diversen Anlässen nicht mehr begleiten würde. Denn dies hätte sicherlich irgendwann zur Folge gehabt, daß Tareks Gastgeber meine Mißgunst wittern und verärgert reagieren würden, wenn er trotz einer Einladung an uns beide alleine erscheinen würde.

Schwersten Herzens zeigte ich mich einsichtig und nahm mir vor, mein

Arabisch zu verbessern, denn ich wollte mich nicht unterkriegen lassen nur aufgrund der Sprache; dazu bedurfte es schon etwas Größerem. Doch ließ dieses nicht lange auf sich warten.

Sie war anders als die Ägypterinnen, die man sich normalerweise so vorstellt. Sie trug ihr langes schwarzes Haar offen, schminkte sich stark und kleidete sich reizvoll. Mit übermäßig viel Schmuck behängt präsentierte sie sich stets als überspanntes und exzentrisches Weib. Nach dem hinreichenden Genuß von Alkohol fiel sie in der Öffentlichkeit ganz gerne auf anrüchige und unanständige Weise aus der Rolle, um sich so die nötige Beachtung zu holen. Sie war schlau, attraktiv, wohlhabend und extrem einflußreich.
Und sie vertrieb vierteljährlich ein Journal in Sharm el Sheikh, eine Art ‚Führer' im handlichen Kleinformat für die Tasche.
Dieses Journal war unglaublich scheußlich, denn auf den Seiten dieser Ausgabe wimmelte es nur so von Fehlern und die Druckqualität war exorbitant schlecht.
Sie nannte sich Anissa und niemand traute sich ihr so recht zu sagen, daß jenes Produkt, das sie vermarktete, so furchtbar unschön ist. Eigentlich war es auch jedem egal, was sie tat. Soll sie doch ein erbärmliches Journal auf den Markt bringen, was geht es mich an, dachten wohl die meisten. Warum sollte sich jemand den Mund verbrennen, indem er sie darauf aufmerksam machte?
Alle lachten über sie, doch fürchtete auch jeder ihre Durchtriebenheit und ihren Einfluß, den sie allzugerne entfaltete.
Sie bildete für mich im Kreis der High Society keine Ausnahme derer, die ich als die Macher von Sharm el Sheikh bezeichnete. Die Macher, das waren für mich jene, die alle Fäden in der Hand hatten und durch ihr Marionettenspiel Figuren aus dem Rennen schmissen oder sie darin behielten, solange sie von ihnen profitierten.
Anissa beobachtete die erfolgreiche Laufbahn von Top Advertising. Sie äußerte großes Interesse an der Agentur und einer möglichen Zusammenarbeit, da ja sowohl ihr ‚Führer' als auch unsere Werbemittel dem gleichen Produktionsgang

unterlagen, nämlich der Gestaltung, der Litho und dem Druck. Bei einem Treffen kündigte sie mir ihren Besuch in der Agentur am darauffolgenden Tag an. Sicherlich könnte sie uns auch gelegentliche Aufträge beschaffen und überhaupt müsse sie unbedingt meinen Grafiker kennenlernen. Sie brachte ihren Wunsch mit einem Anflug von Melodramatik hervor.
Es war weniger die Befürchtung, daß ich es niemals zustandebringen würde, die Agentur bis zum nächsten Tag auf Hochglanz zu polieren, es war vielmehr das ungute Gefühl dem Zweck des Besuches gegenüber; irgendetwas hatte sie vor.

Tarek hatte mich recht früh mit dem arabischen Brauch vertraut gemacht, daß man selbst seinem ärgsten Feind noch ins Gesicht lacht und ihn willkommen heißt. Eine Sitte, mit der ich mich nie anfreunden konnte, denn sie erschien mir stets als scheinheilig und heuchlerisch. Dennoch bemühte ich mich, dieses ungeschriebene Gesetz zu respektieren und einzuhalten. Ich wollte eben einfach nicht unangenehm auffallen, indem ich gleich so unvorteilhaft aus der Rolle fiel. Vielleicht hatte es ja auch etwas für sich.
Als Anissa also dann am nächsten Tag gegen Mittag an unsere Tür von Top Advertising klopfte, empfing ich sie artig mit einem Lächeln, wie ich es nicht schöner auf mein Gesicht hätte zaubern können.
Die Räume hatte ich zuvor auf ganz ansehnliche Sauberkeit gebracht, und den Mäusen und Kakerlaken so manch gewinnbringende Vorzüge versprochen, falls sie für die nächsten Stunden eine Auszeit nehmen würden.
Anissa schaute sich interessiert um und erkundigte sich nach unseren Kunden und Projekten. Auch war sie neugierig hinsichtlich Waels und meiner Laufbahn in der Werbebranche. Mit Bedacht erzählte ich von Top Advertising und lieferte ihr die gewünschten Antworten, während sie Waels Computergrafiken größte Aufmerksamkeit schenkte.
Höflichst bot ich ihr eine Tasse Tee an, und sie lehnte nicht ab. Während ich das warme Getränk in der Küche zubereitete, plauderte sie angeregt mit Wael auf arabisch. Das stimmte mich ja schon wieder verdrießlich. Kaum hatte ich

das Zimmer verlassen, wurde auf arabisch gesprochen, und ich erfuhr nicht, was sie aushecke!

Hinzu kam, daß die arabische Unterhaltung fortgesetzt wurde, als ich zu den beiden zurückkehrte. Es schien, als ob sie noch schnell ein Thema zu beenden hätten.

Es traf mich nicht unerwartet, als Anissa unvermittelt ein überraschendes Angebot unterbreitete:

„Was haltet ihr davon, wenn ihr beide für mich arbeitet? Wael könnte meinem Journal einen neuen Look geben und dir überlasse ich gerne eine leitende Position in meinem Unternehmen. Ich bezahle euch gut und ihr würdet vor allem aus diesem gräßlichen Haus hier herauskommen. Euer neuer Arbeitsplatz befände sich in einer riesigen und herrlich gelegenen Villa auf der Klippe mit Blick auf das Meer."

Auf Waels Gesicht entfaltete sich ein Grinsen, wie ich es breiter noch nicht gesehen hatte. Er blickte mich hoffnungsvoll und mit weit geöffneten Augen an. Anissas detaillierte Beschreibung der Villa war sicherlich der Auslöser für seine traumatische Reaktion: Er sah sich in diesem Moment bestimmt schon an einem blitzblanken Schreibtisch sitzend mit allen nur denkbaren Vorzügen, staub- und mausfrei!

Ich reagierte vorsichtig.

„Das ist nett, Anissa, aber …"

Sie schnitt mir das Wort ab, denn sie brannte darauf, etwas zu erfahren. Mit dem Zeigefinger auf mich deutend, fragte sie mich forsch: „Wieviel verdienst du?"

Ich schaute sie an und lächelte. „Entschuldige bitte, Anissa, aber das möchte ich dir nicht sagen."

Anissa konterte leicht erregt: „Ich möchte es aber gerne wissen. Warum willst du es mir nicht sagen?"

„Weil es dich nichts angeht, deshalb."

Ich fügte hinzu: „Und bitte habe Verständnis, daß ich meine Beschäftigung bei Top Advertising nicht aufgeben werde. Selbstverständlich kann ich nicht für Wael sprechen, doch was mich betrifft, kann ich dein Angebot leider nicht annehmen."

Schätzungsweise war dies der Moment, in dem Anissa sämtliche Pfeile auf mich richtete. Sie stoppte unverzüglich die Konversation mit mir und rüstete sich zum Aufbruch. Doch ließ sie es sich nicht nehmen, noch ein paar Sätze in Arabisch mit Wael auszutauschen, bevor sie ging. Ich konnte ihr schlecht den Mund verbieten und kochte vor Zorn über ihr arglistiges Verhalten. Ganz offensichtlich versuchte sie, Wael auf ihre Seite zu ziehen.

Und nachdem sie das Office verlassen hatte, erhielt ich von Wael die erwartete Antwort auf meine Frage, was sie denn noch zu ihm gesagt habe: „Nichts ... überhaupt nichts Besonderes."

Anissas Auftritt ging mir nicht aus dem Kopf.
Die gnädige Frau verließ Top Advertising hochgradig pikiert und eingeschnappt. Ich hatte sie gekränkt, das war mir klar, doch bereute ich meine Haltung ihr gegenüber nicht. Mit welchen Erwartungen war sie denn gekommen? Hatte sie wirklich gedacht, ich würde unmittelbar auf ihr Angebot eingehen und auf alles, was ich aufgebaut hatte, verzichten?
Dennoch machte ich mir Sorgen, ob sie aufgrund der Unehre, die ihr durch mich zuteil geworden war, ihre Pfeile abschießen würde.
Die Antwort ließ nicht lange auf sich warten. Wael präsentierte sie mir am nächsten Morgen. Mit einem angedeuteten Lächeln berichtete er: „Gestern abend habe ich Anissa in einer Bar getroffen. Sie war sehr verärgert über die Absage, die du ihr erteilt hast. Sie hat einen Plan, und sie hat ihn verkündet. Sie hat allen in der Bar geschworen, daß sie es tun wird, laut grölend, so daß es jeder hören konnte. Sie versprach, dich aus dem Land zu schaffen."

Wutentbrannt saß ich am Abend mit Tarek zusammen und berichtete über Anissas Drohung.
„Verdammt, Tarek, warum tut sie das, dieses Miststück? Ich habe ihr nichts getan. Es war mein gutes Recht, das zu sagen, was ich sagte. Was hat sie denn

erwartet? Ich würde Top Advertising doch nie aufgeben. Und dabei sind wir noch nicht einmal eine Konkurrenz für sie. Warum läßt sie mich nicht einfach in Ruhe?"

Eisern versuchte ich, die Nerven zu behalten. Tarek schloß mich in seine Arme und versuchte zu trösten. Doch konnte ich mich nicht beruhigen.

„Du kennst sie doch gut, Tarek. Sag mir, was kann sie gegen mich ausrichten, was hat sie in der Hand? Ich meine, könnte sie mich tatsächlich ausweisen lassen? Oh Gott, stell dir das doch nur mal vor! Ich will Ägypten nicht verlassen müssen, und ich will vor allem dich nicht verlassen müssen."

Völlig entnervt starrte ich in Tareks Augen und wartete ungeduldig auf eine Antwort.

„Jetzt beruhige dich mal, du wirst schon nicht ausgewiesen werden. Ich weiß, sie ist eine boshafte Person, und wir müssen sie sehr ernst nehmen. Du hast allerdings immer noch nicht deine Arbeitsgenehmigung in der Hand. Das könnte sie gegen dich verwenden. Du solltest Rami anrufen und fragen, ob sie ihm bereits vorliegt. Laß dir dann sofort eine Kopie faxen, damit du etwas vorweisen kannst, wenn die Polizei auftaucht."

Die Arbeitsgenehmigung, natürlich. Ich wußte, daß Rami sie beantragt hatte, doch vergingen Monate, bis der Antrag auf den Ämtern bearbeitet wurde, und bis zu jenem Tag lag sie noch nicht vor.

„Tarek, kann sie uns auch an den Kragen, weil wir als unverheiratetes Paar zusammenleben?"

„Nein, da müßte sie an mich ran, doch das gelingt ihr nicht. Trotzdem müssen wir gut aufpassen. Normalerweise würde ich behaupten, daß ich dich vor jedem schützen kann, doch Anissa ist eine Hure. Sie holt sich die Männer, die sie zur Durchführung ihrer Pläne braucht, ins Bett. Auch den Polizeipräsidenten, wenn es darum geht, daß dieser deine Ausweisung in die Wege leiten und durchführen soll."

Nach dieser Erklärung durchflutete mich eine Welle der Angst. Was Tarek beschrieb, spielte sich außerhalb der Grenzen von Recht und Gesetz ab. Ich befürchtete zum Opfer von Intrigen und Korruption zu werden, ohne dem entgegenwirken zu können.

Zudem verspürte ich Mißtrauen und Hass. Ich hasste Anissa, und ich mißtraute Wael.

An diesem Tag verlor ich viel an Vertrauen und dem guten Glauben in die Menschheit. Tief in mir fühlte ich eine schmerzhafte Wunde – etwas wurde mir genommen.

„Tarek, ich habe Angst. Und ich kann nichts anderes tun als abzuwarten. Ich werde wahnsinnig, wenn ich mir vorstelle, daß ich von jetzt an täglich mit einem Polizisten rechnen muß, der in die Agentur kommt und mir den Ausweisungsbescheid auf den Tisch knallt."

Auf Tareks Gesicht erkannte ich tiefste Besorgnis. Er hielt mich ganz fest, als er sagte: „Erzähle Rami alles, was passiert ist. Er wird dir helfen. Er wird es auf seine Art tun, aber die kommt der ihren ja entgegen ..."

Arabische Bräuche

Wir verbrachten einen ruhigen, gemütlichen Abend zu Hause, und der endete meist in der Form, daß Tarek die aktuellen Geschehnisse des Tages im Fernseher verfolgte, während ich gerne die Gelegenheit nutzte, mich auf dem Sofa quer zu legen, um Tareks Oberschenkel als Kopfkissen zu gebrauchen.

Wie gewöhnlich legte er seine sanfte Hand in meinen Ausschnitt und wie gewöhnlich schmökerte ich in einem Buch, wobei ich nur am Rande den Neuigkeiten, die über den englischen Nachrichtensender verkündet wurden, lauschte.

Die Ruhe aber, wie sie mich an solchen Abenden normalerweise einnahm, konnte ich nicht finden. Zu sehr beunruhigte mich das zunehmend gespannte Verhältnis zu Wael und die Gefahr, der ich durch die Machenschaften Anissas ausgesetzt war.

Ich schlug mein Buch zusammen, legte es zur Seite und starrte nachdenklich an die Decke. Verzweifelt fragte ich mich, ob Rami es wohl geschafft hatte, Anissas gemeine Pläne zu durchkreuzen.

Nachdem ich Rami telefonisch von ihrem Versuch, mich und Wael abzuwerben, berichtet hatte, reagierte er zunächst mit einem kurzen Schweigen bevor er sagte: „Ich kenne sie, ich kenne sie gut. Macht sie Ärger?"

Diese Frage stellte er sicherlich nicht unvermutet, sondern so, als ob er damit rechnete. Ich erzählte ihm von ihren bösen Absichten, die sie gegen mich hegte.

Ramis entschlossene Reaktion ließ nicht lange auf sich warten, denn spontan antwortete er: „Alles klar, ich komme."

Wie versprochen reiste er tags darauf nach Sharm el Sheikh. Er setzte sich mit mir zusammen, um sich in einem langen Gespräch noch einmal die Geschehnisse in allen Einzelheiten darlegen zu lassen. Im Anschluß daran erkundigte er sich nach Anissas Telefonnummer, rief sie an und verabredete sich mit ihr. Bevor er ging, legte er seinen Arm um meine Schultern und munterte mich auf mit den Worten: „Mache dir keine Sorgen mehr, ich regle das."

Trotz seiner beruhigenden Worte konnte er mir meine Angst nicht nehmen. Ich habe nie erfahren, was an diesem Tag zwischen Rami und Anissa geschah und was ihn schon vor dem Treffen mit ihr zu der Überzeugung kommen ließ, daß sie künftig keine Gefahr mehr darstellen würde.

Tarek verdeutlichte es mir: „Nun, Rami wird Anissa eine nette Nacht bereitet haben. Denke dir deinen Teil dabei und betrachte es, wie du willst. Bei Anissa wirken eben nur *gewisse* Methoden."

Eigentlich war ich ziemlich erschüttert über diese wohl ziemlich eindeutige Aufklärung. Doch wie ich es persönlich auch immer beurteilte, Rami schien Anissas erhitztes Gemüt besänftigt zu haben, denn es vergingen tatsächlich mehrere Wochen, ohne daß ich einen Ausreisebescheid erhielt.

Dann aber geschah es doch noch: zwei Polizeibeamte standen vor unserer Tür. Die beiden Männer in Zivil verlangten sämtliche Papiere von Wael und mir zu sehen. Wir legten unsere Ausweise vor, dann suchte ich die Zulassungsdokumente der Zweigstelle Top Advertising heraus. Die beiden konzentrierten sich gänzlich auf mich, als es um Aufenthalts- und Arbeitsgenehmigung ging. Meine Aufenthaltsgenehmigung in Form eines gültigen Visums stellte sie zufrieden. Bezüglich der Arbeitsgenehmigung konnte ich lediglich einen Antrag, den mir Rami in Form einer Kopie mitgebracht hatte, vorzeigen. Jedoch ersetzte dieses Formular keine amtlich bestätigte Genehmigung und war so gesehen ein wertloses Stück Papier.

Mißbilligend nahmen die Beamten das Dokument zur Kenntnis und verließen unser Office wortlos.

Nach dieser polizeilichen Kontrolle steigerte sich meine Verunsicherung und Angst um ein Vielfaches.

Tareks Sorge war nicht weniger groß, und so setzte er Freunde und Bekannte darauf an, ihre Kontakte zur Polizei zu nutzen und entsprechenden Einfluß geltend zu machen.

Ich selbst konnte nichts tun außer warten. Mein Schicksal lag sozusagen in den Händen von anderen.

Es ist schwierig, die Gefühle, die mich während dieser Zeit beherrschten, in

Worten wiederzugeben. Es ist nicht nur die pure Hilflosigkeit gewesen, der ich mich gegenüber gestellt sah, ich wurde viel schlimmer noch von einer nicht aufzuhaltenden Leere eingenommen. Offenheit, Spontaneität und Lebenslust wurden unterdrückt durch Furcht, Mißtrauen und Hass.
Ich lebte fortan in Ägypten mit der Angst vor Ausweisung. Diese Angst konnte mir während meines gesamten Aufenthaltes niemand mehr nehmen.

Tarek schaltete den Fernseher ab. Damit holte er mich aus meinen Gedanken in die Wirklichkeit zurück. Seine Hand suchte sich ihren Weg von meinem Herzen hinauf zu meinem Kopf, wo sie zärtlich über meine Haare streichelte.
„Du warst weit weg mit deinen Gedanken. Was beschäftigt dich so?", fragte er mich.
„Ach Tarek, die Sache mit Anissa läßt mir einfach keine Ruhe. Ich kann es immer noch nicht fassen, auf welche Art und Weise Rami sie beschwichtigt hat. Ist das ein typisch arabischer Brauch? Macht man das hier immer so oder wie?"
„Nein, das ist es selbstverständlich nicht. Aber es gibt andere arabische Bräuche, die dich vielleicht gleichermaßen verwundern werden. Ich möchte dir von einem erzählen. Du wirst überrascht sein."
Er versetzte mich in Spannung.
„Du kennst doch unseren guten Freund Omar."
Natürlich kannte ich Omar. Er war für meine Begriffe einer der aufrichtigsten und liebenswürdigsten Personen, die ich in Sharm el Sheikh kannte. Nickend erkundigte ich mich neugierig danach, was mit ihm sei.
„Er hat vor zwei Wochen einen Menschen getötet."
Mit großen Augen starrte ich Tarek an und konnte seinen Worten nicht glauben. Ich lachte laut auf und erwiderte: „Was sagst du da? Omar – niemals. Nein, das stimmt nicht, du machst Witze!"
„Nein, ich mache keine Witze. Omar reiste vor zwei Wochen in sein Heimatdorf in Südägypten, weil er dort einen Auftrag zu erfüllen hatte: er beging Blutrache."

Blutrache? Dieses althergebrachte Familiendelikt war mir geläufig aus Berichten im Fernsehen und anderen Medien. Trotzdem reagierte ich nun derart erstaunt, als hätte ich noch nie zuvor davon gehört.

„Blutrache? Wie?"

„Jemand aus Omars Sippe war umgebracht worden, und er hat dafür entsprechend Rache genommen. Ich glaube, es war sogar schon die zweite Blutrache, die er ausgeübt hat. Warte, laß mich überlegen ... ja, den ersten hat er erstochen und den zweiten erschossen.

Tarek sprach über diese Taten, als wären sie vollkommen normal. Man konnte den Eindruck gewinnen, als käme so etwas alltäglich in seinem Bekanntenkreis vor. Ich war baff. „Das gibt's doch nicht. Inwiefern ist denn das erlaubt? Wird Omar denn jetzt nicht gesucht?"

Tarek erklärte mir: „Die Blutrache beruht auf alten Traditionen und Sitten. Sie wird in der heutigen Zeit eigentlich nur noch auf dem Land betrieben, in den Städten gibt es sie kaum noch. Natürlich ist die Blutrache nicht erlaubt, aber die Behörden haben große Probleme, den Flüchtigen zu finden, denn die betroffenen Familien schweigen sich hartnäckig aus über die Tat. Würde der Schuldige nämlich gefasst werden und der entsprechenden Strafe durch Erhängen unterliegen, könnte ja kein Gegenstoß mehr vorgenommen werden; die Folge der Blutrache zwischen den Sippen wäre somit unterbrochen. Ich selbst habe einst eine Blutrache miterlebt, die über viele Jahre hinweg geplant war. Genauer gesagt, plante die gegnerische Sippe den Anschlag über zwanzig Jahre lang. Sie hatte es auf den Sohn der verfeindeten Familie abgesehen und wartete eine passende Gelegenheit ab, um ihr Vorhaben ausgesprochen brutal und grausam gestalten zu können: die Vermählung des jungen Mannes. Sie erschossen ihn über die Köpfe der Hochzeitsgesellschaft hinweg. Er war zweiundzwanzig Jahre alt.

Nach Recht und Gesetz droht natürlich auch Omar die Todesstrafe. Doch lebt er weit weg von seinem Heimatdorf und das macht es schwierig, ihn zu finden. Dieser Vorteil aber wird ihm zum Nachteil: Seine Familie läßt immer *ihn* die Blutrache ausüben, wenn Bedarf ist."

Diese Geschichte über Omar wirkte auf mich sehr unglaubwürdig.
Es gab niemanden in Ägypten außer Tarek, bei dem ich mich sicherer fühlte als bei Omar. Bei niemand anderem als ihm hätte ich mich in vertrauensvollere Hände geben können. Es ging mir einfach nicht in den Kopf, daß dieser treue Freund zwei Menschen auf dem Gewissen haben sollte. Aber selbst diese neue Erkenntnis über Omar änderte meine Meinung über ihn nicht.

Tarek machte mich auf die Vertraulichkeit seiner Erzählung aufmerksam. „Selbstverständlich mußt du als Geheimnis bewahren, was ich dir verraten habe, sonst kann es passieren, daß wir Omar künftig nicht mehr in unserer Mitte haben."

„Natürlich, kein Wort kommt über meine Lippen", versprach ich und diese Beteuerung war mir sehr ernst.

Tareks Finger spielten zärtlich über meinen Mund, als er sagte: „Ich weiß, daß deine Lippen schweigen können, aber wenn ich sie jetzt so betrachte, dann komme ich auf ganz andere Gedanken."

Mit hochgezogenen Augenbrauen grinste Tarek mich schelmisch an und ich hatte wohl verstanden. Ich lächelte zurück, stand auf, nahm seine Hand, zog ihn von dem Sofa hoch und küsste ihn.

„Meintest du das?"

Statt einer Antwort küsste er mich wieder und schob mich langsam rückwärts in Richtung des Schlafzimmers, wo wir uns in tiefer Umarmung auf das Bett fallen ließen.

Wir liebten uns leidenschaftlich … sinnlich … unter dem Feuer der Lust und der Erregung. Doch wurde unser Liebesspiel gleichermaßen von der Sensibilität unverhüllter Gefühle und Emotionen begleitet: begierig und doch feinfühlig, hemmungslos und zärtlich.

Nach dem Akt lagen wir auf dem Bett, angenehm erschöpft und erhitzt, befriedigt und glücklich. Ich kuschelte mich in seinen Arm und bettete meinen Kopf auf seine Schulter. Durch das offene Fenster strömte ein warmer Wind auf unsere Körper und kühlte sie sanft ab.

Tarek sprach leise zu mir: „Dich plagen zur Zeit allerlei Probleme, die dir das Leben schwer machen. Möchtest du dich nicht mal wieder den angenehmen und schönen Seiten des Sinai widmen? Ich erinnere mich gut an die Gründe, die dich einmal herkommen ließen. Das war die Natur, das Tauchen und die Wüste. Möchtest du diese Dinge nicht wieder einmal genießen? Nimm dir ein paar Tage und unternehme etwas, das dir Spaß macht und dich ablenkt. Alles was du liebst in dieser Natur findest du vor unserer Tür. Es wartet auf dich."

Ich schaute aus dem Fenster auf die Äste, die sich von dem Baum in unserem Garten hinweg vor das Licht des Mondes streckten und dachte über Tareks Vorschlag nach. Er hatte recht. Es war an der Zeit, sich mal wieder die reizvollen Eigenschaften des Sinai vor Augen zu halten. Ich beschloß, am nächsten Tag Suleiman aufzusuchen, meinen alten Freund, den Beduinen. Die Vorstellung, mit Suleiman in die Wüste zu fahren, hellte meine düstere Stimmung auf.
Frohgestimmt antwortete ich: „Ja, das mache ich. Morgen versuche ich, Suleiman zu finden". Doch Tarek regte sich nicht ... er war längst eingeschlafen.

Neue Erkenntnisse auf Matoussas Rücken

Es war immer eine Frage des Zufalls, ob sich ausgerechnet der Beduine, den man zu finden hoffte, auch genau zu diesem Zeitpunkt in Sharm el Sheikh aufhielt.
Meist zogen sie irgendwo durch ihre Heimat, die große weite Wüste.
Ich traf zwar Suleiman nicht persönlich an, doch fand ich seinen Bruder, der dafür sorgte, daß Suleiman die Botschaft übermittelt wurde, sich mit mir in Verbindung zu setzen.
Nach nur drei Tagen meldete sich Suleiman bei mir und erwähnte, daß er meine Nachricht inmitten der Wüste erhalten hatte, als er gerade mit ein paar Touristen eine mehrtägige Safari unternahm.
Mehrtägige Safari – das hörte sich interessant an. Mit Übernachtung unter Sternen und so ... dies stellte ich mir sehr reizvoll vor.
„Suleiman, bitte lasse mich dich mal wieder in deine friedliche Welt begleiten. Führst du in nächster Zeit eine weitere Gruppe zu solch einer Safari, der ich mich vielleicht anschließen könnte?"
„Ja, in vier Tagen starte ich eine Kamelsafari mit Deutschen. Hättest du Lust dazu?"
Eine Kamelsafari – au ja, das war's! In meinen Gedanken sah ich mich bereits auf dem schwankenden Wüstenschiff durch die Wadis reiten. Es würde großartig sein, die Wüste auf einem so edlen Tier wie dem Kamel zu erleben.
„Das würde mir gefallen. Allerdings kann ich nur für drei Tage mitkommen, dann muß ich zurück nach Sharm el Sheikh, um zu arbeiten."
Suleiman enttäuschte mich nicht: „Kein Problem, du wirst rechtzeitig zurückgebracht werden."

Fröhlich berichtete ich Tarek von meinem Vorhaben und hoffte natürlich, daß er mich begleiten würde, doch konnte er so kurzfristig ein Fernbleiben von der Dekompressions-Kammer nicht einrichten. Dennoch bestand er darauf, daß ich den Trip alleine unternehme, und so holte ich mir das Einverständnis von Rami, klärte alle wichtigen Details mit Wael und freute mich auf den Tag, an dem es endlich losgehen sollte.

Ein von Suleiman geschickter Fahrer holte mich morgens zu Hause ab.
Auf dem Weg zum Treffpunkt mit den anderen Safariteilnehmern staunte ich über das veränderte Aussehen der Wüste: sie war grün. Der große Regen vor vielen Monaten hatte unzählig viele Samen schlummernder Pflänzchen zum Leben erweckt. Sie bedeckten den sandigen Boden in den weiten Ebenen mit einem grünen Teppich. Dieser erstaunliche Wandel schien unwirklich.
Nach einer Stunde erreichten wir den nördlich gelegenen Ort Dahab.
Außerhalb Dahabs an der Küste stießen wir auf den Rest der Gruppe, mit denen ich die nächsten Tage unterwegs sein würde.
Ich machte mich mit den anderen bekannt, die zum Teil in Deutschland und zum Teil in Dahab lebten.
Die Kamele lagen im Sand und ließen sich nur widerwillig und unter lautem Gebrüll mit der schweren Ausrüstung und dem Proviant bepacken. Kamele faszinierten mich, doch hatte ich auch größten Respekt vor ihnen, denn bekanntlich können sie sehr aggressiv sein und beißen. Vorsichtig näherte ich mich einem der Tiere und war versucht, es anzufassen und zu streicheln, als es mich mißbilligend mit seinen großen dunklen Augen anschaute und die Oberlippe hob. Der Anblick erschreckend großer gelber Blockzähne ließ mich den Rückzug antreten und ich beschränkte meine Begrüßung auf ein freundliches ‚Hallo' aus sicherer Distanz.
Es war soweit. Die Kamele waren je nach Statur mit bis zu einhundert Kilogramm Gepäck beladen und wurden uns zugeteilt.
Ich fragte einen der uns begleitenden Beduinen, auf welchen Namen das Kamel hört, welches mir zugewiesen wurde und er nannte mir den arabischen Namen Matoussa.
Es hätte mich sicherlich sehr stutzig gemacht, wenn ich zu diesem Zeitpunkt schon gewußt hätte, daß Matoussa ‚die Unglückliche' bedeutet. Leider habe ich nie erfahren, womit sich jenes arme Tier diesen Namen verdiente, doch

hoffte ich, daß die Taufe nicht erst in dem Moment stattfand, als die Wahl des Reiters auf mich fiel.

Matoussa und ich kamen gut miteinander aus. Sie trottete bedächtig den anderen Dromedaren hinterher, und von den bereits kamelsafari-erprobten Teilnehmern erfuhr ich, wie Matoussa zu lenken, zu bremsen und anzutreiben sei. Erste Tests bewiesen: funktioniert, wenn Matoussa will! Ich war begeistert.

Wir zogen an dem berüchtigten Tauchplatz Blue Hole vorbei und beobachteten, wie sich die Taucher in das mystische tiefe Loch im Wasser stürzten, welches schon so viele Menschenleben gefordert hatte. Das Blue Hole war bekannt dafür, daß es die Taucher in seinen Bann zog und zu gewagten Tieftauchrekorden provozierte, bei denen Viele auf der Strecke oder besser gesagt, auf dem Grund des Meeres, blieben.

Unser Weg führte uns weiter am Ufer des Roten Meeres entlang in Richtung Norden. Die Berge erhoben sich links von uns schroff und steil wie eine riesige Wand.

Der Pfad wurde zusehends schmaler und unwegsamer. Er schlängelte sich durch große Felsblöcke hindurch und die Kamele mußten unbequeme hohe Stufen überwinden, um ihrer Route folgen zu können.

Umsichtig versuchte ich Matoussa von ihrem Rücken aus zu führen, denn stellenweise brach nur ein paar Zentimeter rechts von uns der feste Untergrund ab. Darunter schuf die Natur aus der Gesteinsformation eine mit Korallen bewachsene Steilwand im Meer. Von meinem zwei bis drei Meter hohen Standort auf dem Höcker des Kamels eröffnete sich mir ein phantastischer Blick in die Tiefen des glasklaren Wassers, wo sich exotische und farbenprächtige Fische tummelten.

Eine große Wasserschildkröte tauchte in direkter Ufernähe auf, um die warme Sonne an der Oberfläche zu genießen. Unsere Blicke hefteten sich an sie, und noch lange drehten wir die Köpfe nach der Schildkröte um, während die Beduinen die Karawane entlang diesem unberührten Stück Erde weiterführten.

Bereits auf der ersten Wegstrecke unserer Safari wurde mir wieder die Faszination dieser einzigartigen Landschaft des Sinai gegenwärtig. Es war grandios. Nach den ersten vergangenen Stunden senkte sich die Sonne und tauchte die Umgebung in flammendes Licht, das von den roten Bergen abstrahlte.

Die schroff abfallende Struktur des Ufers wechselte über in einen makellos weißen Sandstrand, der zum Schwimmen einlud.

Trotz der abwechslungsreichen Bodenformationen zog Matoussa gleichen Schrittes voran, und ich beugte mich weit nach vorn, um von meinem Sattel die Gangart meines Kamels beobachten zu können. Es war beeindruckend, wie vielseitig die Tiere einsetzbar waren. Ein Pferd beispielsweise hätte so manch felsige Hindernisse, wie wir sie bewältigten, nicht bezwingen können. Auf dem Sandstrand entdeckte ich Muscheln von der Art, wie ich sie bereits in der Hütte von Suleimans Bruder bestaunt hatte. Unzählige lagen da, schneeweiß und von überwältigender Vielfalt an Formen und Größen. Der Wunsch, eines dieser Prachtstücke mitzunehmen ergriff uns alle, doch das achtlose Vorbeiziehen der Beduinen hielt uns vor Augen, daß die Muscheln ein Teil dieser Natur waren und dort ihren Platz behalten sollten.

In der Ferne machten wir ein Beduinendorf aus.

Mit Einbruch der Dunkelheit erreichten wir die Ansiedlung, und Suleiman teilte uns mit, daß wir die Nacht dort verbringen würden.

Die Kamele wurden von ihren schweren Lasten befreit und abgesattelt, woraufhin sie in die Landschaft trotteten, um ihren Hunger an wild wachsenden Büschen und anderen Pflanzen zu stillen. Ihre Vorderbeine band man locker zusammen, so daß sie sich zwar problemlos fortbewegen, jedoch nicht die Flucht ergreifen konnten.

Ich betrachtete meine Umgebung, blickte zu den offenen Hütten und deren Bewohner. Einige der Beduinen kamen zu uns gelaufen, um uns zu begrüßen. Andere, vor allem die Frauen, beschäftigten sich weiter mit ihren häuslichen Arbeiten. Mein Blick fiel auf eine Beduinin, die einen dick geschwollenen Bauch vor sich herschob, sie war schwanger. Der Anblick erinnerte mich daran, daß ich mich schon einmal vor vielen Jahren gefragt hatte, unter welchen Verhältnissen die Beduinenfrauen wohl ihre Kinder gebären? Ich wußte es bis zu diesem Tag nicht und nahm mir vor, mich am Abend bei Suleiman danach zu erkundigen.

Wir bereiteten unsere Nachtlager mit Matratzen und dicken Decken, die uns auf Wunsch ausgehändigt wurden und gesellten uns zu den Beduinen an das Lagerfeuer, wo uns kurze Zeit später ein üppiges und leckeres Mahl serviert wurde.

Der Abend fand in lockerer Gemeinschaft mit den gastfreundlichen Einwohnern des Dorfes und uns Deutschen statt. Fröhlich plauderte man in Arabisch, Englisch und Deutsch durcheinander.

Um mir die Beine zu vertreten, schlenderte ich später von der Feuerstelle weg am Ufer entlang und beobachtete das kuriose blitzartige Aufleuchten der in der sachten Brandung schwimmenden fluoreszierenden Planktonteilchen.

„Alles in Ordnung?" hörte ich plötzlich eine Stimme sagen.

Suleiman stand hinter mir und ich antwortete: „Ja, es ist alles in Ordnung. Du hast uns hier zu einem wunderschönen Platz geführt."

Die Gelegenheit, mit Suleiman außerhalb der Gruppe sprechen zu können, kam mir sehr recht.

„Suleiman, darf ich dich etwas fragen?"

Ohne zu antworten setzte er sich auf den Boden, und ich tat es ihm gleich.

„Was möchtest du wissen?" fragte er dann.

„Ich überlege mir seit langer Zeit, unter welchen Bedingungen eure Frauen ihre Kinder gebären, vor allem jene, die tief in der Wüste leben und keine Möglichkeit haben, einen Arzt aufzusuchen. Und wie behandelt ihr eigentlich eure Kranken?"

Trotz seiner eingeschränkten Englischkenntnisse bemühte sich Suleiman, ausführlich zu antworten: „Die Frauen kriegen ihre Babys zu Hause im Dorf. Wenn sie unterwegs sind, hinter einem Felsen oder einem Busch. Kranke heilen wir mit Feuer."

Mit Feuer? Das hörte sich schaurig an. Ich mußte mehr darüber wissen.

„Mit Feuer? Wie funktioniert das? Was macht ihr mit dem Feuer?"
Suleiman korrigierte sich und erklärte, daß er nicht das Feuer, sondern die roten Steine im Feuer meine. Ah, die Glut! Er sprach von der Glut, doch wußte er das Wort nicht in Englisch zu übersetzen.
„Ja, Suleiman, ich weiß, was du meinst", gab ich ihm zu verstehen.
Er fuhr fort: „Ich hatte vor vielen Jahren ganz viele Schmerzen ... hier."
Er deutete mit seinem Zeigefinger auf die Magengegend. „Man legte mir einen roten heißen Stein aus dem Feuer auf den Rücken. Danach mußte ich viele Tage liegen. Dann waren meine Schmerzen gegangen."
Suleiman blickte auf den Mond und schwieg. Seinen Erklärungen sollten keine weiteren Erläuterungen mehr folgen. So blieb auch ich stumm und ließ die Ruhe des gemeinsamen Schweigens in mir einkehren, während ich darüber nachdachte, was Suleiman mir erzählt hatte.
Suleimans augenscheinliches sich Absondern von der Gruppe, um mit mir alleine abseits zu sitzen, empfand ich als eine sehr vertrauliche Geste von ihm, die in Beduinenkreisen sicherlich nicht gebräuchlich war. Ich bewertete es als ein offizielles Zeichen der Freundschaft.
Lautlos blickten wir in den Sternenhimmel, im Hintergrund hörten wir die Einheimischen am Lagerfeuer Musik machen.

Einige Zeit verging, bis Suleiman plötzlich zu reden begann, ohne den Blick von dem strahlenden Mond zu nehmen.
„Ich möchte dort oben sein."
Ich schmunzelte, denn der Gedanke, daß Suleiman in seiner weißen Galabeja und der Emama auf dem Kopf auf dem Mond spazierenging, amüsierte mich.
„Ja, das muß unglaublich schön sein. Aber was möchtest du dort machen?"
„Steine auf die Hotels von Sharm el Sheikh schmeißen" antwortete er.
Überrascht über diesen unerwarteten Kommentar schaute ich Suleiman von der Seite an. Sein Gesicht blieb starr und zeigte keinerlei Ausdruck. In seinen dunklen braunen Augen spiegelte sich das Licht des Mondes.
Ich sagte nichts. Was er mir soeben mitgeteilt hatte, bedurfte keiner Nachfrage.

Suleiman befand sich in dem problematischen Konflikt, den der einrückende Tourismus für die Wüstenbewohner mit sich brachte. Zwar wußte er von den Urlaubern durch seine Unternehmungen mit ihnen zu profitieren, doch erlebte er andererseits die unaufhaltsame Zerstörung der traditionellen Strukturen seines Volkes, da die Beduinen immer stärker beeinflußt und in ihren Lebensweisen mehr und mehr eingeschränkt wurden. Die ägyptische Regierung versuchte überdies, die Beduinen als klassisches Nomadenvolk seßhaft zu machen.

Suleimans Gedanken stimmten mich traurig und hielten mir wiederholt vor Augen, welch ein Schaden dem Sinai durch die Touristen zugefügt wird. Ich selbst konnte mich davon nicht ausschließen, und es loderten Schuldgefühle in mir auf. Es war nicht das erste Mal, daß ich mit diesem kritischen Thema konfrontiert wurde.

Ein paar Minuten später stand Suleiman wortlos auf und ging. Er setzte sich zu den anderen ans Lagerfeuer und stimmte in den Gesang seiner Freunde mit ein.

Ich folgte ihm nach einer Weile, um mich der Runde gleichfalls anzuschließen. Meine Fröhlichkeit wurde überschattet von den Erkenntnissen, die das Gespräch mit Suleiman in mir wachgerufen hatte. Über das rhythmische Klatschen und Singen hinweg beobachtete ich ihn unwillkürlich. Er konzentrierte sich auf sein musikalisches Tun. Die Zerrissenheit, in der er sich befand, war ihm nicht anzusehen, doch bekümmerte sie mich.

Als die Müdigkeit mich überwältigte, wünschte ich rundherum eine Gute Nacht und suchte mein Schlaflager auf.

Eingewickelt in einer mollig warmen Decke lag ich auf dem Rücken und blickte in den nächtlichen Himmel. In der Helligkeit des Mondlichtes suchte ich nach den drei Sternen und fand sie. Ich erinnerte mich an ein arabisches Sprichwort, das ich sehr gerne mochte. Es hieß: ‚Wir betten uns im Sand und decken uns zu mit den Sternen'. Ich hatte es von Tarek. Meine Gedanken wanderten zu ihm, und ich schlief ein.

Nach einem reichhaltigen Frühstück am nächsten Morgen mit stark gesüßtem Tee, frisch gebackenem Fladenbrot, Marmelade, Käse und gekochten Eiern bereiteten wir unsere Weiterreise vor. Die Kamele wurden eingesammelt und bepackt, bevor wir uns dankbar von den Einheimischen des Dorfes verabschiedeten.

Unsere Route am zweiten Tag gab einen Weg hinter dem Dorf von der Küste weg in die Wüste hinein vor. Ein breites Wadi führte langsam aber stetig hinauf, bis es sich zu einem Pfad verengte, der sich steil einen Berg hinaufwandte.

Suleiman ließ uns absteigen und die Kamele an ihrem Zügel über die steile Passage führen. Zu gefährlich sei das Wegstück, das vor uns lag, als daß unerfahrene Reiter auf dem Kamel bleiben durften.

Vertrauensvoller als am Tag zuvor trat ich vor Matoussa, schaute ihr in die großen schwarzen Augen und nahm ihren Zügel in die Hand.

Sie blieb völlig ruhig, als wir gemeinsam über den sich schlängelnden Pfad zogen, und ich war sehr darauf bedacht, sie sorgfältig über die schwer passierbaren Stellen und das schlüpfrige Geröll zu führen. War der Untergrund zu locker oder waren manche Felsplateaus besonders glatt, dann rutschten die Kamele erbarmungslos weg. So versuchte ich Matoussa möglichst viel Halt zu geben.

Gegen Mittag erreichten wir den Gipfel, und unser mühsamer Aufstieg wurde belohnt: Auf der Anhöhe eröffnete sich uns ein atemberaubender Ausblick auf die umliegenden Berghöhen. Das Wadi, welches wir hinter uns gelassen hatten, erschien von dort oben unscheinbar klein, und das Tal vor uns wirkte einladend schön.

Beeindruckt von der Natur und dem Abenteuer ließ ich den Moment auf mich wirken. Ich drehte mich um zu meiner ‚Unglücklichen', meiner Matoussa, die ihren Kopf ganz nah zu meinem streckte, ja ihn fast auf meine Schulter legte, und lächelte sie an. Ich hob meine Hand und streichelte sie liebevoll. Meine Angst vor ihr war verschwunden, und ich glaube, sie wußte das.

Der Abstieg führte uns durch malerische Schluchten in ein Wadi, das einen stattlichen Bewuchs von Büschen und Akazienbäumen aufwies.
Eigensinnig stoppten unsere Kamele hier und da vor einem Gewächs, um davon zu fressen. Sie ließen sich um nichts davon abbringen, schon gar nicht von solch unbedarften Greenhorns auf ihren Rücken, die versuchten, ihnen einschlägige Anweisungen zu geben. Wir waren sehr bemüht, die Befehlslaute der Beduinen zu lernen, die neben dem Zügel nötig waren, um dem Kamel begreiflich zu machen, was es tun soll. Wollte man es antreiben, so verlangte es ein kh kh kh, sollte es rückwärts gehen, brauchte es ein chlp chlp chlp und sollte es sich hinlegen, um ein Absteigen zu ermöglichen, dann bedurfte es dem chhhhhh.
Trotz aller Übung wollten die Laute aus unseren Kehlen nie so klingen wie aus denen der Beduinen, und die Kamele nutzten dies schamlos aus. Doch trotz ihres eigenwilligen Handelns bewegten sich die Tiere nie weit weg von der Gruppe.

Am Nachmittag erreichten wir eine ausgesprochen große skurrile Formation aus mehreren Felsblöcken, die sich inmitten der flachen sandigen Ebene emporhob. Man mochte annehmen, daß sie einmal wie Spielsteine von Riesenhänden dort hingelegt worden waren.
Nach dem Abstieg von den Tieren rieben sich die meisten von uns ungeübten Reitern das in Mitleidenschaft gezogene Hinterteil. Die Freude darüber, diversen geschundenen Körperstellen eine Pause gönnen zu dürfen, war unverkennbar.
Suleiman bemerkte unser lamentierendes Dasein und beschloß kurzerhand, im Schutz der Felsen das Quartier für die Nacht zu suchen.
Unter einem furchterregend schwer aussehenden Dach aus Stein flüchteten wir uns in den Schatten, um unserer geröteten Haut Abkühlung zu verschaffen. Wohlweislich war jeder von uns mit einem Tuch ausgestattet, das neben Wasser wohl der wichtigste Gegenstand ist, wenn man sich für längere Zeit in der Wüste aufhält. Nachts dient es hervorragend als Abschirmung

gegen Wind und mögliche Insekten. Tagsüber ist es ausgesprochen nützlich im Schutz gegen die Sonne. Dennoch war die weiße Haut der Europäer nicht gegen die starken Strahlen gefeit.

In der anhaltenden Hitze des Abends erforschten wir das Felsplateau und entdeckten einen Platz weit oben, der die Form eines hoch gebauten Raumes mit glattem Steinboden und zwei offenen Seiten hatte. Der warme Wind streifte durch diesen offenen Raum, durch diese Art Tunnel, hindurch. Ein Felsvorsprung, der sich wie eine einladende freischwebende Terrasse vor uns auftat, bot einen herrlichen Blick in das weite unter uns liegende Tal. Dieser Platz lud dazu ein, das Nachtlager an ihm aufzuschlagen. Wir entdeckten Felsmalereien, die anscheinend aus uralten Zeiten stammten und stimmten überein, daß die abgebildeten Tiere in dieser Gegend schon lange ausgestorben waren. Die Ursprünglichkeit war so nah, und sie versetzte uns alle in eine friedvolle Stimmung. Nach dem Abendessen suchten wir unsere Schlafstellen auf, von wo aus wir im Sternenlicht auf unsere Kamele blickten, die sich in der nahen Umgebung einen Ruheplatz für die Nacht gesucht hatten und schlummerten ermattet, aber zufrieden im Schutz der Felsen, mit einer leichten warmen Brise auf dem Gesicht, ein.

Als ich am nächsten Morgen die Augen öffnete, entdeckte ich vor mir auf der Steinterrasse unsere Beduinen, wie sie das Morgengebet verrichteten. Es war ein Bild voller Ehrfurcht, das sich mir damit offenbarte. In ihren weißen Gewändern, nach Mekka gerichtet, vollführten sie nebeneinander stehend in einer Reihe die Zeremonie des Gebets. Es schien, als schwebten sie auf diesem Überhang, auf dieser Bühne der Natur, von der aus sie inbrünstig zu ihrem Gott beteten.
Ich bedauerte, daß mit diesem Morgen mein letzter Tag der Safari anbrach. Die Gewißheit, daß ich noch am gleichen Tag wieder in Sharm el Sheikh sein würde, trübte meine Glückseligkeit. Nur das Wiedersehen mit Tarek ließ mich auf die Rückkehr freuen; all den anderen unerfreulichen Umständen, die mich erwarteten, wäre ich gerne noch länger entflohen.

Nach dem stärkenden Frühstück zogen wir weiter. Unser Weg führte uns noch einmal hoch hinauf in ein Bergdorf, wo uns gastfreundliche Beduinen mit frischem Wasser und schmackhaftem Essen versorgten.
Die Bewohner dieses malerischen Ortes betrieben Landwirtschaft, und zu unser aller Verwunderung entdeckten wir inmitten der Wüste große Areale, bewachsen mit Obstbäumen, unter denen sich Kräutergärten in leuchtendem Grün entfaltet hatten.
Frisches Wasser aus den Bergen, das gesammelt und über Schläuche abgegeben wurde, gab uns die Möglichkeit, hinter einer improvisierten Wand aus aufgespannten Decken zu duschen. Es war ein merkwürdiges Gefühl, sich splitternackt in der freien Natur zu waschen. Nur ein Kamel schaute gelegentlich mit neugierigen Blicken hinter die Abtrennung, um die Prozedur zu beobachten.
Als wir uns anschließend im Schatten eines Akazienbaums ausruhten, erinnerte ich mich an Suleimans Erzählungen vom Vorabend.
Sein Wunsch, einmal auf dem Mond sein zu können, um von dort Steine auf die Hotels in Sharm el Sheikh zu schmeißen, erschien mir sehr tiefgründig und bereitete mir Kopfzerbrechen. Der Eingriff des Tourismus und der westlichen Zivilisation auf das ursprüngliche Leben der Beduinen war einschneidend tief. Nie zuvor war mir dies derart bewußt gewesen. Wie würde diese Entwicklung wohl enden?

Suleiman holte mich aus meiner Grübelei heraus, als er mir mitteilte, daß es an der Zeit sei, mich für die Rückreise fertig zu machen.
Matoussa wurde geholt und ein letztes Mal für den Heimritt bepackt.
Der Abschied von den anderen Safariteilnehmern fiel mir nicht leicht, nachdem wir drei eindrucksvolle Tage miteinander verbracht hatten. Sie würden noch weitere sieben Tage in der Wüste unterwegs sein, und ich beneidete sie darum.
Ich bedankte mich bei Suleiman für den unvergeßlichen Ausflug und zog mit einem der Beduinen als meine Begleitung von dannen.

Mit jedem Schritt, den Matoussa mich der Welt außerhalb der Wüste näherbrachte, versuchte ich intensiver an meinen Impressionen, die ich während dieser Kamelsafari gewann, festzuhalten.

Meine Liebe und Begeisterung für die Wüste, wie ich sie bisher empfunden hatte, steigerte sich um ein Vielfaches, nachdem ich erkannte, wie reizvoll und einnehmend es ist, sie von dem Rücken eines Kamels zu erleben. Der gleichmäßig wiegende Schritt, das lautlose majestätische Schreiten des Tieres im Zusammenspiel mit der gewaltigen ursprünglichen Natur der Umgebung waren ein unvergleichliches Erlebnis und verschafften mir tiefen Seelenfrieden.

Das Gefühl der Zeitlosigkeit an diesem unverdorbenen Zufluchtsort vor der modernen Welt vermittelte mir eine bisher nicht gekannte, vollkommene Ausgeglichenheit.

Das Auto, welches mich nach Sharm el Sheikh zurückbringen sollte, bestieg ich an einer verabredeten Stelle nahe der Asphaltstraße, die sich wie ein geschmackloses Stück Neuzeit durch die Wüste Sinai zog, um größere Orte miteinander zu verbinden.

Noch im Fahrzeug träumte ich dem Erlebten hinterher, doch entfernte sich der Wagen immer weiter von der traumhaften Szenerie und steuerte unaufhaltsam zurück in Richtung Küste.

Zerfall

Die Tür zu Waels Schlafzimmer war geschlossen. Zwar hatte seine Arbeitszeit längst begonnen, doch schien er noch zu schlafen.
Ich klopfte an seine Tür, um ihn zu wecken.
„Hey Wael, guten Morgen. Steh' auf, es ist halb zehn!"
Eine verpennte Stimme antwortete genervt: „Ja, ja, ich komme schon."
Der Anblick von leeren Bierflaschen und überfüllten Aschenbechern ließ mich ahnen, was am Vorabend in den Räumen von Top Advertising los gewesen war.
Verärgert darüber, daß Wael meine Bitte um Beseitigung seiner Partyreste noch immer ignorierte, räumte ich das Zeug selbst in die Küche und begann, mich mit meinen beruflichen Aufgaben zu beschäftigen.
Als ungefähr eine Stunde später die Tür des Schlafzimmers aufging, entschlüpfte diesem zunächst hastig eine junge weibliche Wohlgestalt, die nach einem knappen ‚Hallo' den direkten Weg zur Ausgangstüre nahm. Wael schlurfte sogleich in Unterhose und Shirt hinterher, verabschiedete die junge Dame und ließ sich dann wortlos auf den Stuhl hinter seinem Schreibtisch fallen, um sich seiner Arbeit zu widmen.
Die ungewollte Konfrontation blieb nicht aus.
Ich teilte Wael mit, daß er pünktlich mit der Arbeit zu beginnen und die unappetitlichen Reste seiner Feste wegzuräumen hätte.
Er überging meine Kritik und zeigte sich kompromißlos. Zudem war er noch vom Vorabend betrunken; ein Zustand, in dem ich ihn in den letzten Wochen alarmierend oft vorgefunden hatte.
Wael unterbreitete mir die Neuigkeit, daß er mal wieder für ein paar Tage nach Kairo fahren würde, um seine Familie zu sehen. Rami hätte seinen Urlaub bereits bewilligt. Gleich am nächsten Morgen plante er abzufahren.
Zwar war ich sehr dafür, daß Wael recht oft seine Frau und Kinder besuchte, doch konnte ich in diesen Tagen manche zu erledigende Aufträge ohne Waels Hilfe nicht termingerecht fertigstellen.

Ihn interessierte das nicht; es war ihm egal.

Für mich war es an der Zeit, Berichte über Waels Verhalten an Rami zu senden. Ich spürte, daß jeder gutgemeinte Versuch von mir, mit Wael zu sprechen, fehlschlug. Ferner war es klar, daß mein Einfluß auf ihn als Vorgesetzte mehr und mehr verlorenging. Durch meine alleinige Willenslenkung war da nichts mehr zu machen.

Sicherlich waren unsere Arbeitsbedingungen durch die anhaltende Wasserproblematik beeinträchtigt, doch gewährten selbst diese Umstände Wael nicht das Recht, sich derart verantwortungslos und aufsässig zu verhalten.

Außerdem lag es ja ganz offensichtlich an ihm selbst, das Problem der Wasserversorgung zu lösen. Waels Alkoholkonsum nahm erschreckend zu und war scheinbar auch der Grund für die fehlerhafte Bedienung des Versorgungsschalters. Dies würde auch das ständig wiederholte Durchbrennen eines jeden neu angeschafften Motors erklären. Er trank so viel, daß er die Kontrolle verlor und vergaß, den Motor rechtzeitig auszuschalten.

Rami versprach mir, Wael in Kairo zu treffen und mit ihm zu sprechen.

Wael unterrichtete Rami natürlich *nicht* darüber, daß durch seinen kurzfristig geplanten Urlaub Abgabefristen von Entwürfen nicht einzuhalten waren.

Doch angesichts der aktuellen Umstände wollte Rami die Urlaubsbewilligung nicht zurückziehen, denn er verstand die ernste Problematik und wollte Wael unbedingt persönlich sehen.

Vereinbarte Präsentationen mit Kunden, die ich nicht erfüllen konnte, mußten abgesagt werden. Es blieb mir nichts anderes übrig, als mich bei betroffenen Klienten für die Verzögerungen zu entschuldigen und neue Termine zu arrangieren.

Es widerstrebte mir extrem, versprochene Verabredungen mit Kunden brechen zu müssen. Dies entsprach in keinster Weise meiner Auffassung von zuverlässiger Dienstleistung. In diesem Fall aber war es unumgänglich.

Tags darauf stieß ich auf der Suche nach wichtigen Unterlagen in Waels Schreibtisch auf eine Schatulle aus Metall. Ich öffnete sie und fand darin

getrocknetes Gras. Ich starrte es an und hatte keinen Zweifel darüber, was es war. Bis zu diesem Zeitpunkt hatte ich es noch nie gesehen, doch sehr viel darüber gehört: Bango.
Bango war das verbreitetste Rauschgift in der Gegend und gesetzwidrig. Wer Bango besaß und erwischt wurde, mußte sich auf einige Jahre Gefängnis gefaßt machen.
Ich war völlig entrüstet! Zum einen über die Feststellung, daß Wael dieses Zeug konsumierte, vielmehr aber darüber, daß er diesen illegalen Stoff in den Agenturräumen aufbewahrte. Was dachte sich dieser Idiot dabei? Nicht nur, daß wir ohnehin mit polizeilichen Kontrollen rechnen mußten aufgrund meiner immer noch ausstehenden Arbeitsgenehmigung, er gefährdete damit auch das Unternehmen mit all seinen Beteiligten. Diese infame Achtlosigkeit und Dummheit von Wael war nicht zu fassen.
Sofort rief ich Rami an, um ihm von meinem Fund zu berichten. Er tobte vor Wut und bat mich, den Stoff umgehend aus den Büroräumen zu bringen. Wael wollte er sich zu diesem Thema bei dem bevorstehenden Treffen selbst vorknöpfen.

Nach dem Gespräch mit Rami legte ich geistesabwesend den Hörer auf die Gabel zurück und schaute leeren Blickes nach vorn.
Ich erhob mich von meinem Stuhl hinter dem Schreibtisch und wanderte langsam zur gegenüberliegenden Seite meines Büros. Dicht vor der geschlossenen Balkontür blieb ich stehen. Durch das im Rahmen gespannte Moskitonetz und die Scheibe blickte ich über die Balkonbrüstung hinweg auf das in der Ferne zu sehende blaue Meer.

Ich fühlte mich unsicher … konsterniert … betrogen.
Was war passiert? Wo war mein Glücksgefühl, mein Optimismus der letzten Monate geblieben? Alles war so schön gewesen. So unkompliziert. Doch nun stand ich da, blickte auf dieses Meer und fragte mich, welchen Lauf die Dinge genommen hatten. Zwei Menschen hatten es geschafft, mir mein Vertrauen in

die Zukunft in Ägypten, meine Lebensfreude an diesem Ort zu nehmen. Die Angst, in die mich Anissa versetzt hatte und die mich noch immer jeden Tag begleitete, sowie die zunehmenden Spannungen mit Wael hatten alles zerstört. Diese beiden hatten es fertiggebracht, meinen Glauben in die Menschen Ägyptens in Frage zu stellen.

Die Zusammenarbeit mit Wael durfte so nicht bleiben. Ich verspürte ihm gegenüber Mißtrauen und Zweifel. Ich wußte, daß er mich belog und nicht davor zögerte, mich auszuspielen. Er respektierte mich nicht mehr als Vorgesetzte und weigerte sich, seinen Verpflichtungen nachzukommen. Unter diesen Bedingungen konnte ich nicht arbeiten. Doch kannte ich auch mich sehr gut ... und ich war kein Kämpfertyp. Ich wußte genau, daß Rami Wael davon überzeugen mußte, sich zu ändern, denn ich würde es nicht schaffen. Dafür war ich nach etlichen Verhandlungsversuchen zu ungeduldig geworden und resignierte zu schnell.

Seit neun Monaten war ich als Managerin bei Top Advertising beschäftigt. Wie schön war es am Anfang gewesen: Wir hatten mit so viel Ehrgeiz und Enthusiasmus begonnen. Ich erinnerte mich daran, wie Wael vor seinem Computer auf dem Boden sitzend die ersten Aufträge bearbeitet hatte. Und wir waren so erfolgreich gestartet. Es war so einfach gewesen. Dann hatte Anissa die Bühne betreten, und seitdem hatte sich das Verhältnis zu Wael zusehends verschlechtert. Sein stetig zunehmender Alkoholkonsum machte alles nur noch schlimmer. Und nun auch noch Rauschgift.

Du herrliches türkisblaues Meer dort unten, du wunderbare Wüste und du, Tarek, der größte Schatz, den ich in meinem Leben finden konnte. Ihr seid die schönen Seiten dieses Landes. Wie lange könnt ihr mir meine Angst und Enttäuschung, die ich in mir trage, noch durch Gutes ersetzen?

Meine Hoffnungen liegen auf dir, Rami.

Ich möchte mein Amt in dieser Agentur nicht aufgeben, doch muß sich etwas ändern. Es käme mir nie in den Sinn, meinen Job bei Top Advertising hinzuschmeißen, hätten sich die Dinge in meinem Arbeitsumfeld nicht derart fatal entwickelt. Nicht einmal Anissas Drohungen waren Grund genug gewesen, über einen Ausstieg nachzudenken. Ich glaube, Top Advertising zu leiten war meine berufliche Bestimmung im Sinai. Diese Herausforderung sollte von mir bewerkstelligt werden. Und ich betrachtete es nach wie vor als meine Aufgabe, als meine Lektion für meinen Aufenthalt in Ägypten. Ich werde es bewältigen, dachte ich, und du, Rami, kannst auf mich zählen. Doch schaffe mir wenigstens ein vertrauensvolles Verhältnis zu meinem Mitarbeiter. Ohne das funktioniert es nicht. Denn dann ist die Belastung zu groß. Ich muß ihm doch trauen können. So wie es jetzt ist, halte ich es nicht aus. Es quält mich. Und es quält mich immer mehr, jeden Tag. Es ist eine Angst in mir. Die Angst auf Ausweisung und die Angst vor Lügen und weiteren bösen Machenschaften.

Ich erinnerte mich an den allerersten Aufenthalt in meinem vermeintlichen Paradies Sharm el Sheikh. An Khaled, meinen Pharao. Vor so vielen Jahren war er gestorben. Die kurze Zeit, die uns blieb, wird in meinen Erinnerungen immer leben.
Meine Gedanken wanderten zu Emad. Es war ein beruhigendes Gefühl, daß es nie zu einer Heirat gekommen war.
Und dann dachte ich an Dori.
Dori, ich hatte sie nicht mehr gesehen. Plötzlich hieß es, sie sei abgereist.
‚Warte nur, bis du erst mal ein Jahr hier bist, dann wirst du es selbst feststellen.'
Meinte sie das damit? Hatte ich den Punkt erreicht und die Feststellung gemacht, vor der sie mich gewarnt hatte?
Meine Gedanken wanderten weiter in der Vergangenheit.
Ich sah mich auf einer Terrasse vor einem schönen Garten sitzen. Es war der Garten von Stefan Schnobel. Diese Erinnerung brachte mich zum Lächeln. Wäre ich damals bei ihm geblieben, wären wir heute verheiratet und hätten sicherlich schon den ersten schreienden Sprößling in diese geheimnisvolle Welt gesetzt.
Wenigstens war er ehrlich zu mir gewesen. Ich konnte ihm vertrauen. Ich

konnte allen vertrauen. Was habe ich statt dessen gemacht? Ich stürzte mich in ein Abenteuer und nun stand ich hier und fühlte mich wehrlos und unbeholfen. Unglücklich einer Situation gegenüber, die ich nicht zu bewältigen wußte; mit Menschen konfrontiert, die mich hassten, denen ich nicht traute und die mich von hier verbannen wollten.
Wieviel Geborgenheit vermittelte doch der Gedanke an diesen Garten.
Wieviel Geborgenheit vermittelte plötzlich Deutschland.
Deutschland.
Ich zählte die noch verbleibenden Monate, die Zeit bis zu meinem Abflug. Wie lange würde es noch dauern, bis die zwei Jahre um waren? Zehn. Noch zehn Monate.
Tarek. Er wünschte sich, daß ich für immer bei ihm bleibe.
Tarek, meine Liebe, ich kann nicht bleiben.
Oh Gott, was wurde mir in diesem Moment bewußt? Ich stellte es in dieser Sekunde für mich selbst fest, war mir vorher nie so im Klaren: ich *mußte* nach Deutschland zurückkehren.
Der Gedanke, Tarek verlassen zu müssen, zerriß mir das Herz; der Gedanke, in Ägypten bleiben zu müssen, auch.

Es wurde Zeit zu gehen.
Die Schatulle mit dem Bango mußte schnellstens aus den Agenturräumen geschafft werden.

Seelenqual

Ramis Standpauke schien zu helfen. Wael kam aus Kairo zurück und war nett, hilfsbereit und tüchtig. Sogar seine Trinkerei versuchte er in den Griff zu bekommen. Das war zwar alles sehr erfreulich, doch konnte diese plötzliche Veränderung mir meine Skepsis ihm gegenüber nicht nehmen. Dennoch schob ich meine Bedenken zur Seite und wog mich in neuen Hoffnungen.

Das Bango brachte ich aus der Agentur und nahm es mit nach Hause. Was sollte ich damit tun? Ich wollte es unterwegs nicht in einen Mülleimer werfen und zur Polizei bringen durfte ich es auch nicht, denn das hätte mich selbst belastet. Das Gras im Hilton Residence aufzubewahren war allerdings nicht weniger bedenklich. So drückte ich es Tarek in die Hand und bat ihn, es ein für allemal verschwinden zu lassen; ich wollte damit nichts mehr zu tun haben.

Tarek sah meine Situation mit Wael gar nicht gerne. Er mißbilligte dessen Verhalten genauso wie ich.
Hatte er die wahre Mentalität von Wael nicht schon sehr früh erkannt? Verspürte er nicht schon nach dem ersten Treffen eine gewisse Antipathie gegen ihn? Ja, Tarek hatte recht. Er hatte Wael von Anfang an richtig eingeschätzt.
„Wenn du unter der Problematik mit Wael zu sehr leidest, mußt du Konsequenzen ziehen. Sage Rami, daß er ihn durch einen anderen Grafiker ersetzen muß." riet Tarek mir.
„Das ist nicht so einfach, Tarek. Wael läßt sich nicht austauschen gegen einen Kollegen aus dem Kairoer Büro. Er hat Rami unmißverständlich klar gemacht, daß er sich nicht mehr nach Kairo zurückversetzen läßt. Er möchte in Sharm el Sheikh bleiben, selbst dann, wenn er durch diese Forderung sein Arbeitsverhältnis auf das Spiel setzt. Des Weiteren weiß ich von Rami, daß gute Grafiker in Ägypten selten sind. Er bezeichnete Wael sogar einst als den *besten* Grafiker im Land. Ich glaube nicht, daß er auf ihn verzichten würde,

denn das wäre ein großer Verlust für ihn. Hinzu kommt, daß der Grafiker, welcher mit mir arbeitet, gut Englisch sprechen muß, was nicht viele können. Außerdem ist nicht jeder bereit, in Sharm el Sheikh zu leben. Die meisten haben ihre Familien in Kairo und betrachten diese Stadt als ihre Heimat."

Tarek entgegnete mir nachdenklich: „Dann mußt du damit aufhören, bevor es dich kaputt macht. Du wirst einen anderen guten Job finden."

„Oh nein Tarek, ich möchte meine Tätigkeit bei Top Advertising nicht aufgeben. Man könnte eine Goldgrube daraus machen. Alle Voraussetzungen dafür sind gegeben. Ich fange keine neue Beschäftigung an. Entweder ich ziehe das durch oder ... ach, ich weiß auch nicht."

Je mehr Wochen vergingen, desto schneller ließen Waels gute Manieren nach. Wieder trank er und wieder begann er nachlässig zu arbeiten.

Für einige Kunden von uns hegte Wael große Sympathie, für andere Kunden wiederum überhaupt nicht. Eines schönen Tages beschloß er, für die ihm weniger sympathischen Klienten keine Aufträge mehr zu erledigen. Einfach so.

Seine Sturheit bereitete mir großen Kummer, doch war dies sicherlich sein Ziel. Unsere Auftraggeber reagierten verständlicherweise verärgert, denn sie warteten zum Teil wochen- und sogar monatelang auf ihre geforderten Entwürfe. Ich versuchte sie zu vertrösten. Belog sie, indem ich mir mehr oder weniger annehmbare Ausreden einfallen ließ und hoffte, die Situation auf diese Art beschwichtigen zu können. Hätte ich ihnen sagen sollen, daß mein Mitarbeiter sie plötzlich nicht mehr leiden kann und deshalb keine Aufträge für sie bearbeitet?

Unser Ruf geriet ins Wanken, und ich begann Wael zu hassen.

Die Spannung zwischen uns wuchs beängstigend. Gespräche wurden fortan von unterdrückten Aggressionen begleitet. Konversationen konzentrierten sich auf rein geschäftliche Dinge. Wenn er da war. An manchen Tagen erschien er überhaupt nicht in der Agentur und glänzte durch unentschuldigte Abwesenheit.

Seit dem Fund des Bangos verschloß er seine Schreibtischschubladen.
Ich befürchtete immerzu, daß er nach wie vor Rauschgift bei Top Advertising deponierte. Das machte mich zusätzlich nervös.
Rami versuchte Wael immer wieder in Gesprächen zur Räson zu bringen, doch war seine Einsicht nie von langer Dauer.

Ein Lichtblick in dieser trüben Zeit tat sich auf: Meine Eltern kündigten ihren Besuch in Sharm el Sheikh an.
Ich freute mich darüber. Damit würde sich zudem endlich die Gelegenheit des längst fälligen Treffens zwischen ihnen und Tarek ergeben; sie kannten sich nur vom Telefon.
Für ihren Aufenthalt überlegten wir uns eine Überraschung: Tarek und ich luden meine Eltern zu einer Ballonfahrt ein.
Das Ballonfahren wurde damals erstmalig im Sinai getestet. Es galt herauszufinden, ob die Landschaft trotz der hohen Berge zum Ballonfahren geeignet ist. Die Anbieter hofften, dieses Freizeitvergnügen im Sinai ganz groß vermarkten zu können.
Wir waren eine der ersten offiziellen Passagiere, welche in den Genuß kamen, die Wüste Sinai von einem Ballon zu betrachten. Lautlos schob uns der Wind über Bergkämme hinweg, um immer wieder Blicke in neue weite Wadis zu gewähren. Wir überfuhren Oasen und Beduinendörfer, in denen die Wüstenbewohner aufgeregt aus ihren Hütten gelaufen kamen, um uns zuzuwinken. Sicherlich hatten die meisten von ihnen zum ersten Mal so ein fliegendes buntes Ding am Himmel gesehen.
Die Fahrt endete mit einer abenteuerlichen Landung, bevor uns das Verfolger-Auto aufsammelte.
Meine Eltern mochten Tarek und Tarek mochte sie. Wir hatten eine herrlich unkomplizierte Zeit zusammen.
Natürlich statteten mir meine Eltern auch einen Besuch bei Top Advertising ab.
Mit meinen Problemen bezüglich Wael belastete ich sie nur andeutungsweise.

Ich vermittelte ihnen den Eindruck, daß es mir gutging, und dabei sollte es bleiben. Sie waren zudem stolz auf meine erfolgreiche Managerposition. Dieses Bild der heilen Welt wollte ich ihnen erhalten.
Tarek und ich luden meine Eltern nach Hause ein und gingen mit ihnen aus. Wir fuhren mit ihnen in die Wüste und besichtigten sehenswerte Plätze. An meinem freien Tag unternahmen wir gemeinsame Tauchgänge.
Es war eine schöne Zeit, eine unbeschwertere als sonst.
Als sie abreisten, fiel der Abschied nicht schwer, denn Weihnachten stand vor der Tür. In Kürze würde ich ebenfalls nach Deutschland fliegen, um das Christfest im Kreise der Familie zu verbringen. Das zweite Weihnachtsfest während meines Aufenthaltes in Ägypten. Es wurde mir damit bewußt, wie schnell die Zeit verging.

Leider konnte mich Tarek nicht in mein Heimatland begleiten. Die bevorstehende Hochsaison im Sinai verpflichtete ihn zur Anwesenheit in der Dekompressions-Kammer, um die zu erwartende hohe Zahl an Tauchunfall-Patienten behandeln zu können.
So reiste ich also alleine für zwei Wochen nach Deutschland und verlebte abermals eine schöne und behagliche Zeit dort. Ich genoß das Beisammensein mit Familie und Freunden. Die größte Freude bereitete mir das Wiedersehen mit meiner hochbetagten Großmutter, die sich ihrer langjährigen Krankheit nicht beugen wollte und immer noch aktiv an dem Geschehen ihrer Umwelt teilnahm.
Einige meiner Freunde hatten mich in Ägypten besucht, und jeder von ihnen war angetan von der ergreifenden Natur des Sinai.
Tarek fehlte mir. Ich vermisste ihn schon, bevor ich deutschen Boden unter den Füssen hatte.
Dieses Mal komme ich noch einmal zurück zu dir, Tarek, dachte ich, doch wie wird es mit uns weitergehen, wenn meine Zeit in Ägypten abgelaufen ist und ich wieder in Deutschland leben werde?
Mit dieser Frage beschäftigte ich mich sehr oft während meines Urlaubs und

natürlich mit der belastenden Ungewißheit, wie sich die Lage bei Top Advertising weiter entwickeln würde.

Nach meiner Rückkehr mußte ich eine unerfreuliche Entdeckung in der Agentur machen. Wael hatte Top Advertising Geld gestohlen und sich so – neben seinen anderen Missetaten – auch noch zum Dieb gemacht.
Als Grafiker verdiente Wael enorm viel Geld. Dennoch kam er nie mit seinem Gehalt über die Runden und bat jeden Monat um zusätzliche Auszahlungen. Wahrscheinlich schluckte seine Trinkerei ein Vermögen, denn Alkohol ist teuer in Ägypten.
Und es kostete ihn größte Überwindung, zu mir zu kommen und um Geld zu bitten. Ich verweigerte es ihm nie, denn ich hätte kein Recht dazu gehabt. Mit Ramis Einverständnis zahlte ich jedesmal die gefragten Summen aus, ohne mich nach dem Verwendungszweck zu erkundigen, denn er ging mich – schlicht und einfach – nichts an.
Es schien, als wurde der Gang zu meinem Schreibtisch derart schwer für Wael, daß er sich die Genehmigungen für die Sonderauszahlungen direkt bei Rami telefonisch vorab holte, um mich dann vor vollendete Tatsachen stellen zu können. Das verschaffte ihm den Vorteil, daß er vom Bittsteller in die Position des Fordernden rutschte.
Er wollte mehr und mehr, und als selbst Rami nicht mehr gewillt war, jeden Wunsch auf Extrahonorar zu erfüllen, begann Wael das Geld zu stehlen.
Unsere Kunden bezahlten bar, und es unterlag allein mir, das Geld von unseren Klienten entgegenzunehmen. Die dicken Papierbündel brachte ich möglichst schnell auf das Bankkonto von Top Advertising. Nur ein Betrag von circa zweitausend ägyptischen Pfund, also ungefähr eintausend Deutsche Mark, befand sich stets in einer Geldkassette in meinem Schreibtisch.
Nicht nur, daß sich Wael ungefragt des Geldes in dieser Kassette bediente, er suchte auch Kunden auf, um sich an meiner Stelle bezahlen zu lassen.
Nicht ein einziges Pfund blieb übrig; alles fiel seinen privaten Ausgaben zum Opfer.

Womöglich benötigte er aber auch finanzielle Mittel für sein neues Unternehmen.
Ungeheuerlicherweise befand sich Wael während seiner Beschäftigung bei Top Advertising mitten in der Planung eines selbständigen Daseins. Er bereitete die Eröffnung eines neuen Grafikbüros in Sharm el Sheikh vor – *seines* Grafikbüros. Der fertige Entwurf eines Briefbogens für den vorgesehenen Betrieb fiel rein zufällig in meine Hände, als Wael *mal wieder* nicht da war. Offensichtlich beabsichtigte er, sich bei passender Gelegenheit von Rami zu verabschieden, um dann als Konkurrenz Top Advertising in die Knie zu zwingen. Sicherlich hoffte er, die von ihm favorisierten Kunden ‚mitnehmen' zu können, während er die restlichen, für ihn uninteressanten, Klienten bereits im Vorfeld durch Arbeitsverweigerung vergrault hatte. Gewiß wollte er damit erreichen, daß Top Advertising keinen wirtschaftlich tragfähigen Kundenstamm mehr behält und somit in eine verhängnisvolle Krise gerät. Zudem plante er allem Anschein nach, sein Vorhaben mit gestohlenem Kapital von Top Advertising zu finanzieren.
Es übertraf jedes Maß an Impertinenz!
Wael gegenüber behielt ich meine Entdeckung für mich; sprach ihn nicht darauf an. Ich überließ es Rami, sich mit ihm über dieses Thema auseinanderzusetzen.
Als er von der Neuigkeit erfuhr, war Rami außer sich und kündigte umgehend seinen Besuch an. Bereits am nächsten Morgen traf er ein und stellte Wael zur Rede.

Mein Vertrauen zu Wael war gänzlich zerstört.
Für mich war der Moment gekommen, an dem ich mich innerlich zurückzog. Ich distanzierte mich von dem, was da geschah. Wollte mich nicht mehr aufregen. Etwas in mir ließ mich ruhig bleiben. Vielleicht eine unbewußte Schutzreaktion, bevor es zum unkontrollierten Ausbruch kommt?
Nur eines war mir klar: Top Advertising in Sharm el Sheikh zerbröckelte.
Diese Feststellung löste einen Krieg in mir aus. Einen Krieg der Gefühlswelten:

Resignation kämpfte gegen Hoffnung, Ablehnung gegen Fürsprache, Verzweiflung gegen Zuversicht … Seelenqual.
Meine Neigungen schwankten hin und her; ich tendierte von hier nach dort und zurück: sollte ich aufgeben und Rami mitteilen, daß ich diesen Zustand nicht mehr ertrage? Nein, ich resigniere nicht, sagte ich mir, denn es wird alles wieder gut werden, ich darf die Hoffnung nur nicht aufgeben.
Aber das Vertrauen zu Wael war zerbrochen und würde sich nie mehr reparieren lassen! Falsch, mahnte ich mich selbst, spreche nicht gegen sondern für ihn, dann werden sich die Wogen des Mißtrauens wieder glätten. Aber es ist zu spät, noch einmal den nötigen Willen und die Kraft aufzubringen, um mit ihm weiterzumachen; das kann und will ich nicht mehr! Unsinn, rief ich mich selbst zur Ordnung, sei nicht so schwach. Zeige Stärke und bleibe vor allem zuversichtlich.
Der Krieg in mir blieb unentschieden.

Bevor Rami wieder nach Kairo zurückfuhr, erklärte ich ihm, was in mir vorging, und daß es so nicht weitergehen könne. Ich machte ihm verständlich, daß er meine Kündigung riskierte, wenn sich der Zustand mit Wael nicht innerhalb kürzester Zeit bessern würde. Noch blieb ihm die Möglichkeit, einen anderen Grafiker zu finden. Ich war am Ende jeglicher Geduld und Kompromißbereitschaft angekommen.
Rami ließ mich wissen, daß er sich dem Ernst meiner Worte sehr bewußt sei. Es war ihm anzusehen, wie sehr er die Gegebenheiten bedauerte.

Wael zahlte es mir heim.
Daß ich ihn bei Rami verpfiffen hatte, konnte er nicht tatenlos hinnehmen. Vielleicht war es auch nicht vorsätzlich geschehen, sondern nur aus reinem Zufall. Möglich. Doch in meinen Augen handelte er in böser Absicht. Zeigte es nicht sogar seinen wahren Charakter?
Als ich ein paar Tage nach Ramis Abreise morgens die Tür zu Top Advertising öffnete, offenbarte sich mir der Anblick einer zerquetschten Maus.

Der Kopf des Tieres war unverletzt, der gesamte Rest jedoch war vollkommen zermatscht. Hervorgetretene Augen ließen den Schrecken des Todes erkennen. Die Eingeweide waren ausgelaufen und klebten an dem hellen Teppich fest. Rund um den Kadaver waren Spuren von blutigen Schuhsohlen zu erkennen. Wael hatte sie also an dieser Stelle brutal platt getreten.
Es war widerwärtig!
Um mich von dem Anblick zu befreien, warf ich eine Ecke des Teppichs über das tote Tier.
Wael war nicht da.
Die Luft war schlecht. Roch es nach der Maus? Nach Blut und Tod? Oder bildete ich mir das nur ein? Das Fenster mußte geöffnet werden.
Mein Körper zitterte. War es Wut? War es Angst? Oder war es purer Hass? Ich mußte weg. Bloß raus. Keinen Moment länger hielt ich es in diesen Räumen aus. Es schien, als wollten sie mir den Atem nehmen. In meinem Inneren schnürte mir etwas das Herz zusammen; ich glaubte zu ersticken. Und wäre Wael mir in diesem Gemütszustand begegnet, wäre ich ihm an die Kehle gegangen, denn ich verabscheute ihn, wie ich noch nie vorher irgend etwas verabscheut hatte.
Ich lief los, schmiß die Tür hinter mir zu und rannte die Treppen hinunter zur Straße. Der öffentliche Bus brachte mich in Richtung Hilton Residence, doch wollte ich nicht nach Hause. Tarek war nicht da, und ich wollte ihn auch nicht sehen. Ich wollte alleine sein, alleine.
Mein Weg führte mich wie von selbst auf die Klippe.
Ich setzte mich auf einen Felsen und blickte auf das Meer und die Berge. Ausdruckslos.
Da war nur dieser Schmerz. Ein Schmerz, wie ich ihn bis dahin nicht gekannt hatte. Er war innen, in meinem Körper. Ich kam nicht an ihn dran. Konnte die Stelle nicht wärmen, nicht berühren. Es war mein Herz. Das Herz konnte tatsächlich weh tun; ich erfuhr es an diesem Tag zum ersten Mal. Es war ein furchtbarer Schmerz. Ich wollte, daß es aufhört, da drinnen weh zu tun. Laß es woanders weh tun, flehte ich. Tränen flossen über mein Gesicht.

Meine Augen suchten den Boden nach einem Stein mit scharfen Ecken und Kanten ab. Ich hob einen auf, legte ihn mir auf den Arm, drückte fest zu und ritzte mir mit ihm die Haut auf, bis das Blut hervorquoll. Ich wollte, daß es nur noch dort weh tut, doch es lenkte nur ab; der Schmerz im Herzen ließ nicht nach.
Er hatte es geschafft. Ich gab auf. Mein Beschluß stand fest: ich würde kündigen!
Ich war fertig. Mich beruhigte die Gewißheit, daß ich in absehbarer Zeit nach Deutschland zurückfliegen würde. Ich wollte raus. Raus aus Ägypten. Aber Tarek? Um nichts in der Welt mochte ich ihn verlieren. Diese Angst ließ mein Herz noch mehr weh tun.
In meinem Kopf wütete ein Orkan der Gedanken.
Oh Gott, warum brachtest du mich in diese Lage?
Welche Lehre soll ich aus dem, was da passierte, ziehen? Wie ungerecht es doch ist; ich wollte doch alles nur gut machen.
Liegt der Fehler bei mir? Bin ich für diese arabische Welt nicht geeignet, nicht abgebrüht genug? Zu naiv, zu gutgläubig? Sicher, ich war schon immer zu gutgläubig. Ich wußte, daß dies ein Fehler ist. Ist es besser, mißtrauischer und rücksichtsloser durch die Welt zu gehen?
Willst du mich auf diesem Weg begreifen lassen, daß Ägypten für mich kein Land zum Leben ist? Oder ist es nur eine Prüfung? Eine Abhärtung für die Zukunft?
Muß ich bleiben, um Tarek behalten zu können? Warum mußt du mich vor so eine schwerwiegende Entscheidung stellen? Soll ich es doch noch einmal mit einem anderen Job probieren, um Tareks und meine Zeit zu verlängern? Nein, ich möchte niemandem mehr trauen müssen. Ich habe genug. Es würde schiefgehen. Mein Groll ist zu groß.
Tarek vertraue ich. Zu ihm verspüre ich eine ungekannte Liebe. Er ist so anders. Er ist aufrichtig und gut. Warum muß ich ihn verlassen? Sag es mir.

Ich erhob mich von dem Platz auf dem Felsen, wankte nach vorn an den

Rand der Klippe und schaute die steile Wand unter mir hinab. Hoch genug, um bei dem Aufprall unten auf dem Geröll zu sterben. Ein geeigneter Ort für alle, die dem Leben hilflos und resigniert gegenüberstehen. Unter meinen Fußspitzen bröckelte das Gestein in die Tiefe.
Springen ...?
Mein Blick glitt über die Meeresoberfläche. Er blieb an einer Stelle hängen, wo das Wasser unruhiger und welliger schien als woanders. Und dann sah ich sie auch: die Delphine. Und sie sprangen.
Dori, gute Dori. Du hast wieder nach vorne blicken können ... und ich werde es auch schaffen!
Auf dem Absatz machte ich kehrt und ging nach Hause.
Ich wünschte mir, daß Tarek bald käme, legte mich auf das Bett und krümmte mich zusammen. Fühlte mich vollends ausgelaugt und konnte dennoch keine Ruhe finden. Meine Augen wollten nicht geschlossen bleiben, und so starrte ich leeren Blickes in das Zimmer. Im Wachzustand erlebte ich Alpträume, wie ich sie als Kind immer hatte. Konnte mich kaum an sie erinnern, nun waren sie wieder da. Sie gingen nicht weg, egal, wie ich mich drehte und wendete. Diese fremdartigen, entsetzlichen Erscheinungen spukten vor meinen offenen Augen herum.
Ich wollte schreien ... laß es aufhören.

Es schien eine Ewigkeit zu dauern, bis er kam, doch dann hielt Tarek mich in seinen Armen, während ich ihm alles erzählte.
Seine Worte besänftigten die in mir tobende Unruhe.
„Morgen rufst du Rami an und kündigst deinen Besuch an. Bis dahin bleibst du zu Hause. Ich möchte nicht, daß du noch mal in die Agentur gehst; das mußt du dir nicht mehr antun. Ich denke, du hast genug gelitten unter diesem Wael. Und nun beruhige dich erstmal. Keiner zwingt dich, diesen Job weiter zu machen."
„Tarek, ich habe festgestellt, daß ich nach Deutschland zurück *muß*. Ich werde abreisen, wie ich es ursprünglich geplant habe. Irgend etwas habe ich hier in

Ägypten verloren, und ich möchte es wiederfinden. Für uns. Ich glaube, das kann ich nur in Deutschland. Ich brauche Abstand von dem Ganzen hier. Verstehst du das?"

Tarek schlang seine Arme fester um mich, als er antwortete:

„Ich habe lange auf dich gewartet. Viele Jahre war ich alleine, bevor du in mein Leben getreten bist. Wir hatten eine wunderbare Zeit zusammen, dafür alleine bin ich schon sehr dankbar. Ich habe nie zuvor eine Frau so geliebt wie dich, und es wird mir nicht schwerfallen, dich auch noch zu lieben, wenn du dich in Deutschland aufhältst. Komme zurück, wenn du bereit dazu bist. Ich werde dich niemals drängen."

Ein Traum geht zu Ende

Mein Entschluß stand fest, als ich Rami gegenübersaß und ihm erklärte, daß ich unter den gegebenen Bedingungen nicht mehr für ihn arbeiten würde.
Rami hörte zu, ohne mich zu unterbrechen. Als ich fertig war mit meinen Ausführungen, nickte er bedächtig, bevor er mir antwortete.
„Ich habe Verständnis für deine Entscheidung. Glaube mir, ich hatte lange überlegt, wie das Problem mit Wael und dir zu lösen ist. Es blieb nur die Wahl zwischen einem von euch beiden. Doch leider muß ich dir sagen, daß ich wahrscheinlich leichter einen Nachfolger für dich finden kann als für ihn. Wael ist gut und es gibt nur wenig gute Grafiker in diesem Land; ich kann nicht auf ihn verzichten, auch wenn er in vielerlei Hinsicht ein echter Idiot ist."
Rami seufzte. Dann fuhr er fort: „Weißt du, es fällt mir schwer, dich gehen zu lassen. Du bist ausgesprochen zuverlässig und gewissenhaft. Außerdem denkst du sehr organisiert, und das brauche ich. Möchtest du in Kairo bei mir arbeiten? Hier könnten wir jemanden wie dich dringend gebrauchen."
Sein Angebot schmeichelte mir, doch konnte ich es nicht annehmen.
Ich machte Rami begreiflich, daß es nur einen einzigen Grund gäbe, der mich noch für eine absehbare Zeit in Ägypten halten würde und dieser war in Sharm el Sheikh zu finden: Tarek. Ganz abgesehen davon war mir die Vorstellung, in einer Stadt wie Kairo zu leben, absolut zuwider.
Der Abschied von Rami war herzlich, und er versicherte mir seine aufrichtige Freundschaft auch für die Zukunft. Wehmütig sagte ich allen Top Advertising-Mitarbeitern Lebewohl und dankte für die kollegiale Zusammenarbeit. Mehrfach mußte ich versprechen, daß ich bald wieder auf einen Besuch vorbeischauen würde.

Während meiner Rückfahrt nach Sharm el Sheikh verspürte ich Erleichterung.
Mit der Kündigung hatte ich einen für mich wichtigen Schritt getan. Zwar

wollte ich nie, daß es soweit kommt, doch sah ich keine Alternative mehr. Mein Herz war befreit von einer schweren Last.

Der öffentliche Bus rollte auf seiner Strecke von Kairo nach Sharm el Sheikh an der Küste des Golfs von Suez entlang. In der Ferne waren riesige Frachtschiffe zu sehen, die nach der Passage durch den engen Suez-Kanal südlich dem offenen Meer entgegenfuhren.

Es war Februar. Wolken bedeckten den blauen Himmel an diesem Tag. Auf den Monat genau ein Jahr hatte ich als Managerin bei Top Advertising gearbeitet. War ich stolz darauf oder wäre es besser gewesen, ich hätte Rami nie kennengelernt? Dann wäre vielleicht mein gutes Bild von den Menschen in Ägypten erhalten geblieben. Nun war es brüchig geworden.

Wenn Rami einen Ersatz für mich findet, jemanden, der Wael in den Griff bekommen könnte, dann wird Top Advertising in Sharm el Sheikh ein Vermögen bringen, dachte ich überzeugt. Warum konnte ich das nicht sein? Hatte ich versagt?

Neben meiner Erleichterung setzte ich mich Selbstvorwürfen aus, doch fand ich keine Antwort auf die Frage, wer Schuld hatte am Verlauf der Dinge.

Rami hatte mich von meinem Arbeitsverhältnis mit sofortiger Wirkung befreit. Ich war sehr froh, Wael nicht mehr begegnen zu müssen. Die Wunden, die er mir zufügt hatte, wollten verheilen und nicht neuerlich aufgerissen werden. Ich hatte frei. Nichts zu tun. Ein ungewohntes Gefühl.

Doch wie stand es mit meinen Geldreserven? Meine Beschäftigung bei Top Advertising hatte es mir ermöglicht, Erspartes zur Seite zu legen.

Ich überschlug meine finanzielle Lage und errechnete, wie lange ich mit Hilfe dieses Fundus noch in Sharm el Sheikh über die Runden kommen konnte. Nach wie vor hatte ich regelmäßige Einnahmen durch meinen Sprachunterricht, den ich meinem Schüler Ahmed erteilte. Doch stellte dieses Honorar keine Grundlage für ein angenehmes Dasein sicher und war somit eher ein Tropfen auf dem heißen Stein. Ich beschloß, meinen Aufenthalt um weitere drei Monate zu verlängern. Auf kleinem Fuß gelebt sollte ich so lange

zurechtkommen können.
Mein Abreisetermin lautete somit Mai 1998.
Drei Monate.
Es graute mir vor dem Tag des Abfluges und doch sehnte ich ihn herbei.
Ich nahm mir vor, die Zeit mit Tarek bis zum meinem Rückflug zu genießen.
Mehr als das: ich wollte jede Minute mit ihm auskosten, mich an ihm erfreuen, mich an ihm ‚ausleben'. Alles, was ich künftig in Deutschland entbehren müßte, wollte ich mir in überschwenglichem Maße holen, solange ich es noch hatte: ihn.

Die Tatsache, daß ich keinerlei beruflichen Verpflichtungen nachkommen mußte, gab mir die Möglichkeit, mich zu Hause nützlich zu machen, aufzuräumen und zu kochen. Ich begleitete Tarek in die Dekompressions-Kammer und legte Hand an, wo Herr Doktor sie gebrauchen konnte. Oder ich faulenzte. Eine schattige Ecke im Garten lud ein, es sich mit einem Buch gemütlich zu machen. Das klare Wasser des Roten Meeres lockte zum Schwimmen. Die warme Sonne trocknete anschließend die Haut und hinterließ einen ansehnlichen braunen Teint.
Ich hielt mir vor Augen, daß ich mich an einem der begehrtesten Urlaubsorte der Welt befand. Zu oft hatte ich es vergessen, denn der Alltag und die häßlichen Ereignisse der letzten Monate hatten das Bewußtsein über diesen Vorzug beiseite geschoben. *Noch* lebte ich an diesem Ort mit all seinen Annehmlichkeiten, und ich nahm mir vor, während meines restlichen Aufenthaltes von ihnen zu profitieren und sie zu genießen. Zurück in Deutschland würde ich sie sicherlich schnell wieder vermissen.
Ich machte Ausflüge zum Tauchen oder in die Wüste. Das Angebot, ein Kamel zu leihen, um mit dem Tier kurze Ausritte zu unternehmen, nutzte ich gerne. Ein kleines Fitness-Center mit Sauna verpflichtete mich zum gelegentlichen Trainieren und anschließendem Schwitzen. Zuweilen schlenderte ich herum und besuchte ehemalige Arbeitskollegen im Tropical oder ich schaute bei Freunden vorbei, um mich mit ihnen über die neuesten Geschehnisse in

Sharm el Sheikh und andere Themen auszutauschen.

Obwohl die Qualität der Freizeitmöglichkeiten wie Tauchen und Wüstensafaris im Süd-Sinai höchsten Ansprüchen standhielt, war die Auswahl hinsichtlich der Quantität doch stark eingeschränkt. Sharm el Sheikh, ursprünglich ein kleines Dorf, mit seinen künstlich angelegten Hotelarealen mangelte es an Einrichtungen, die dort Lebenden ausreichend Beschäftigung boten. Kein Kino gab Gelegenheit für einen abendlichen Besuch. Kein Theater stillte das Bedürfnis nach kultureller Bildung. Keine Videothek ermöglichte das Besorgen eines sehenswerten Films für den gemütlichen Abend zu Hause. Kein Einkaufszentrum lud ein zum Schaufensterbummel.

Es bedurfte nur ein paar Wochen, bis ich zu dem Schluß kam, daß die vorhandenen Mittel des Zeitvertreibs auf Dauer nicht zufriedenstellend waren. Mir wurde langweilig und ich endete zu Hause am Tisch sitzend, beschäftigt mit dem Legen von Karten. Solitaire und andere Spiele wurden plötzlich zu meinem Lebensinhalt. Das durfte nicht sein. Ich fühlte mich nicht beansprucht, nicht gefordert, nicht ausgefüllt. Es fiel mir heftig die Decke auf den Kopf.

Hinzu kam, daß ich mich zunehmend mit der Frage beschäftigte, was mich wohl in Deutschland erwarten würde. In welchem Zustand würde ich meine Wohnung vorfinden? Und wie lange würde ich arbeitslos bleiben müssen? Diese Ungewißheit ließ mich am meisten grübeln.

Das Nichtstun in Verbindung mit den Sorgen um die Zukunft ließ mich ungeduldig und launig werden. Ich wollte etwas tun. Etwas, das mir das Gefühl vermittelte, den Tag sinnvoll zu verbringen.

Ich suchte mir Aushilfsjobs. Keine langfristig bindenden Tätigkeiten, denn solche kamen für mich nicht mehr in Frage, sondern kleine Teilzeitarbeiten und Gelegenheitsdienste, welche die restliche Dauer kurzweiliger und konstruktiver werden ließen. Als Urlaubsvertretung sprang ich in Tauchcentern ein, um organisatorische und administrative Aufgaben zu übernehmen. Rami bemühte sich, ein von ihm publiziertes Magazin im Großraum Sharm el

Sheikh zu vertreiben, und ich unterstützte ihn dabei.

Die Jobs stellten zwar keine große Aufgabe dar, doch füllten sie immerhin einige leere Stunden mit Beschäftigung und zerstreuten meine Ungeduld hinsichtlich der Frage, was die Zukunft bringen würde.

Mein ganze Aufmerksamkeit galt Tarek in dieser letzten Etappe meines Aufenthaltes im Sinai.

Nach Möglichkeit verbrachten wir jede Minute miteinander. Ich leistete ihm nicht nur in der Dekompressions-Kammer Gesellschaft, sondern begleitete ihn auch bei Patientenbesuchen, wenn es seine beruflichen Einsätze erlaubten. Keiner wollte den anderen auch nur für Stunden entbehren, denn das Glück der Gemeinsamkeit wollte bis zum letzten Zug genossen werden.

Waren wir getrennt voneinander unterwegs, konnten wir es kaum erwarten, wieder vereint zu sein.

Und dann machten wir es uns schön.

An kuscheligen Abenden zu Hause genauso wie beim gemeinsamen Ausgehen in einladende Restaurants oder nette Bars. Gelegentlich dinierten wir im Hotel Intercontinental, um am gleichen Tisch wie sechzehn Monate zuvor den Erinnerungen des ersten gemeinsamen Abends zu frönen. Geschehnisse, die der Vergangenheit angehörten, ließen wir noch mal aufleben: zum Beispiel den großen Regen, welcher soviel Schrecken und Opfer mit sich brachte. Oder die unvergeßlich abenteuerliche Fahrt in Tareks Ford Bronco zwischen den überfluteten Minenfeldern. Und natürlich die romantischen Stunden an Ras Um Sid unter nächtlichem Himmel.

In den letzten gemeinsamen Wochen schenkten wir uns Ausflüge in die Wüste, wo wir uns unter der Sternendecke im weichen Sand betteten. An manchen Tagen krochen wir frühmorgens vor der Dämmerung aus den warmen Betten, um im Licht des Sonnenaufgangs einen jungfräulichen Tauchgang zu unternehmen. Und bisweilen fuhren wir weg von Sharm el Sheikh, an verführerische Plätze wie einsam gelegene Buchten, um uns ungestörten Freiheiten inmitten der Natur hinzugeben.

Wir liebten uns und spürten es in jeder Minute des Beisammenseins.
Die Tatsache, daß ich in absehbarer Zeit nach Deutschland zurückkehren würde, beeinflußte unsere Harmonie in keinster Weise. Nicht ein Wort des Vorwurfs trübte unser Glück. Keine Silbe einer Erwartungshaltung an den Partner wurde ausgesprochen. Kein Ruf nach Forderung war zu hören. Wir lebten die Liebe, die keine Ansprüche stellt.
Sie ließ uns unzertrennlich werden; miteinander verschmelzen. Die Intensität unserer Gefühle wuchs mit jedem Tag, mit jeder Stunde. Mögliche Bedenken der zukünftigen Trennung gegenüber wurden durch absolutes Vertrauen ersetzt. Die Hoffnung, daß die Distanz unserer Beziehung keinen Abbruch tun würde, wurde zur Gewißheit.

Wir bereiteten uns auf den Abschied vor.
Auf einen Abschied ohne Verlustängste.
Auf einen Abschied in absolutem Vertrauen.
Auf einen Abschied in grenzenloser Liebe.

EPILOG

„Wirklich? Das muß ja toll gewesen sein! Wie war das denn da so?"
„Interessant", antworte ich – mehr oder weniger gelangweilt.
Er eifert sich weiter.
„Mensch, da ist doch immer tolles Wetter und das Meer ... wieso um alles in der Welt sind sie denn nicht da unten geblieben? Ist doch alles toll da."
Einen Moment lang sage ich nichts, schaue nur geradeaus. Meine Stirn zieht sich in Falten. Dann blicke ich ihn von der Seite an und kläre ihn auf mit den Worten: „Weil das Wetter nicht alles ist, deshalb."

Leidenschaftslos betrachte ich mein Nebenan auf dem Barhocker in seiner ganzen Vollendung: gepflegter Typ, entschieden-akurat geschnittene Frisur, intelligenter Blick hinter Brille, Krawatte auf weißem Hemd unter glattrasiertem Kinn, dunkler Möchtegern-Anzug über dunklen Möchtegern-Schuhen.
Ich denke mir: du Trottel, du hast überhaupt keine Ahnung.

Die rauchige Luft in der Kneipe geht mir an die Augen. Das bin ich nicht mehr gewohnt. Geschlossene Räume, geschlossene Fenster sind sowieso irgendwie komisch seit Ägypten.
Ich zahle und fahre nach Hause.
Es ist 23.00 Uhr, als ich in meiner Wohnung ankomme. Genau die richtige Zeit, um Tarek anzurufen und ihm einen Liebesgruß mit ins Bett zu schicken. Es geht ihm gut. Das ist das Wichtigste. Nun kann auch ich beruhigt schlafen gehen. Doch das Telefongespräch wirft mich zurück in die Vergangenheit, bewirkt, daß ich geistesabwesend auf meinem grün-weiß gestreiften Sofa sitzen bleibe, die lachsfarben-gestrichene Wand anstarre und an den Tag meiner Rückkehr denke.

Meine Eltern holen mich vom Flughafen ab an diesem 28. Mai.

Sie hatten ein Flasche Sekt mitgebracht, um mit mir mein Comeback gebührend zu feiern. Ich wußte nicht, ob ich in Feierstimmung war.

Mama hatte dafür gesorgt, daß meine Wohnung bis zur Heimkehr frei wurde. Unter größter Spannung trat ich in mein Heim ein, beäugte die Möbel und alle anderen Einrichtungsgegenstände. Ich erwartete Kratzer und Flecken zu finden. Beschädigungen und Verunreinigungen der Art, die entstehen, wenn es ‚ja sowieso nicht mir gehört'.

Es war *nichts* dergleichen zu entdecken.

„Mama, das gibt es doch nicht. Kein Fleck auf dem Sofa, keine Schramme am Schrank."

„Ja," entgegnete meine Mutter „der Mieter war sehr pfleglich. Er ist äußerst sorgsam mit allem umgegangen."

Ich war begeistert. Dankbar über den hilfsbereiten Einsatz meiner Mutter bezüglich der Mietabwicklungen schloß ich sie in die Arme.

In der darauffolgenden Woche war ich damit beschäftigt, kistenweise jenes Zeug in meine Wohnung zu räumen, das ich knapp zwei Jahre zuvor ausgeräumt hatte. Klamotten, Schuhe, Handtücher, Bettwäsche, Bücher, CDs und Musik-Cassetten, Porzellan, Bestecke, Gläser und andere Gegenstände, welche die Zeit meiner Abwesenheit auf dem Dachboden meiner Eltern überdauert hatten, wurden wieder zum Einsatz befähigt.

Zeitgleich wollte ich mir natürlich schnellstmöglich die peinigende Ungewißheit über meine berufliche Zukunft nehmen. Auf passable Stellenangebote reagierte ich mit aktualisierten Bewerbungsunterlagen, die ich freundlicherweise auf dem Computer einer Freundin erstellen durfte.

Eine Vielzahl attraktiver Angebote aus den Tageszeitungen mußte ich allerdings schon im Vorfeld aussortieren. Sie kamen für mich nicht in Frage aufgrund der Klausel: max. Alter 35 Jahre.

Da hatten wir's! Zu alt. Ich ahnte, daß meine Befürchtungen einer langanhaltenden Arbeitslosigkeit nach der Rückkehr berechtigt waren.

Sollte mir mein spätes Abenteuer Ägypten doch noch einen Strick drehen in

der beruflichen Laufbahn?
Alle Werbeagenturen, in denen ich bereits gearbeitet hatte, informierte ich über meine Wiederkehr und hoffte auf eine Lücke im Personalbestand, die zu besetzen war.
Das Glück war auf meiner Seite.
„Wir brauchen dringend jemanden für Projektbetreuungen eines Kunden von uns. Möglicherweise nur für einen Monat, dafür aber ab sofort. Was ist, bist du interessiert?". Die Entscheidung mußte sofort fallen, es wurde keine Bedenkzeit eingeräumt. Es war eine Chance. Ein Anfang. Ich willigte ein.
Bereits eine Woche nach meiner Ankunft befand ich mich wieder hinter einem Schreibtisch.
Anfangs war es sehr anstrengend, denn es blieb nicht genügend Zeit, mich wieder an deutsche Verhältnisse zu gewöhnen. Ganz abgesehen von der klimatischen Veränderung erlebte ich den Kontrast zwischen der deutschen und ägyptischen Arbeitsauffassung in seiner ganzen Dimension. Es war ein schonungsloser Sprung in den quirligen, hektischen deutschen Berufsstreß, dem ich mich aufgrund der ruhigen gemächlichen ägyptischen Handlungsweisen vollkommen entsagt hatte. Ich zweifelte sehr, ob ich eine berufliche Wiedereingliederung geschafft hätte, wenn ich ein oder zwei Jahre länger weg gewesen wäre.
Trotz der harten Anfangsphase machte die neue Tätigkeit ausgesprochen viel Spaß, und meine Kollegen waren sehr in Ordnung.
Aus der geplanten Kurzzeit-Beschäftigung wurde nach sechs Monaten eine Festanstellung.

Eigentlich ist Deutschland richtig prima. Das stelle ich auch heute noch, knapp ein Jahr nach meiner Rückkehr aus dem Sinai, immer wieder fest.
Früher – vor Ägypten – hätte ich das nicht gesagt, aber jetzt sehe ich die Dinge mit anderen Augen. Ich freue mich über Menschen um mich herum, die deutsch sprechen und die ich alle verstehen kann. Ich freue mich über meine Familie und Freunde, deren eigentliche Wichtigkeit ich erst erkannte,

nachdem ich sie lange entbehren mußte. Über Kollegen, die pflichtbewußt und vertrauenswürdig sind. Es ist die fortgeschrittene Technologie des Alltags, an der ich mich erfreue, wie zum Beispiel einen Computer mit Internet-Anschluß und E-mail-Funktion oder eine hochmoderne Telefonanlage mit Mail-Box. Es ist die Wasch- und Spülmaschine zu Hause, die das mühsame Reinigen per Hand erspart. Es ist die zuverlässige Strom- und Wasserversorgung. Es ist das Auto, das ich mir in Deutschland für einen annehmbaren Preis leisten kann; in Ägypten war selbst jeder Kleinwagen beinah unbezahlbar. Es ist das Kino, das Theater, die Videothek, das Einkaufszentrum und und und ...
Schöne heile Welt.
Und dennoch: Mir fehlt das einfache Leben der Wüste.
Keine noch so vollendete Technologie, kein Luxus kann ersetzen, was ich im Sinai erhielt und mir bewahrte: ein Bewußtsein für die *wahren* Werte des Lebens.

Die Beduinen sagen: ‚Die Wege der Weisheit führen durch die Wüste'.
Im Sinai durfte ich lernen, ein Stück dieser Weisheit zu begreifen.
Die Wüste in ihrer scheinbaren Ärmlichkeit lehrte mich den wirklichen Reichtum ausfindig zu machen. Sie lehrte mich, eine größere Weitsicht für die Dinge zu entwickeln und andere Maßstäbe zu setzen. Sie lehrte mich die tatsächlichen Bedeutsamkeiten dieser Welt zu erspähen, und diese sind sicherlich nicht im Wohlstand einer Konsumgesellschaft zu finden.
Zwar genieße ich den hohen Lebensstandard in Deutschland heute mehr als zuvor, doch nur, weil ich lernte, ihn zu *werten*. Trotzdem macht er mich nicht glücklicher. Ich genieße die Vielfalt, die sich unserer Gesellschaft im Überfluß bietet, doch ich brauche sie nicht, um zufriedener leben zu können.
Von den Beduinen lernte ich, den Blick auf das Wesentliche zu richten.
Es sind die einfachen Dinge, die das Glück ausmachen. Jene, die wir als Selbstverständlichkeiten im Leben abtun. Jene, die sich nicht mit Geld bezahlen lassen. In der Konzentration und der gezielten Wertlegung auf diese

bescheidenen Details lebe ich heute genügsamer als früher. Meine Ansprüche an das Leben gestalten sich wesentlich geringer. Man könnte sagen, ich bin mit weniger zufrieden und dadurch sorgenfreier, gelassener, ausgeglichener und ... glücklicher.

In Ägypten durchlebte ich Phasen in Angst und Hilflosigkeit. Mußte zu oft Lebenslust und Optimismus lassen, um Mißtrauen und Haß Platz zu machen. Es waren nicht immer nur rosige Zeiten und dennoch möchte ich sie nicht missen. Meine Erfahrungen sind mir ein kostbarer Schatz geworden. Sie veränderten meine Ideologie, meine Perspektiven. Sie wurden ein Teil von mir und haben mich verwandelt. Heute sage ich, daß ich erst in Ägypten richtig ‚erwachsen' geworden bin.
Ich erlebte eine Bewußtseinserweiterung, die mir in Deutschland in dieser Form nie widerfahren wäre. Sie bildet den wichtigsten Meilenstein in meinem bisherigen Dasein.

Wie oft fragte ich mich vor meinem Aufbruch in das fremde Land, ob ich durch die Verwirklichung meines Lebenstraumes verlieren oder profitieren würde?
Heute kenne ich die Antwort. Ich habe in jeder Hinsicht davon profitiert. Eine nicht zu ersetzende Lebenserfahrung und eine pragmatischere Weltanschauung sind mein Profit. Die Weisheiten der Wüste und eine erstaunliche Liebe aber sind mein größter Gewinn.
Ich betrachte diese Dinge als ein Geschenk und bin dankbar dafür.
Sie machen mich zu einem reichen Menschen.

Ich liebe Tarek.
Ich liebe die Natur des Sinai.
Ich frage mich jeden Tag seit meiner Rückkehr, ob und wann wir wieder in ihr vereint sein werden. Er hält Wort und drängt mich nicht. Er wartet auf mich.

Das, was ich in Ägypten verlor, den Glauben und das nötige Vertrauen in die Menschen dort, habe ich bis heute nicht wiedergefunden. Ich arbeite daran. Jeden Tag. Denn solange ich ein gewisses Maß an Zuversicht hinsichtlich dessen nicht wiedergewinne, gibt es kein Zurück für mich. Dann wäre eine dauerhafte Existenz in Ägypten von vornherein zum Scheitern verurteilt.

Oft schaue ich aus dem Fenster in den Sternenhimmel und wenn keine Wolken sie bedecken, dann betrachte ich sie lange, und sie bringen mich zum Lächeln.
Dann rufe ich Tarek an und sage ihm: „Tarek, ich kann unsere drei Sterne sehen. Siehst du sie auch? Ist es nicht ein wunderbares Gefühl, daß es neben unserer Liebe etwas gibt, das wir zur gleichen Zeit, im gleichen Moment auf so große Distanz miteinander teilen dürfen?"

NACHTRAG ZU DEN EINZELNEN PERSONEN

Stefan Schnobel ...
... besitzt noch immer sein Unternehmen und sein Haus mit Garten. Ein nachträglich angebauter Wintergarten rundet die heimelige Kulisse ab.
Seit einigen Jahren führt er eine Beziehung mit einer sehr hübschen Partnerin. Von Heiratsabsichten wird gemunkelt.

Emad ...
... lebt nach wie vor in Sharm el Sheikh.
Ich bin ihm und seiner Frau des öfteren per Zufall begegnet. Wir grüßten uns freundlich. Manchmal fragte ich mich, was er seiner Frau von mir erzählte. Hätte mich gerne mal mit ihr unterhalten, doch unter dem Schleier schien eine sehr Schüchterne zu stecken. Außerdem hätte Emad einen Meinungsaustausch zwischen ihr und mir sicherlich nicht gerne gesehen.
Bald schon wurde er stolzer Vater einer Tochter. Er präsentierte sie gerne – auch mir. Bei etwaigen Begegnungen grüßen wir uns immer noch wohlwollend.

Dori ...
... ging nach Deutschland, wie sie es vorgehabt hatte.
Nach einigen Monaten beschloß sie, erneut in den Sinai zurückzukehren. Dori arbeitete seitdem wieder in verschiedenen Tauchcentern. Ich wünsche ihr, daß sie dieses Mal in Sharm el Sheikh glücklich wird.

Suleiman ...
... lebt nach wie vor irgendwo in der Wüste.
Viele Kamelsafaris mit ihm, die noch folgten, werden unvergeßlich bleiben. Wann immer es mich mit Freunden zu längeren Ausflügen in die Wüste zieht, bemühe ich mich, Suleiman zu finden, um ihn zu fragen, ob er uns führen möchte.

Ahmed, ...
... mein Nachhilfeschüler beichtete mir bei einem späteren Wiedersehen, daß er alles, was er bei mir lernte, innerhalb weniger Monate vergessen hatte. Nachdem er sich in eine Südeuropäerin verliebt hatte, verließ er seine Frau mit den drei Kindern und bat um die berufliche Versetzung in ein anderes Land.

Anissa ...
... lebt nach wie vor in Sharm el Sheikh.
Über sie kann ich nicht viel berichten. Ich weiß nicht, was sie ‚treibt' und ich erkundige mich auch nicht danach.

Omar ...
... hat große Probleme. Nachdem sein Vater von der gegnerischen Sippe kaltblütig ermordet wurde, nahm sein Bruder entsprechende Blutrache und sitzt dafür im Gefängnis ein. Omar muß jetzt für die Angehörigen von drei Familien sorgen, darunter sind allein elf heranwachsende Kinder. Am meisten fürchtet er um das Leben seiner eigenen Nachkommen – der nächste Rachefeldzug könnte seinem ältesten Sohn gelten.

Rami ...
... lebt nach wie vor in Kairo.
Neben seiner Werbeagentur publiziert er verschiedene Magazine.
Er fand *keinen* Nachfolger für mich und mußte Top Advertising in Sharm el Sheikh der Regie von Wael überlassen. Nur drei Monate nach meiner Rückkehr erfuhr ich, daß Wael gefeuert und die Niederlassung geschlossen wurde.
Die Schließung habe ich mehr als bedauert.
In einem Telefongespräch vor nicht allzu langer Zeit ließ Rami mich wissen, daß er im Falle meiner Rückkehr nach Sharm el Sheikh gerne wieder das gleiche Projekt mit mir starten würde.

Wael ...

... lebt nach wie vor in Sharm el Sheikh.

Er ist dort immer noch als Grafiker tätig. Rein zufällige Wiedersehen drehen mir noch heute den Magen um. Meine Abscheu ihm gegenüber hat nie abgenommen.

Daran änderte auch eine Entschuldigung nichts, die er mir fernmündlich nach einem Jahr über einen gemeinsamen Bekannten zukommen ließ.

DANKSAGUNG

Ich danke allen, die mich in irgendeiner Weise bei der Erstellung dieses Buches unterstützt haben.

Sei dies geschehen durch Probelesen und ehrliche Kritik, durch das Bereitstellen von diversem Equipment oder durch den Glauben an meine schriftstellerischen Fähigkeiten.

Ich danke Adel von ganzem Herzen für seine ausdauernde Geduld, sich mit meinem Projekt auseinanderzusetzen. Sein Wissen, seine Ratschläge und Meinungen leisteten einen bedeutungsvollen Beitrag zu diesem Buch.

Ich danke Wolfgang, Julia, Karin, der Reise-Journalistin Elga Scherbach-Thouret, Anne und Pauli.

Diana, Imogen, Carsten und Sören im besonderen.